Dieser Roman spielt zwar in einer realen Stadt, aber alle Personen sind frei erfunden und der Plot ist fiktiv. Auch den Marchwardushof gibt es nicht. Allerdings mümmelt irgendwo da draußen tatsächlich eine Kuh namens Barbarella und leistet ihren Beitrag zur Erhaltung der Tiroler Almlandschaft. Darum eine Bitte: Weidevieh nie erschrecken und Hunde beim Passieren immer an der Leine führen. Ganz wichtig: Weideflächen mit Kühen drauf nicht durchqueren. Sie wollen ja auch nicht, dass eine Kakerlake durch Ihren Salat marschiert ...

MIX
Papier aus verantwortungsvollen Quellen
FSC
www.fsc.org
FSC® C083411

Auflage:

6	5	4	3
2023	2022	2021	2020

HAYMON tb **283**

Originalausgabe
© Haymon Taschenbuch, Innsbruck-Wien 2020
www.haymonverlag.at

ISBN 978-3-7099-7922-8

Buchinnengestaltung nach Entwürfen von himmel. Studio für Design und Kommunikation, Innsbruck / Scheffau – www.himmel.co.at
Umschlag: Eisele Grafik · Design, München, unter Verwendung von:
Bigstock.com, Pablo Debat (Bergpanorama); bigstock.com, daniilphotos (Himmel); bigstock.com, kolesnikovserg (roter Klee); bigstock.com, josefkubes (Wiesenblumen); bigstock.com, alenalihacheva (Löwenzahn); bigstock.com, Dudarev Mikhail (Kuh Vordergrund); bigstock.com, esvetleishaya (Kuh Hintergrund)
Satz: Da-TeX Gerd Blumenstein, Leipzig
Autorenfoto: Jürgen Weller Fotografie, Schwäbisch Hall

Gedruckt auf umweltfreundlichem, chlor- und säurefrei gebleichtem Papier.

Tatjana Kruse

Leichen, die auf Kühe starren

Ein rabenschwarzer Alpenkrimi

Tatjana Kruse

Leichen, die auf Kühe starren

Kühe, Kühe, Kühe ...
Für Bettina Lober

Kitzbühel.

Ein Ortsname wie ein Versprechen,
mit rauchiger Stimme gehaucht.
Kitzbühel.
Mythos, Legende, Märchenwinkel.
Aber der mondäne Ruf ist das eine. Wie eine schöne
Frau mit glamourösem Make-up.
Die Wirklichkeit ist das andere.
Also, nicht völlig anders. Nur eben in der Alltagsversion.
Quasi dieselbe Frau, aber ungeschminkt. Das echte
Kitzbühel. Meistens ganz normal.
Mit all seinem Licht.
Aber – wie überall – auch mit ein bisschen Schatten.
Die dunkle Seite der Macht ...
Ja, das Böse gibt es auch im bezaubernden Kitzbühel.
Können Sie es röcheln hören?

Prolog
Nicht lesen bei Herz-Kreislauf-Schwäche,
Risikoschwangerschaft oder Minderjährigkeit!

Eine menschliche Leiche in sechs Teile zu zersägen, ist mathematisch nicht weiter schwer: Kopf, zwei Arme, zwei Beine, ein Torso.

Wahlweise lassen sich Arme und Beine noch weiter zerteilen, das muss aber nicht sein.

Und Kopf und Torso in noch kleinere Teile zu zerlegen, ist nur was für echt Zwangsgestörte.

Aber selbst in der Grundvariante – wie gesagt: Kopf, Arme, Beine, Torso – kann man umsetzungstechnisch durchaus auf Probleme stoßen. Wenn man das Sägen nicht gewöhnt ist. Also, diese ganz spezielle Art des Sägens. Des Durchsägens von Menschenknochen.

Das fängt schon mit der Ausrüstung an: Zwischen der Laubsäge für den schulischen Handwerksunterricht und einer professionellen Hochleistungs-Kettensäge aus dem Försterei-Fachbedarf gibt es eine große Auswahl an Sägen für Arbeiten aller Art, aber bedauerlicherweise steht nirgends dabei: *Besonders geeignet für menschliche Knochen.*

Diese Säge hier war es eindeutig nicht. Zumal es auch nichts gab, um den Knochen zu fixieren. Das war die Krux, wenn man kein Heimwerker war – entscheidend wichtige Dinge wie die Fixierung fielen einem erst ein, wenn man beim Sägen feststellte, dass man ohne eine solche wie die Göttin Kali acht Arme bräuchte, um das Bein festzuhalten, während man sägte, weil es nämlich ständig wegglitschte.

Mit zwei Armen funktionierte es jedenfalls nicht gut. Man konnte sich den Bär sägen, aber durch den Oberschenkel kam man einfach nicht durch.

Obwohl, durch das Fleisch schon. Machte eine Riesensauerei und roch auch nicht gut. Nur der Knochen wehrte sich. Als ob sich der Tote noch im Tod absichtlich querstellte.

Fürs nächste Mal musste definitiv eine Anleitung her. Sowas wie eine Heimwerker-Bibel. Oder ein You-Tube-Tutorial.

Und womöglich wäre die Flex-Säbelsäge mit Pendelhub und Quick-Change-Sägeblattwechsel trotz des nachgerade unsittlich hohen Preises doch die bessere Wahl gewesen, aber diese Erkenntnis kam nun zu spät.

Also hieß es: Weitersägen!

Irgendwann musste dieser vermaledeite Knochen einfach nachgeben, wäre doch gelacht!

In der Nacht vor Tag 1

Vitzliputzli singt nicht

„Scheiße!" Beppi vergoss vor Schreck den kochend heißen Chai Latte aus seinem Thermosbecher. Sein Schritt dampfte.

Die Reifen quietschten, als der himmelblaue Kleinbus mit den aufgemalten Flügeln abrupt stehenblieb. Es roch nach verbranntem Gummi. Und nach zu heiß gewaschenem Jeansstoff.

Auch die vier anderen Männerkehlen im Innern des Wagens, die eben noch lauthals gesungen hatten, verstummten schlagartig. Nur Hansi Hinterseer sang fröhlich weiter „... Viva oh Viva Tirol. Viva oh Viva Tirol. Lederhosen, Dirndl, Hände an den Po ...". Denn er sang ja vom CD-Player und konnte die Erscheinung ergo nicht sehen.

Im dunstigen Licht der Scheinwerfer war im Nebel der Nacht schlagartig eine Frau aufgetaucht. Sie stand mitten auf der Landstraße. In einem roten, hautengen Lederoverall und kniehohen roten Stiefeln mit Pfennigabsätzen. In der Linken hielt sie eine übergroße, ausgebeulte Gobelintasche. Die Rechte streckte sie ihnen wie ein lebendes Stop-Zeichen entgegen.

Reglos stand sie da. Eine geisterhafte Erscheinung. Wobei Geister in der Regel weiße Kutten und rasselnde Ketten trugen, kein sexy dominataugliches Lederoutfit.

Rudi, Manni, Beppi, Hansi (nicht der Hinterseer) und Karl-Heinz starrten durch die Windschutzscheibe ungläubig nach draußen.

„Es ist halb zwei in der Nacht", sagte Karl-Heinz fassungslos. Als hätte er noch nie eine freilaufende Frau nach Mitternacht gesehen.

Wobei man ihm zugutehalten musste, dass es in ihm natürlich dachte, hier – mitten im Tiroler Nirgendwo –

klappe man geschlechterübergreifend bei Anbruch der Dunkelheit die Bürgersteige hoch, Fuchs und Hase riefen sich ein „Pfüatdi" zu, und danach seien allenfalls noch Zitherklänge hinter zugeklappten Fensterläden zu hören. Hier zitherte allerdings niemand, weil unbewohntes Terrain. Wäre es nicht zappenduster gewesen, hätte man sehen können, dass sich links und rechts steile Hänge in die Höhe zogen, mehr oder weniger bewaldet, aber definitiv ohne Häuser oder Hütten. Und da weit und breit kein fahrbarer Untersatz auszumachen war, war Beppis Fassungslosigkeit durchaus verständlich. Wie kam die Frau hierher?

Beppi pustete wieder in seinen Schritt.

„Ein Geist!", hauchte Hansi in tremolierendem Bariton. Sie nannten ihn alle nur Nicht-der-Hinterseer. Außer sie hatten es eilig, dann nannten sie ihn Hansi, weil er halt so hieß. Verwechslungen mit dem echten Hansi hätte es so oder so nie gegeben, weil der falsche Hansi nämlich ein ganz dunkler Typ war. Nicht charakterlich, aber äußerlich.

„Mach dich nicht nass", erklärte Rudi. „Geister spuken in alten Gemäuern, nicht auf Landstraßen."

„Ja, aber die Toten der Verkehrsunfälle?", hielt Manni dagegen. Hatten sie nicht gerade eben ein Kreuz mit einem Blumenstrauß davor gesehen? Hieß es nicht immer, dass Menschen, die den Tod nicht kommen sahen, weil alles so schnell ging, dazu verdammt waren, so lange am Ort ihres Dahinscheidens herumzuspuken, bis sie sich mit ihrem unverhofften Ableben abgefunden hatten? Was dauern konnte. Jahre. Jahrhunderte. Leute, die von einem Ochsenkarren umgenietet worden waren, spukten womöglich immer noch Seite an Seite mit den Opfern von Pferdekutschen und SUVs. Zumindest hatte Mannis Oma das immer gesagt. Laut seiner

Großmutter waren die Landstraßen und Autobahnen dieser Welt von Geistern förmlich gesäumt. Eine Bordüre aus lauter Verblichenen.

Manni schluckte schwer.

„Oder sie ist die Ziege, mit der man den T-Rex ködert", mutmaßte Beppi, der seinen Schritt wieder auf Normaltemperatur gepustet hatte.

„Dinosaurier sind ausgestorben!", erklärte Karl-Heinz.

Karl-Heinz war ein Idiot. Grundsätzlich, aber auch, weil er nie *Jurassic Park* gesehen hatte. Er bevorzugte Fassbinder- und Lars-von-Trier-Filme.

Die Unterstellung, er wisse nicht, dass es keine T-Rexe mehr gab, fraß an Beppi. „Das weiß ich! Ich meinte, eine Diebesbande will uns mit ihr als Lockvogel aus dem Wagen herauslocken und uns dann umnieten und ausrauben."

Manni presste sich die Nase an der Seitenscheibe platt und lugte in den finsteren Wald. „Ich sehe nichts."

Rudi versetzte ihm eine Kopfnuss.

„Die steht da wie eine Salzsäule", konstatierte Nicht-der-Hinterseer. „Ob die überhaupt echt ist?"

Das stimmte. Die Frau schien nicht einmal zu blinzeln.

Die fünf Männer – allesamt Mitglieder des Hinterseer-Fanclubs Rosengarten-Uttenhofen e. V. – beugten sich jetzt gemeinschaftlich nach vorn. In einer fließenden Bewegung. Wie Synchronschwimmer. Sie atmeten so heftig aus, dass die Windschutzscheibe beschlug. Karl-Heinz, der am Steuer saß, zog den Duschabzieher aus dem Ablagefach in der Fahrertür und sorgte für klaren Durchblick. Er betrachtete sich als Mann der Tat.

Doch auch bei nunmehr bester Fernsicht schien die Frau starr wie eine Marmorstatue. Einem unbewussten

Lemming-Reflex folgend reckten die fünf Männer unisono ihre Köpfe noch weiter nach vorn.

Was jetzt auch die Frau tat. Ein unbeteiligter Dritter (rein rechnerisch ein unbeteiligter Siebter) hätte mutmaßen können, dass sie sich über die Männer lustig machte.

„Huch, sie lebt!", entfleuchte es Manni. Die Männer zogen ihre Köpfe wieder ein.

„Was machen wir jetzt?", fragte Beppi.

Sie waren alle fünf gestandene Kerle. Angesehene Bürger ihrer süddeutschen Heimatgemeinde. Beppi und Manni arbeiteten in der Stadtverwaltung, Rudi leitete ein Versicherungsfilialenbüro, Nicht-der-Hinterseer war Schlosser, und Karl-Heinz, das ergab sich fast zwangsläufig aus dem Bindestrich in seinem Namen und dem Duschabzieher in der Fahrertür (den *er* mitgebracht hatte), war Lehrer. Für Französisch und Mathematik.

Und natürlich war es Karl-Heinz, der sagte: „Wir fragen sie, ob sie Hilfe braucht." Er löste den Sicherheitsgurt, ruckelte seine Baskenmütze gerade und stieg aus.

Die anderen sahen ihm nach.

Karl-Heinz war mitnichten ihr Anführer. Sie hatten keine Numero uno in ihrer Truppe. Sie waren einfach fünf Männer, die eine Leidenschaft teilten – die Leidenschaft für Hansi Hinterseer. Also nicht für den Mann per se, sondern für das, wofür er stand: Musik, die ins Blut und ins Herz und in die Schunkel-Muskulatur ging. Leichtigkeit, Lässigkeit, lockere Männlichkeit. So wollten sie alle sein. Aber weil man bei Hinterseer-Fans an völlig enthemmte Matronen dachte – wie beispielsweise die Frau in dem YouTube-Video, die während einer Show von Hansi auf die Bühne sprang und

mit ihm tanzte und einfach nicht wieder gehen wollte und von einem Ordner weggeführt werden musste –, also weil man gemeinhin Hinterseer-Fans nicht
mit echten Kerlen assoziierte, war ihr Fanclub sowas
wie ein Männergeheimbund, von dem niemand etwas
wusste. Nicht die Ehefrauen von Rudi, Manni und Beppi und auch nicht die Mama von Nicht-der-Hinterseer.
Karl-Heinz war Single. Man durfte aber davon ausgehen, dass seine beiden Wellensittiche aufgrund tägli-
cher Beschallung durchaus eine Ahnung von seiner
heimlichen Liebe hatten. Glücklicherweise hatte er ihnen nie das Sprechen beigebracht, und somit konnten
die Federträger es auch nicht ausplaudern – beispielsweise gegenüber der Nachbarin von Karl-Heinz, die
sich während seiner Abwesenheit um Amore und Mio
kümmerte und sie mit Körnerfutter und Frischwasser
versorgte. Ja, Karl-Heinz hatte seine Sittiche nach einem Hit von Hansi Hinterseer benannt. Und ja, das Geheimnis von Manni, Rudi, Beppi, Nicht-der-Hinterseer
und Karl-Heinz war zu 99 Prozent sicher. Das einpro-
zentige Restrisiko hatte einen Namen. Es hieß Manni.
Weil der immer erst redete, bevor er dachte. Sehr oft
dachte er auch einfach nicht.

„Sollten wir nicht auch aussteigen und dem Karl-
Heinz Rückendeckung geben?", fragte Rudi.

Manni, der viel zu früh viel zu viele Hollywood-
horrorfilme gesehen hatte, betätigte die Zentralverrie-
gelung. „Nee, der Karl-Heinz macht das schon."

Sie sahen zu, wie sich Karl-Heinz der Erscheinung
näherte.

Eigentlich waren die fünf auf einer Pilgerfahrt nach
Kitzbühel. In der Hoffnung, Hansi Hinterseer zu be-
gegnen. Und um etwas zu erledigen. Etwas Großes.
Eine *Mission Impossible*. Sie fühlten sich alle ein biss-

chen wie Tom Cruise, der das Unmögliche möglich machte, ohne dass dabei seine Föhnwelle auch nur ein einziges Mal verrutschte.

Sie hatten sich den Kleinbus von Beppis Frau Gabi ausgeborgt, die ihr Geld als mobile „Frisöse und Maniköse" verdiente. Beppis Worte. Deswegen auch die Flügel auf dem himmelblauen Wagen – weil Gabi „ein Engel war, der Schönheit und Wohlbefinden selbst in die entlegensten Ortschaften brachte, sowie zu Frauen und Männern und Nicht-Binären, die aufgrund von Einschränkungen das Haus nicht verlassen konnten und dennoch nach Ästhetik lechzten". Gabis Worte.

Dummerweise hatte Gabi kein GPS in ihrem mobilen Schönheitsstudio, nur auf ihrem Handy. Und die Handys der Männer waren – wie immer gegen Monatsende – wegen des vielen Streamens schon an ihrer Volumengrenze. So hatten sie sich nach der letzten Pinkelpause mit Fahrerwechsel verfranzt, einen großzügigen, unbeabsichtigten Schlenker durch das wunderschöne Tirol gemacht und waren nun hier gelandet. Im nebligen Nirgendwo. Aber egal. Alle Wege führen nach Rom. Respektive Kitzbühel.

Karl-Heinz, den sie nur von hinten sahen, schien etwas zu sagen. Der Kopf mit der Baskenmütze wackelte jedenfalls.

Manni war felsenfest davon überzeugt, dass die Frau in Rot ihrem Kumpel Karl-Heinz gleich den Kopf abbeißen würde. Nervös nestelte er an seinem Kragen. „Warum dauert das so lange?"

Rudi, Beppi und Nicht-der-Hinterseer teilten Mannis Angst zwar nicht, aber auch ihnen war klar, dass „die Weibchen der Spezies" sehr viel gefährlicher waren als die Männchen.

Immerhin bewegte sich die Erscheinung jetzt. Sie zeigte in den Nebel.

Karl-Heinz verschwand kurz aus ihrem Sichtfeld, dann tauchte er wieder auf, und zwar rücklings. Keuchend zerrte und ruckelte er an einem Koffer. Eigentlich mehr Schrank als Koffer. Jedenfalls zu wuchtig für den mindertrainierten Karl-Heinz.

„Kann mir mal wer helfen!", rief er über seine Schulter in Richtung Kleinbus.

Rudi entriegelte die Beifahrertür.

Beppi langte über ihn hinweg und drückte den Knopf wieder nach unten. „Wir nehmen sie doch wohl nicht mit?"

„Willst du die Frau etwa hierlassen? Allein? Mitten in der Nacht?" In Rudi kam der Gentleman durch.

„Du weißt genau, warum das nicht geht. Manni kann seine Klappe nicht halten. Was ist, wenn er plappert? Wenn durch ihn alles auffliegt?"

Manni drehte sich zu Beppi. „Redest du von mir?"

„Nein, ich meine einen völlig anderen Manni." Beppi schürzte die Lippen.

„Ach so, dann ist ja gut." Manni verschränkte die Arme und schmollte.

Rudi guckte unentschlossen zu Nicht-der-Hinterseer. Der zuckte ratlos mit den Schultern.

„Was ist jetzt?", brüllte Karl-Heinz ungeduldig. Er rackerte sich an dem Schrankkoffergriff ab, aber seine Kräfte waren aufgebraucht.

Die vier im Kleinbus sahen hinaus in die Nacht. Dann schlug Nicht-der-Hinterseer zur Güte vor: „Wir könnten die Verkehrswacht verständigen, die holt sie dann schon. Oder die Polizei."

„Oder die Telefonseelsorge?", lästerte Rudi. „Depp. Niemand Offizielles darf wissen, dass wir hier sind!"

„Aber wenn wir ihr nicht helfen, machen wir uns verdächtig. Dann merkt sie sich vielleicht das Kennzeichen, meldet es, und meine Gabi bekommt Schwierigkeiten. Nee, so nicht!" Beppi entriegelte die Tür.

Die Tür glitt auf, und in diesem Moment materialisierte sich die Frau direkt vor ihnen. Weil sie so mit sich beschäftigt gewesen waren und es nicht hatten kommen sehen, quietschten die vier auf. Unisono.

„Grüß Gott!" Ihre Stimme klang sympathisch. Von Nahem wirkte sie gar nicht mehr bedrohlich. Dafür sehr viel älter, als es der knallrote Lederoverall und die High Heels von Weitem hatten vermuten lassen. Also, nicht nur älter. Richtig alt.

„Herr Pflugfelder meinte, es wäre kein Problem für Sie, mich mit nach Kitzbühel zu nehmen." Sie lächelte. Es war aber kein gütiges Großmutterlächeln. Die Jungs wurden eher an einen Hai erinnert, der sein Revolvergebiss fletschte. „Ich bin Ihnen wirklich sehr dankbar."

Alle sahen vorwurfsvoll zu Karl-Heinz. Der das nicht mitbekam, weil er konzentrationstechnisch voll im Kampf Mann gegen Koffer aufging.

„Machen wir doch gern", log Rudi. „Ich bin der Rudi. Beppi, Hansi, Manni." Er zeigte auf die anderen und dann nach draußen zu dem riesigen Schrankkoffer mit dem Wackelmännchen daran. „Den Karl-Heinz kennen Sie ja schon."

„Freut mich sehr." Sie strahlte die Männer der Reihe nach haifischartig an. „Ich fürchte nur, Ihr Karl-Heinz bekommt meinen Koffer nicht allein in den Wagen."

Keiner rührte sich.

„Vielleicht möchten Sie ihm helfen?" Sie hatte definitiv was Karl-Heinzisches. Will heißen: Lehrerhaftes. Strenges.

Beppi, Rudi und Nicht-der-Hinterseer sprangen aus dem Kleinbus und halfen Karl-Heinz mit dem unhandlichen Gepäckstück. Nur Manni blieb sitzen und starrte die Oma an. Gerade wollte er sie fragen, wie sie denn hierhergekommen war, so ganz ohne Fahrzeug, pumperlallein im Nichts. Da sagte sie: „Mein Koffer feuchtelt rot an den Ecken. Das ist aber kein Blut." Sie kicherte. Es war ein Blofeld-Kichern. „Nein, kein Blut. Ich habe ... Pesto aus Italien als Mitbringsel dabei. Da muss mir wohl ein Glas zerbrochen sein." Sie kicherte erneut.

Manni wurde bleich. Ihm schien, als habe sie seit ihrem Auftauchen kein einziges Mal geblinzelt. Wer, bitteschön, war so völlig blinzellos? Mit Wucht meldeten sich seine Horrorfilmerinnerungen wieder. „Ich helfe den anderen", krächzte er und verließ fluchtartig den Wagen.

Die Frau äugte in den Innenraum des Busses. Die fünf Männer hatten in den wenigen Stunden ihrer Pilgerfahrt aus dem makellosen Interieur von Gabis mobilem Schönheitsstudio ein krümeliges, fleckiges, schlieriges, olfaktorisch bedenkliches Vehikel gemacht. Hätte sie raten müssen, welchem Hobby die Jungs nachgingen, die Frau in Rot hätte auf das Sammeln von Sporen, Grünspan und Schimmelpilzen getippt. Sie seufzte, kletterte dennoch hinein, setzte sich auf den Beifahrersitz und nahm ihre ausgebeulte Gobelintasche auf den Schoß.

Im CD-Player ging Hansi Hinterseer zu einem neuen Song über. Ein flottes Intro erschallte.

Die ausgebeulte Tasche auf dem Schoß der alten Frau wackelte. Nicht im Takt, aber immerhin. Die Alte tätschelte den Gobelinstoff. „Alles gut, alles gut", raunte sie.

In der Tasche blieb es still. Vitzliputzli liebte Musik, aber er sang nicht.

Draußen schoben sie zu fünft den irrsinnig schweren Koffer in Richtung Kleinbus. Und weil Karl-Heinz und Rudi den Koffer schoben, Nicht-der-Hinterseer und Beppi jedoch den Karl-Heinz und den Rudi und Manni mit je einer Hand den Beppi und den Nicht-der-Hinterseer, sah es ein bisschen so aus wie eine Tiroler Polonaise. Was gut passte, denn genau darüber sang Hansi Hinterseer gerade in diesem Moment vom CD-Player. „... die Tiroler Polonaise, das ist Gaudi total. Die Tiroler Polonaise, und jetzt alle noch einmal ...“

Das Ganze zog sich, aber irgendwann gab es ein Happyend. Kaum zu glauben, trotz allem noch deutlich vor Sonnenaufgang.

Den Männern gelang es, den Schrankkoffer auf das Dach des Kleinbusses zu wuchten, wo sie ihn vertäuten. Als sie schwer atmend und durchgefroren – es wurde nachts jetzt doch schon empfindlich kalt – wieder in den Bus stiegen, schenkte die alte Frau in ihrem sexy Lederoverall allen ein herzliches Lächeln. Wirklich herzlich diesmal, nicht fischgebissig. „Danke, Jungs. Ich mach's wieder gut bei euch, versprochen.“ Das hätte, gerade angesichts ihres roten Leder-Outfits, eindeutig zweideutig rüberkommen können. Aber es klang kein bisschen nach Sexworkerin, sondern eindeutig nach Kindergärtnerin, als sie sagte: „Ich bin die Frau Obermoser. Ihr dürft mich Frau Obermoser nennen.“

Weil alle noch entkräftet keuchten, antwortete keiner. Frau Obermoser nutzte die Gunst der Atemlosigkeit und meinte treuherzig: „Karl-Heinz, Sie erwähnten die Ferienwohnung in der Wehrgasse, die Sie für sich und Ihre Freunde angemietet haben.“

„Mit ...“ Keuch, keuch. „... Parkmöglichkeit ...“ Keuch, keuch. „... für den Bus.“ Da war Karl-Heinz stolz drauf. Keiner der anderen hätte an dieses Detail gedacht und dann hätten sie womöglich stundenlang zwischen Unterkunft und Parkplatz pilgern müssen.

„Das war sehr weitsichtig von Ihnen“, lobte Frau Obermoser. „Eine Weitsicht, die mir fehlt. Leider habe ich versäumt, ein Hotelzimmer zu buchen. Und jetzt ist es ja irrsinnig spät. Was meinen Sie, dürfte ich – nur für heute Nacht – mein Haupt in Ihrer Ferienwohnung betten?“

Wären die Männer nicht immer noch vom ungewohnt sportlichen Gewaltakt sprachlos gewesen, dann wären sie es aufgrund dieses Ansinnens wohl spätestens jetzt.

„Ich weiß, es ist viel verlangt, aber Sie würden doch eine alte Frau nicht mitten in der Nacht aussetzen, oder?“

Die Jungs warfen sich verstohlene Blicke zu. Keiner traute sich, ihr ein beherztes „Doch!“ zuzurufen. Verdammt, sie waren einfach alle zu gut erzogen.

„Wunderbar!“, freute sich Frau Obermoser. „Sie sind die Besten! Und jetzt los. Auf nach Kitzbühel!“

Es gibt Momente im Leben, da muss man sich dem Schicksal geschlagen geben. Was war schon eine Nacht? Für das, was sie geplant hatten, blieb noch genug Zeit.

Beppi schob Manni vorsorglich einen Energieriegel in den Mund, damit er die Klappe hielt. Nicht-der-Hinterseer und Rudi schunkelten im Rhythmus von Hansi Hinterseers *Ein kleines Edelweiß*. Karl-Heinz zählte alle Anwesenden durch – er hatte einen Zählfimmel –, rückte seine Baskenmütze neckisch schief und ließ den Motor an.

Der Kleinbus machte einen Hops nach vorn, dann zuckelte er durch die Nacht.

Oben auf seinem Dach ruckelte der Schrankkoffer an den Halteseilen. Seine Ecken feuchtelten nicht länger, sie leckten.

Und zwar rot.

Blutrot ...

TAG 1

Man soll den Tag nicht vor dem Kaffee loben

Leo war seit exakt fünf Stunden und fünfzig Minuten 30 Jahre alt, und so richtig prickelnd fand sie das nicht. Deswegen würde sie heute auch nicht feiern. Allenfalls ein Bier zu Feierabend.

Sie pustete sich eine Locke aus dem Gesicht und marschierte den Einsiedeleiweg zügig hangabwärts. Spät dran. Wie immer.

Eigentlich hieß sie ja Luisa, aber schon beim Rausploppen aus dem Mutterleib – deutlich vor dem errechneten Geburtstermin während einer Zugfahrt – hatte sich gezeigt, dass sie gern sternzeichengerecht ihren eigenen Kopf durchsetzte. Und das Abenteuer liebte. So wurde aus Luisa bei allen, die sie als die Löwin kannten, die sie war, kurz Leo.

30. Sie hatte immer gedacht, mit 30 würde sie wissen, was sie vom Leben wollte. Da sei man halbwegs gesettelt. Sie hatte immer geglaubt, nach drei Jahrzehnten müsse klar sein, wohin man gehöre. Gerade als Löwin sollte sie sich bis dahin ihr eigenes Territorium erobert haben – und gut.

Aber nichts war weiter von ihrer derzeitigen Realität entfernt. Sie hatte ihr Studium geschmissen (zweimal), war ein paar Jahre mehr oder weniger ziellos durch die Welt gebackpackt und jobbte nun befristet als Zimmermädchen. Wäre ihre Großmutter – die sie nur aus den wenigen Ferienwochen ihrer Schulzeit kannte, weil sich die Mama mit der Oma böse entzweit hatte und die Mama (alleinerziehend) daraufhin über die Grenze ausgewandert war – nicht vor Kurzem gestorben, hätte sie jetzt nicht einmal ein Dach über dem Kopf. So war sie vor Kurzem nach Kitzbühel gekommen. Um den Nachlass zu regeln. Um herauszufinden, wie es für sie weitergehen sollte. Aber so richtig angekommen war sie noch nicht. Und ob sie nun in Kitz jobbte wie jetzt, oder an der französischen Riviera wie letztes Jahr, oder in Kopenhagen wie vorvorletztes Jahr – irgendwie schien ihr das Leben ein einziger Tempel der Ödnis und Langeweile.

Wenn sie so darüber nachdachte, wurde sie doch einen Ticken nervös. Was sollte aus ihrem Leben werden? Das konnte doch nicht ewig so luschig in der Schwebe bleiben.

Leo hätte sich keine Sorgen machen müssen. In den nächsten 48 Stunden würde das Universum eingreifen und die Richtung vorgeben. Was sie natürlich nicht wusste. Momentan sputete sie sich einfach, um noch halbwegs im Rahmen zu spät zur Arbeit zu kommen.

Kurz darauf wienerte sie das Bad der Sisi-Suite.

Den Job im altehrwürdigen *Marchwardushof*, einem der allerersten und allerbesten Beherbergungsbetriebe von Kitzbühel und benannt nach Marchwardus, der um 1180 zum ersten Mal *Chizbuhel* mit Tinte auf eine Urkunde gänsefederte, hatte Leo nur temporär, jetzt in der Zwischensaison. Und auch nur, weil niemand Qualifizierteres zu haben war. Wer jetzt fragt, wie viel Qualifikation es erfordert, Hotelzimmer sauber zu machen, hat das noch nie getan.

Leo hatte sich gut, sogar sehr gut eingearbeitet. Sie machte die Zimmer, reinigte den Poolbereich und half, wenn Not an der Frau war, auch nachmittags im Cafébereich aus. Herr Neuveille, der Hoteldirektor, hatte sie schon beim Einstellungsgespräch gefragt, ob sie nicht den Winter über bleiben wolle. Aber ganz ehrlich, wenn zur Skisaison wieder über 100.000 Verrückte in den kleinen 8000-Seelen-Ort einfielen, dann wollte Leo eher nicht im Hotel arbeiten. Es war so schon stressig genug. Fast alle guten Geister des Hauses waren in Urlaub, und von den Verbliebenen waren zwei krank. Ergo gab es – obwohl das Haus nur zur Hälfte belegt war – Stress.

Die Zwischensaisongäste wussten zwar, dass Zwischensaison war, erwarteten aber dennoch den vollen Service. Und zwar pronto. Erst gestern hatte um Viertel vor zehn ein Gast an die Tür zum Spa-Bereich geklopft – ach was, gehämmert – und Eintritt verlangt, obwohl das Spa erst um zehn öffnete. Und ein anderer hatte sie zur Kaffeestunde angepflaumt, als sie die verschiedenen Kuchenvarianten nicht alle namentlich aufzählen konnte. Pech, aber sie waren ihr in den fünf Minuten, die ihr blieben, um sich vom Poolgirl in eine Aushilfsbuffetkellnerin zu verwandeln, nicht persönlich vorgestellt worden.

Nee, das Hotel- und Gaststättengewerbe war auf Dauer nichts für sie.

Wenn Leo ihr erstes Studium nicht abgebrochen hätte, würde sie jetzt Pubertierende in Sport und Englisch unterrichten. Das wäre aber weder für die Kids noch für sie ein Vergnügen gewesen. Leo war nicht wirklich kompatibel mit Menschen. Wer ihr dumm kam, wurde gerissen wie eine Antilope. Da kam die Löwin in Leo durch. Darum war es rückblickend gut, dass sie auch ihr zweites Studium an den Nagel gehängt hätte. Die Vorstellung, dass sie als Psychologin Menschen in seelischer Not half, war lachhaft.

Und danach hatte Leo sich treiben lassen. War ein Jahr durch die Welt gebackpackt, hatte sich auf Hawaii von einem Surfer das Herz brechen lassen – und beim Bergsteigen in Nepal den linken Unterarm. Solange sie nicht wusste, was sie wollte, würde sie im Haus ihrer

Oma bleiben. Schon immer wohnte Leos Familie in diesem – mittlerweile ziemlich windschiefen – Fachwerkhaus, das sich an den Hahnenkamm schmiegte. Beste Lage. Hätte man schon längst für einen Millionenbetrag verkaufen können. Grundstückswert, nicht für das windschiefe Hexenhäuschen, in dem man jedweden modernen Komfort vergeblich suchte. Immerhin hatte die Oma Anfang der siebziger Jahre ein Badezimmer einbauen lassen.

Und so war Leo an diesem kühlen Herbstmorgen, an dem die Wolken so tief hingen, dass man das Gefühl hatte, sie beinahe anfassen zu können, zügig zum *Marchwardushof* geeilt, der punktgenau an der Stelle stand, wo die „Vorderstadt" auf die „Hinterstadt" traf, im mehr als 700 Jahre alten Herzen des Ortes, wo sie um nur zehn Minuten zu spät ihren Dienst angetreten hatte und nun die Sisi-Suite putzte.

Das Einzige, was ihr in diesem drögen Einerlei half, war ihre Neugier. Hier zum Beispiel lag – unter zwei ordentlich gefalteten Handtüchern, als ob man es nicht sehen sollte – eine Heimwerker-Bibel auf dem Wasserkasten der Toilette. Noch in Folie eingeschweißt und mit dem Preisaufkleber *Bücherklause Haertel* direkt um die Ecke. Die Folie war allerdings an einer Seite aufgeschlitzt und jemand hatte einen gelben Post-it-Zettel hineingeschoben. Auf dem auch etwas stand. Man konnte es nur nicht lesen, weil es falsch herum hineingesteckt worden war. Leo schob ihren Zeigefinger unter die Folie und ...

„Was machen Sie denn da?", brummte plötzlich eine Männerstimme. Sie brummte ungnädig. Der dazugehörige Kerl fixierte sie wie ein Krokodil, das gleich eine zarte Antilope mit einem einzigen Happs verschlingen wollte.

Leo ließ vor Schreck das Buch fallen. Leider fiel es in die Kloschüssel, deren Deckel schon aufgeklappt war. Mit Putzmittel getränktes Wasser spritzte.

„Was fällt Ihnen ein, sich so an mich anzuschleichen?", donnerte sie.

Wenn sie in ihren nunmehr 30 Jahren auf diesem Planeten eines gelernt hatte, dann das: Angriff war die beste Verteidigung!

„Äh ..."

Leo war einen Meter achtzig groß, aber der Mann überragte sie um mehr als Kopfeslänge. Und war doppelt so breit wie sie. Außerdem war er im Recht: Es war *sein* Zimmer, und sie sollte das Bad nur wischen, nicht inspizieren.

„Haben Sie die grüne Kordel nicht gesehen?", sagte sie und fischte das Buch aus der Toilette.

Wenn ein Zimmer gerade gereinigt wurde, hing eine grüne Kordel am Türknauf. Wobei natürlich auch der Wagen mit den Handtüchern und Seifen direkt neben der angelehnten Tür als Indiz dienen könnte.

„Sie müssen sich bemerkbar machen, wenn Sie hereinkommen!" Leo sah ihn streng an.

„Äh ..."

Zweite Lektion: Beim Verteidigungsangriff das Gegenüber nie zu Wort kommen lassen!

„Was glauben Sie denn, was ich hier tue? Ich wollte gerade den Wasserkasten freiräumen, um ihn sauberzuwischen." Hoffentlich meldete er sie nicht dem Direktor. Zimmermädchen mussten über jeden Verdacht des Herumschnüffelns erhaben sein. „In fünf Minuten bin ich fertig. Ich kann natürlich später wiederkommen, wenn Ihnen das lieber ist."

Der Ton macht die Musik, und Leos Ton war – ungeachtet der Worte – eher Marschmusik als eine einschmeichelnde Mozartmelodie, wie sie die Hotelleitung für solche Eventualitäten eigentlich vorsah.

Er sah sie unsicher an. Wie so viele Raubtiere verwirrte es ihn, wenn sich ein Beutetier mit knallharter Selbstsicherheit zur Wehr setzte.

„Nein, bitte. Machen Sie nur Ihre Arbeit", sagte er. „Ich rauche so lange eine Zigarette auf dem Balkon. Schon gut, ich nehme es so."

Er nahm ihr das tropfende Buch ab und zog sich auf seinen Zimmerbalkon zurück.

Leo atmete tief aus. Nochmal gut gegangen. Sie wollte zwar ihren Vertrag nicht verlängern, aber eine fristlose Kündigung konnte sie jetzt auch nicht gebrauchen.

Jeden Morgen bekam sie den Belegungsplan, auf dem die Zimmer aufgeführt waren, die sie an diesem Tag reinigen musste. Darauf stand die Personenzahl pro Zimmer und ob eine Ab- oder Anreise anstand. Die Sisi-Suite war von zwei Männern belegt. Für sieben Nächte. Anfangs hatte Leo geglaubt, es müsse sich um ein schwules Pärchen handeln, möglicherweise ziemlich sicher auf Hochzeitsreise, denn die romantische Sisi-Suite wurde fast ausschließlich für diesen Zweck gebucht. Aber nachdem sie die beiden Herren zufällig vor zwei Tagen im Hotelflur in Augenschein hatte nehmen können, war eins klar: Schwul waren die nicht. Also, vielleicht doch, man wusste ja nie. Aber die beiden waren das lebende Stereotyp von zwei Hetero-Schlägern, die für ein Inkasso-Büro arbeiten. Oder für einen Mafiaboss Schutzgelder einsammeln. Etwas in der Art. Körperbau, Anzüge, Ausstrahlung – da konnte es gar keinen Zweifel geben. Vermutlich teilten sie sich nur die Sisi-Suite, weil alle anderen Suiten schon belegt waren und sie was Großes wollten, um nachts zusammen im neuesten Schlagring-Katalog zu blättern.

Leo linste um die Ecke und putzte dann weiter.

Und ja, um der Wahrheit die Ehre zu geben, sie hatte in der Suite herumgeschnüffelt. Schon vor dem Buch unter den Handtüchern. Die meisten Menschen versteckten Dinge, die die Zimmermädchen nicht finden sollten, unter den gefalteten Pullovern im Kleiderschrank. Oder in ihren Koffern. Leo hatte beim Öffnen der Koffer sehr darauf geachtet, dass da kein Haar absichtlich unabsichtlich über dem Reißverschluss lag. Aber in den beiden Carry-ons der Männer befand sich nur die Schmutzwäsche, unter ihren Pullis lagen nur weitere Pullis, und in den Kulturbeuteln hatte sie weiter nichts als das Übliche plus einer Revitalisierungscreme für Schütterhaarige gefunden.

Leo wischte zügig die Fliesen sauber, dann verließ sie mit einem „Schönen Tag noch!" das Zimmer.

Zu ihrer Verteidigung kann nur gesagt werden, dass ihr Job eben total öde war. Und dass sie als Kind mit ihrer Mutter – die vor nun schon zehn Jahren bei einer Bergwanderung ums Leben gekommen war – immer Privatdetektiv gespielt hatte: verfolgen, aufspüren, deduzieren. Sie hatte es geliebt. Und die Mama auch.

Na gut, die beiden Schläger boten also nichts Interessanteres als eine heimliche Liebe zum Heimwerken. Die Hoffnung stirbt ja zuletzt. Vielleicht bot das nächste Zimmer eine faszinierende Abwechslung.

Leo sah auf den Belegungsplan. An der Tür zur großen Kaisersuite, in der sich eine arabische Familie einquartiert hatte, hing nun schon den dritten Tag in Folge das *Bitte-nicht-stören*-Schild.

Leo schob den Wagen mit den Putzutensilien und dem Nachschub an Handtüchern und Goodies über den rot-weiß karierten Teppichboden zur letzten Suite, der Bellevue-Suite. Belegung: eine Person. Abreise:

noch offen. Das gab es auch nur in der Zwischensaison, dass sich jemand spontan überlegen konnte, wie lange er bleiben wollte.

„Housekeeping", rief Leo und klopfte an die Zimmertür. Die im selben Bruchteil der Sekunde von dem weiblichen Gast der Suite aufgerissen wurde. Leo bekam beinahe einen Herzkasper. „Oh, Entschuldigung."

„Nein, bitte, kommen Sie ruhig herein. Mein Zimmer hat es nötig."

Leo sah über die Schulter der Frau. Wenn es ein Zimmer gab, das es nicht nötig hatte, dann dieses hier. Es sah nachgerade unbewohnt aus. Nirgends lag etwas herum, sogar die Betten waren schon gemacht. Sehr ungewöhnlich. Normalerweise ließen Hotelgäste das innere Ferkel raus, warfen ihre Klamotten überallhin, zielten mit den Abfällen auf den Papierkorb und scherten sich nicht, wenn sie ihn verfehlten, und vermittelten generell den Eindruck, als hätten sie eine Bombe hochgehen lassen. Weil, man musste ja nicht selbst aufräumen und putzen. Dieses Zimmer hier wirkte dagegen klinisch rein. Gehörte die Zimmerbewohnerin zu den Menschen, die auch zu Hause immer putzten, bevor die Putzfrau kam?

Aber auch, wenn Leo quasi nur die Betten machen und einmal über alle Oberflächen wischen musste, sie schätzte es nicht, wenn die Hotelgäste während des Reinigungsvorgangs anwesend waren. „Ich will Sie nicht stören. Ich komme später wieder."

„Nein, nein. Es passt gerade gut. Bitteschön. Im Bad müssen Sie nichts machen. Nur die Papierkörbe leeren. Und den Aschenbecher auf dem Balkon."

Die Frau trat zur Seite, um Leo einzulassen. Sie war auf den ersten Blick in Leos Alter, aber das wollte nichts heißen. Die Optik konnte täuschen. Letzte Woche hatte Leo in der Douglas-Filiale drei Blondinen gesehen, die sie von hinten für Drillinge gehalten hatte. Erst als sie an ihnen vorbei zur Kasse ging, wurde ihr klar, dass es sich um Großmutter, Mutter und Enkelin handelte. Drei Russinnen, die zweifelsohne sehr viel Geld in diese mehr oder weniger gelungene Täuschung investiert haben mussten.

Leo seufzte, trat ein und leerte als Erstes die Papierkörbe. Die Frau hatte den kleinen Maiereimer aus dem Bad geholt und die Badezimmertür geschlossen. Leo wollte den geleerten Mülleimer wieder ins Bad stellen, da rief sie: „Schon gut. Ins Bad müssen Sie nicht. Die Handtücher benutze ich alle nochmal."

„Ich sollte aber ...", fing Leo an.

„Ins Bad müssen Sie nicht!", erklärte die Frau final.

Leo nickte und ging zum Bett. Beim Aufschütteln der Bettwäsche sah sie aus den Augenwinkeln zu der Frau, die es sich in der Wohnecke der Suite bequem gemacht hatte. Sie lag sehr elegant auf der Couch und blätterte in der *Vogue*. Leo hatte in ihrem ganzen Leben noch nie so elegant auf einer Couch gelegen. Es war eine Fotoshooting-Pose. Sie mochten ungefähr gleich alt sein, aber die Frau wirkte definitiv so, als habe sie ihren Lifestyle schon gefunden. Und der buchstabierte sich L-u-x-u-s.

Jetzt sah sie auf.

Rasch klopfte Leo die Daunendecken platt und platzierte Überdecke und Deko-Kissen in einer fest vorgeschriebenen Formation.

Die Bellevue-Suite war eigentlich keine richtige Suite. In einem großen Fünf-Sterne-Haus wäre sie allenfalls als Juniorsuite durchgegangen. Zwar sehr geräumig, aber eben nur ein großes Zimmer mit Schlaf-, Arbeits- und Wohnbereich, an das sich ein Flur mit zwei Kleiderschränken und ein luxuriöses Bad mit Wanne und Regenwalddusche anschlossen. Nicht einmal halb so groß wie die Sisi-Suite. Von der Kaisersuite ganz zu schweigen. Was die Bellevue-Suite auszeichnete, war – wie der Name schon sagte – die schöne Aussicht. Direkt auf den Hahnenkamm. Wo an diesem diesigen Samstagvormittag noch nicht viel los war. Und selbst wenn, durch den Dunst hätte man es nicht gesehen. Morgen würde das anders sein, da gab es Brunch und Remmidemmi mit Band – alle Gondelfahrten zum halben Preis.

„Wirklich schön hier", sagte die Frau, die erst zum Hahnenkamm und dann zu Leo schaute. „Ich bin übrigens Irina."

Leo hielt inne. Fraternisierung mit den Gästen? Sie hatte das ungute Gefühl, dass das von der Hotelleitung nicht gern gesehen wurde. Untergekommen war ihr so ein Fall noch nie. Normalerweise bemerkten die Gäste sie nicht einmal.

„Luisa. Aber nennen Sie mich Leo."

Irina lächelte. „Sind Sie von hier?"

Leo nickte bejahend, sagte aber: „Nein, ich arbeite nur hier."

Sie sah Irinas irritierten Blick. „Entschuldigung. Meine Familie stammt von hier, schon in x-ter Generation. Nur ich bin woanders aufgewachsen." Sie staubwischte die Holzoberflächen, von denen es viele gab. „Sind Sie zum ersten Mal hier?"

Irina schaute versonnen zum Berg. „Nur hier im Hotel. In Kitzbühel war ich bereits einmal. Ich ... *wir* waren vor einem halben Jahr ein paar Tage in der Gegend, bis ..." Sie stockte. Holte dann tief Luft, schien sich mit aller Gewalt zusammenzureißen. „Aber dann hatten wir einen Autounfall."

„Das tut mir sehr leid. Ein schlimmer Unfall?" Blöde Frage. Es war doch offensichtlich. Irina wirkte plötzlich eingefallen und blutleer. Ein kleiner Kratzer an der Stoßstange nahm einen nicht so mit.

„Für mich ging es glimpflich aus, aber ... Jimmy ... mein Mann ist im Wagen verbrannt."

Vor Leos innerem Auge tauchten plötzlich die Schlagzeilen in der TT, der *Tiroler Tageszeitung,* auf. Und vor ihrem inneren Ohr hörte sie die Sprecherin beim ORF sagen: „Der berüchtigte deutsche Schwerkriminelle Jimmy Maier ist bei einem schweren Autounfall in Tirol ums Leben gekommen. Seine völlig verkohlte Leiche wurde von seiner Begleiterin, die nur überlebte, weil sie bei dem Unfall aus dem Wagen geschleudert wurde, identifiziert."

Es passierte nicht viel Schlimmes hier in Tirol, und das Spektakuläre merkte man sich ohnehin. Es war noch lange darüber berichtet worden, wie es sein konnte, dass ein Auto, das vermutlich wegen überhöhter Geschwindigkeit von einer Bergstraße abkommt, so dermaßen in Flammen aufgehen kann, dass der Fahrer bis zur Unkenntlichkeit verbrennt. Wenn Leos Erinnerung sie nicht täuschte – sie hatte damals eine kurze Stippvisite bei ihrer Oma gemacht –, wurde von offizieller Seite abschließend erklärt, dass der Mann – ein übles Subjekt: Frauenhändler, Rauschgiftschmuggler, Mehrfachmörder, jedoch nie überführt – offenbar leicht entzündliche Materialien für den Bau einer Bombe mitgeführt haben musste. Es ging das Gerücht um, er habe damit einen Konkurrenten ausschalten wollen.

All diese Erinnerungsfetzen huschten im Bruchteil einer Sekunde durch Leos Gehirn. Und zeigten sich anscheinend in ihren Gesichtszügen, denn Irina lachte auf. „Sie haben das damals mitbekommen, oder? Mein Jimmy hat mit seinem Tod für ziemlichen Wirbel gesorgt." Sie legte die *Vogue* beiseite und strich sich eine rote Haarsträhne aus dem Gesicht. Ihre Haut blieb allerdings bleich, aber das lag wohl am Alabasterteint. „Okay, zugegeben, Jimmy hat ein paar krumme Dinger gedreht. Aber er war kein kriminelles Schwergewicht. Das war nur üble Nachrede der Konkurrenz. Er hat nie jemanden umgebracht. Und zu mir war er immer gut. Einfühlsam und liebevoll."

Es gab strenge Zeitvorgaben, wie viel Zeit man für die Reinigung eines Zimmers benötigen durfte. Und die Hausdame kontrollierte das auch. Entweder über die Flur-Kameras oder indem sie persönlich vorbeikam. Dennoch brannte die Neugier in Leo. „Mein Beileid. Und Sie wollen jetzt noch einmal Abschied von Ihrem Mann nehmen?"

Irina nickte. „Genau. Wir waren lange zusammen, und ... ja ... ich musste einfach nochmal herkommen. Er ist hier begraben, wissen Sie." Sie zupfte an ihrem schwarzen Kaschmirpulli, der sich hauteng um ihren grazilen Körper schmiegte. „Es wird auch langsam Zeit, dass ich meine Trauerkleidung ablege. Schwarz lässt mich blasser wirken, als ich ohnehin schon bin. Ich sehe aus wie eine sizilianische Witwe."

Niemand sah weniger wie eine sizilianische Witwe aus als diese laszive Rothaarige in Pulli und Caprihose.

Leo wienerte mit dem Staubtuch nun schon zum gefühlt hundertsten Mal über die Kommode, auf der der Breitbildfernseher stand. Nur für den Fall, dass die Hausdame gleich unangekündigt den Kopf durch die Tür mit der Kordel am Knauf steckte. Sie ignorierte den Witwenteil und kam noch einmal auf das Grab zu sprechen.

„Er wurde hier in Kitzbühel zur ewigen Ruhe gebettet?" Als ob ihre Oma aus ihr sprach. Die hatte bei einem ähnlich gelagerten Fall – also kein spektakulärer Verbrecherunfall, aber ein Tourist, der nach einem Infarkt hier eingeäschert worden war – sehr schmalllippig geäußert, dass Leute, die nicht von hier waren, sich gefälligst auch in heimischer Erde begraben lassen sollten; Leichentourismus gehöre sich nicht.

Leo rollte innerlich mit den Augen, weil sie so ungläubig gefragt hatte. Aber es interessierte sie wirklich, warum der Mann nicht in seine Heimatstadt überführt worden war. Man lag doch gern da, wo Freunde und Familienangehörige mal eben rasch vorbeikommen und einen gießen konnten. Oder nicht?

„Ja. Auf diesem wunderschönen Friedhof neben der Kirche." Irina stand auf, ging zu der Nespresso-Maschine, drückte eine Kapsel hinein und sagte über das Rattern hinweg: „Ich dachte damals, es würde ihm gefallen. Die gute Luft. Mit dem unverbaubaren Blick auf die Berge. Bei uns in Berlin hätte er nur graue Hochhäuser gesehen."

Leo verkniff sich die Bemerkung, dass er gar nichts mehr sehen konnte. Weil er ja tot war.

Irina hob die Tasse an die perfekt bemalten Lippen und nahm einen Schluck. Die Lippen waren danach immer noch perfekt, aber den Tassenrand zierte jetzt ein korallenroter Abdruck. „Heute bedauere ich das fast ein wenig. Nicht, dass er hier liegt. Nein, gar nicht. Aber dass ich hergekommen bin. Man soll die Toten ruhen lassen." Sie schaute versonnen auf das Ölgemälde über dem Bett. Es zeigte einen röhrenden Hirsch. „Ich dachte, wenn ich nach Kitzbühel fahre ... wenn ich vor seinem Grab stehe und mich noch einmal an all die schönen Momente mit ihm erinnere ... dann würde ich einen Abschluss finden und könnte wieder neu anfangen. Aber ich fühle mich wie begraben unter einer Lawine von Erinnerungen an unsere Liebe. Mehr denn je fühle ich mich verdammt einsam. Verstehen Sie das?"

Leo neigte nicht zu Gefühlsduseleien. Sie dachte, dass Irina so arm nicht dran sein konnte, wenn sie sich eine Suite in einem exklusiven Fünf-Sterne-Luxushotel zu leisten vermochte. Auch wenn's die kleinste Suite des Hauses war. Und auch, wenn die Suiten in der Zwischensaison immer ein wenig finanzierbarer waren als beispielsweise während des Hahnenkammrennens. Aber sogleich schalt sie sich selbst für ihre Kaltschnäuzigkeit. Schwerverbrecher waren ja auch Menschen. Menschen, die jemand, der sie gerngehabt hatte, vermissen konnte. Niemand hatte nur schlechte Seiten. Das war doch ein wunderbares Beispiel für die Macht der Liebe.

Blöderweise hatte sie keine Schatulle mit Sinnsprüchen parat, aus der sie jetzt ein paar passende Trostzitate fischen konnte. „Tja ... das Leben ... Sie sollten sich ablenken. Es ist zwar momentan nicht so sehr viel los, aber heute Abend findet ein Sportereignis statt. Curling. Wird bestimmt unterhaltsam. Kommen Sie doch vorbei."

Irina sah Leo an. Sehr lange, sehr intensiv.

„Ja, vielleicht mache ich das." Jetzt lächelte sie. „Das Leben muss ja weitergehen. Ich überlege es mir."

Leo lächelte auch. „Super. Aber ziehen Sie sich warm an!"

Sie sah zum Bad. „Soll ich wirklich nicht saubermachen?" Über die Fliesen wischen, die Haare aus dem Duschabfluss fischen, die Toilette desinfizieren, die kleine Vase mit den Duftstäbchen neu auffüllen?

„Nein." Irina stellte sich zwischen Leo und die Badezimmertür. Grazil, wie sie war, kam sich Leo spontan wie ein Elefant vor. „Hören Sie ... äh ..."

„Leo", sagte Leo.

„Leo." Irina lächelte. „Ich habe mit ... Freunden ... Termine ausgemacht und bleibe daher noch einige Zeit in Kitzbühel. Momentan suche ich ein Haus hier in der Stadt. Zur Miete. Oder zum Kauf. Das ist ja immer eine gute Investition. Sobald ich etwas gefunden habe, brauche ich jemand, der mir hilft. Eine ..."

„Zugehfrau?"

„Eine Hausdame. Einkaufen, putzen, mir eine Tasse Kaffee aufbrühen. Kleine Besorgungen."

„Aber ... warum ich? Sie kennen mich doch gar nicht."

Irina zuckte mit den Achseln. „Ich habe ein sehr feines Gespür für Menschen. Zwischen uns stimmt die Chemie. Sagen Sie mir einfach, wie viel Sie verdienen wollen. Fangen Sie mit dem Doppelten an, was Sie hier bekommen. Und legen Sie noch was drauf. Mir ist wichtig, dass ich jemanden um mich habe, den ich sympathisch finde und dem ich vertraue. Sie wären perfekt!"

In Leo überlegte es. Sie konnte eine Geldspritze gut gebrauchen. Allerdings handelte es sich hier um die Witwe eines berüchtigten Verbrechers. Die sich offenbar ein Haus in Kitzbühel leisten konnte, ohne mit der Wimper zu zucken. Andererseits konnte Leo das Geld *wirklich* gut gebrauchen. Besonders üppig war ihr Gehalt im *Marchwardushof* nicht. Aber was würde Neuveille sagen, wenn sie ihn einfach so im Stich ließ?

Angesichts des inneren Für und Wider huschten Leos Augen von links nach rechts und zurück. Wie bei den Zuschauern in Wimbledon.

„Sie müssen sich nicht sofort entscheiden", sagte Irina. „Überlegen Sie in Ruhe."

Leo wollte gerade etwas antworten, da wurde die Zimmertür aufgestoßen und die Hausdame schaute herein. „Alles in Ordnung?"

„In bester Ordnung. Sie können sich wieder entfernen." Irina winkte die Hausdame mit einer lässigen Handbewegung davon. Die presste die Lippen aufeinander, aber der Gast war nun mal König, also entfernte sie sich.

Irina zwinkerte Leo verschwörerisch zu.

„Danke", hauchte Leo.

Eine Viertelstunde später – sie lüftete gerade ein Doppelzimmer, das zur Straßenseite lag – sah Leo, wie Irina in einem eleganten Pelzmantel das Hotel verließ.

Als sie auf den Flur trat, fiel ihr auf, dass kein *Bitte-nicht-stören*-Schild am Türknauf zur Bellevue-Suite hing. Das war die Gelegenheit, doch schnell das Badezimmer zu putzen.

Sie nahm einen Satz frischer Handtücher vom Wagen, betrat die Suite und gleich darauf das Bad ...

... und stockte.

Eins der weißen Handtücher lag in der Wanne und war über und über mit Blut verschmiert!

Aber dann sah sie die Packung besonders saugfähiger Tampons auf der Ablage über den Waschbecken und war sofort beruhigt. Das hatte doch jede Frau schon so oder so ähnlich erlebt. Die Schlachtplatte, während man seine Tage hatte. Ob sich Irina dafür schämte und sie deswegen nicht ins Bad lassen wollte?

Oder lag es womöglich an dem Nassrasierer und dem PreShave-Men-Rasieröl in der Seifenablage der Dusche? Entweder hatte Irina ein echtes Gesichtsbehaarungsproblem oder aber sie teilte sich ihr Bad – trotz Einzelbelegung der Suite – mit einem Mann ...

Lass das mal den Fachmann machen (Gilt für alle Handwerksberufe, auch für Mörder)

Arno Gümpel produzierte seine erste Leiche im zarten Alter von 13, als er – angetrunken – im Opel Manta seines Vaters eine Ausfahrt wagte. Er kam nicht weit. Schon an der ersten Ecke fuhr er einen Nachbarn platt. Das verlieh seinem Lebenslauf eine völlig neue Wendung.

Arno Gümpel war durch diesen Vorfall nämlich keineswegs traumatisiert. Im Gegenteil. Er war begeistert. Und weil er nicht darauf warten wollte, bis sich so ein euphorisierendes Ereignis bei seinen regelmäßigen Saufeskapaden von allein wiederholte, trat er der Jugendgruppe der Anonymen Alkoholiker bei, damit er seinem neuen Hobby nüchtern nachgehen konnte. Anfangs tötete er Insekten und Kleintiere. Schon bald auch Zweibeiner aus der Familie der Hominidae, Gattung Homo sapiens. Man durfte mit Fug und Recht sagen: Arno Gümpel war keiner von den Guten.

Und während sein Großvater, sein Vater und seine älteren Brüder ein ereignisloses Leben als Kleinverbrecher führten, strebte Arno nach Höherem. Er wurde Auftragskiller. Wobei er sich selbst lieber als Hitman bezeichnete. Das klang cooler.

Deswegen trug Arno auch immer Maßanzüge. Und Sonnenbrillen mit Spiegelgläsern. Selbst an grauen Tagen, an denen er hinter der Sonnenbrille so gut wie nichts sehen konnte. So wie jetzt.

Arno Gümpel war der bestgekleidete hauptberufliche Auftragsmörder. Weltweit. Insoweit er das beurteilen konnte – Auftragskiller hatten ja keinen Newsletter mit Modeseiten und auch keine Jahrestreffen mit Catwalk. Es war einfach nur seine Einschätzung nach fast 20 Jahren im Job.

Er fuhr am Ortsschild von Kitzbühel vorbei, im schnittigen Cabrio sitzend, den linken Ellbogen lässig über die Fahrertür drapiert. Arno liebte Frauen – und wie! –, aber sollte er jemals die Seiten wechseln – weil beispielsweise durch einen Asteroideneinschlag sämtliche Frauen dieser Erde ausgelöscht wurden –, dann würde er auf Kerle stehen, die so waren wie er selbst: nicht schön, aber mit Muskeln und Grazie.

Der Fahrtwind blies ihm um die Nase. Er kam gerade vom Golfplatz.

Golfen – auch so ein cooler Sport.

Arno frönte allerdings keiner organisierten körperlichen Ertüchtigung, da hielt er es mit Churchill. No sports! Wobei er natürlich unglaublich viel Gymnastik betrieb. Horizontalgymnastik, um genau zu sein. Gewisse Kreise – also die Frauen dieser Welt – nannten Arno nur „die Fleischwurst". Warum, lag auf der Hand. Und man sah es auch sofort bei jeder Begegnung mit Arno, denn er trug – zur kontinuierlichen Konsternation seines Maßschneiders – ausnahmslos Hosen, die eine Nummer zu klein waren. Damit sein Gemächt besonders prall zur Geltung kam. Das er stets links trug. Denn Arno Gümpel war bekennender Linksträger. Und stolz darauf.

Im Sitzen war das nicht immer bequem, also hatte er den Knopf seiner Hose geöffnet, um freier atmen zu können.

Er musste sich konzentrieren. Arno war zum ersten Mal in Kitzbühel und wollte die Ausfahrt zur Hütte nicht verpassen.

Das ständige Klopfen aus dem Kofferraum nervte. Wie sollte er sich dabei konzentrieren?

„Scheiße", brummte Arno, als ihm klar wurde, dass er rechts hätte abbiegen müssen. Die Weichei-Lusche vom GPS hatte noch gesagt „an der nächsten Kreuzung rechts abbiegen", aber wenn er sich aufregte, gab sein Bleifuß immer Gas, und so war er vorbeigebrettert.

„Wenn möglich, bitte wenden", verkündete die sonore Männerstimme. Es war ein Leihwagen. Wenn Arno die Wahl hatte, bevorzugte er weibliche Stimmen. Von Kerlen ließ er sich nämlich nicht gern was sagen, da war er Alpha-Rüde.

Tock-tock-tock, machte es im Kofferraum.

„Ruhe!", brüllte Arno. Eben noch so glücklich, jetzt angefressen.

Es klopfte ununterbrochen weiter. Arno hätte mehr Chloroform verwenden sollen, aber er hatte nicht überdosieren wollen. Der Doktor wurde noch gebraucht. Da hatte die Chefin keinen Zweifel aufkommen lassen. Er musste den Typ im Kofferraum lebend in der Hütte abliefern.

Was ein eher ungewöhnlicher Auftrag für ihn war. Normalerweise killte er die Leute – und gut. Tote Menschen waren ihm am liebsten, Lebende machten immer nur Stress.

Auch der hinten im Kofferraum. Lästig wie ein Furunkel am Arsch.

„Gib endlich Ruhe!", brüllte Arno.

Es klopfte trotzig weiter.

Waren das Morsezeichen?

In Arno köchelte es. Wenn das noch lange so weiterging, würde er anhalten und seine Faust sprechen lassen.

Er würde den Doktor auf jeden Fall lebend abliefern – schließlich war Arno „die Fleischwurst" Gümpel Profi. Ja, lebend – aber mit Veilchen!

Die Reichen, die Schönen und die Toten

„Wo hat sich hier der Beckenbauer verewigt?" Der Tourist mit dem bayrischen Zungenschlag knüllte die Eintrittskarte zu einem Mikro-Papierball und starrte die junge Frau hinter der Empfangstheke auffordernd an.

„Wie bitte?"

„Der Beckenbauer. Der soll doch hier irgendwo sein."

Sie nickte unverändert freundlich. Manche zerbrachen an diesem Job, andere machte er stärker. „Geradeaus und rechts. Dann sehen Sie die Namen unserer Förderer im Boden eingelassen."

Der Mann bedankte sich nicht, sondern stapfte einfach los. Und schnipste dabei die frisch gerollte Papierkugel an die Wand.

Die Kassenwartin seufzte.

Das Museum Kitzbühel im ehemaligen Getreidekasten und Teilen der Stadtbefestigung bot heimatkundliche und wintersportgeschichtliche Exponate sowie Werke des Künstlers Alfons Walde. Vom Dach des Museums, erreichbar über eine knarzige Holztreppe, hatte man zudem einen einzigartigen Blick über die Dächerlandschaft von Kitzbühel vor dem Hintergrund der markanten Kalkgipfel des Wilden Kaisers, dessen schroffe Formationen in reizvollem Kontrast zu den sanften Grasbergen, dem steil aufragenden Hahnenkamm im Westen und dem Kitzbüheler Horn im Osten standen. Was man alles nicht wissen musste, das erklärte eine Tafel oben auf der Dachplattform. Auf der maximal acht Personen Platz fanden. Was kein Problem werden sollte: Mehr befanden sich an diesem altweibersommersonnigen Spätoktobervormittag auch nicht im Museum. Für das Gros der Touristen galt ohnehin, dass man wegen anderer Attraktionen nach Kitzbühel kam, nicht wegen des Stadtmuseums. Wobei ... Ausnahmen bestätigten die Regel.

Für jeden, der sich für Geschichte und Kunst interessierte, war das Museum ein absolutes Muss. Aber ganz ehrlich, wie viele Kitzbühel-Touristen interessierten sich schon für Geschichte und Kunst. Zwar deutlich mehr, als man dachte, aber doch überschaubar viele. Vielleicht bei richtig Schlechtwetter, oder wenn es sonst gerade nichts gab, was einen reizte, und man nicht auch noch den zehnten Cappuccino vor dem *Praxmair* trinken wollte.

Manche – wie dieser Tourist mit den nicht zu seinem Körperbau passenden Bermuda-Shorts, dem roten FC-Bayern-München-Käppi und der riesigen Digitalkamera um seinen Hals – kamen nur wegen der Pflastersteine im Erdgeschoss, auf denen die Sponsoren namentlich verewigt worden waren, unter anderem eben auch Franz und Heidi Beckenbauer.

Kopfschüttelnd sahen ihm Rudi, Beppi, Manni und Frau Obermoser nach.

Nicht-der-Hinterseer und Karl-Heinz schliefen noch. Rudi, Beppi und Manni wären jetzt auch gern woanders, aber sie hatten den Fehler begangen, zu frühstücken – und waren von ihrer nächtlichen Anhalterin zwangsverpflichtet worden.

„Vier Erwachsene, bitte", sagte Frau Obermoser zu der jungen Frau hinter der Empfangstheke und fischte ihren Geldbeutel aus dem Seitenfach der übergroßen Gobelintasche. Bei ihr waren offenbar alle Gepäckstücke XXL. „Für das volle Programm. Und ihr lasst eure Börsen stecken, ich lade euch ein."

Rudi, Beppi und Manni trugen dasselbe wie in der Nacht zuvor, Karohemden und Jeans. Ihr Gepäck bestand ja auch nur aus Herrenhandtaschen, in denen sich jeweils gerade mal eine Zahnbürste und eine Wechselunterhose befanden.

Frau Obermoser hatte aus den unendlichen Weiten ihres Schrankkoffers an diesem Morgen ein türkisfarbenes Wickelkleid gezogen. Aus Jerseystoff, der sich wie eine zweite Haut um ihren Körper schmiegte. Dazu eine korallenrote Holzkugelkette und Pumps, die farbidentisch mit der Kette waren. Und darunter bestimmt Spanx. Oder gar nichts. Jedenfalls zeichnete sich unter dem Stoff nichts ab. Das modische Statement war aber tendenziell ähnlich wie ihr roter Lederoverall. Hatte sie in der Nacht allerdings noch ausgesehen wie eine Senioren-Domina, wirkte sie nun wie eine hochklassige Escort-Prostituierte für Männer mit reiferem Geschmack. Rudi, Manni und Beppi, deren Erfahrung mit richtig alten Frauen sich auf altbackene Familienangehörige und auf Nachbarinnen beschränkte, die wie tüttelige Omas aus einer Nachmittagskindersendung wirkten, reagierten ratlos. Vielleicht hatten die drei auch deswegen klein beigegeben, als Frau Obermoser beim Frühstück sagte: „So, was machen wir jetzt? Ich schlage vor, wir gehen ins Museum."

Einer Escort-Domina widerspricht man nicht, sonst gibt es Haue.

Also waren die drei hinter ihr hergetrottet. Sie hatten ein seltsames Gespann abgegeben. Sogar die beiden Rösser, die an der Pferdekutsche angespannt neben dem Kiosk am Torhaus auf ihren Einsatz warteten, während der Kutscher sich eine Kaffeepause gönnte, schnaubten und wendeten die Köpfe, um sie trotz Scheuklappen betrachten zu können. Tiere haben ja ein viel feineres Gespür als Menschen, und vielleicht ahnten die Pferde, dass diese vier Menschen das Schicksal Kitzbühels verändern würden. Oder vielleicht schauten sie auch nur, weil Beppi so ungewöhnlich breitbeinig ging – die heiße Chai-Latte-Dusche in der Nacht war nicht folgenlos geblieben: Sein Skrotum war rot und geschwollen. Beppi hatte ein wenig Angst, dass er von nun an unfruchtbar sein könnte. Wie sollte er das seiner Gabi erklären?

Die wenigen flanierenden Touristen sahen nur eine alte Dame, die anscheinend mit ihren drei aus der Art geschlagenen Enkeln unterwegs war.

Frau Obermosers elegante Erscheinung wurde nur durch die ausgebeulte Gobelintasche gemindert, die sie aus unerklärlichen Gründen immer mitschleppte.

Vom Eingangsbereich des Museums ging es zum Treppenhaus.

„Besucht doch schon mal oben die Wintersportabteilung", schlug Frau Obermoser vor, nachdem sie Eintrittskarten für alle gelöst hatte. „Ich komme gleich nach."

Rudi, Manni und Beppi schlurften los. Die Abteilung mit den „frühen Spuren Kitzbühels" ließen sie dabei links liegen, und so würden sie nie erfahren, dass die Gegend seit der mittleren Bronzezeit, also seit fast 4000 Jahren, zu den bedeutendsten Produktionszentren für Kupfer im Ostalpenraum gehörte. Oder dass Kitzbühel 1271 zur Stadt erhoben und zum lebhaften Umschlagplatz von Vieh, Wein und Waren aller Art wurde.

Gleich darauf standen die drei vor den Toni-Sailer-Erinnerungsstücken und stritten sich um die Kopfhörer, aus denen die konservierte Stimme des „schwarzen Blitzes" zu hören war.

Zwar war keiner der drei dem Skisport zugetan und ihr Interesse daher nur mäßig, aber *interaktiv* war für sie das magische Zauberwort. Und weil es nur zwei Kopfhörer gab, ging einer leer aus. In diesem Fall der Beppi.

„Der hat Filme gemacht?", staunte Beppi gleich darauf vor einem Filmplakat, auf dem der junge Toni Sailer versonnen in die Ferne schaute. Er stand breitbeinig und mit gebeugten Knien. Nicht der Toni, der Beppi. Weil sein Skrotum dann mehr Platz in der Jeans hatte. Beppi hätte sich in den Hintern beißen können, dass er seine Bequemjogginghose nicht mitgenommen hatte. „Ich dachte, der war Skifahrer?"

„Der war halt mehrfach begabt." Manni nickte wissend. „Meine Oma hat die Filme mit ihm geliebt. Die markige Stimme. Die Bergsteigerdramen am Gipfel. Herz, Schmerz, Lebensgefahr. Und alles in Schwarz-Weiß." Er nahm die Kopfhörer ab, weil er den Controller nicht finden konnte. Was für eine blöde Spielkonsole. Dachte Manni.

„Du meinst Luis Trenker, du Depp", korrigierte Rudi, der trotz Kopfhörern alles mitbekam. „Trenker war schwarz-weiß, Sailer war schon Farbfilm."

Beppi und Manni schlenderten – mehr oder weniger lustlos wie Teenager auf einem zwangsverordneten Bildungstrip – an den Tafeln vorbei, die erklärten, dass Kitzbühel sich seit der ersten Ski-Abfahrt vom Kitzbüheler Horn durch Franz Reisch im Januar 1893 kontinuierlich zur Wintersportmetropole Österreichs hochgearbeitet hatte. Schon nach kurzer Zeit genoss der Ort internationalen Ruhm, die Beherbergungsbetriebe boomten und es entstanden neue Berufe wie „Skilehrer".

Ihre Aufmerksamkeit wuchs erst, als Rudi zu ihnen stieß und gleich darauf auf einen Namen zeigefingerte. „Da, seht ihr, Ernst Hinterseer, Skisportlegende. Das ist sein Vater!"

Die Hinterseer-Fanbuben standen ehrfürchtig vor dem Gruppenbild an feschen Skifahrern, von denen – laut Tafel – einer Ernst Hinterseer, Slalom-Olympiasieger von 1960, war.

„Aus diesen Lenden entsprang der Hansi", murmelte Manni andächtig.

Rudi und Beppi guckten ergriffen. Im Bruchteil eines Wimpernschlags hatte sich diese – für sie eher öde – Museumslandschaft in einen Ort der Legendenverehrung verwandelt. Gewissermaßen heiliger Boden.

„He, ob's hier auch einen Hansi-Hinterseer-Raum gibt?"

Sie sahen sich an ... und spurteten los. Erst bis ganz nach oben, dann wieder bis ganz nach unten – vielleicht hatten sie ja einen Raum übersehen? Und dann, enttäuscht, wieder zurück zu Papa Hinterseer, um seinen Lenden zu salutieren.

„Wenn's hier einen Kasten für Verbesserungsvorschläge gibt, werf ich einen Zettel ein, dass der Hansi-Raum fehlt", erklärte Manni.

Rudi nickte. Beppi kratzte sich im Schritt, weil der anfing zu jucken.

„Juhu, wo seid ihr?" Frau Obermosers Jodeln riss die drei aus ihrer Andacht heraus.

An die Frau Obermoser hatten sie gar nicht mehr gedacht.

Deren dezibelstarkes Jodeln war rein rhetorischer Natur, denn sie stand genau hinter ihnen und wusste folglich, wo sie waren.

„Der Papa vom Hinterseer", flüsterte Manni.

Sie trat näher und inspizierte das Gruppenfoto. „Sehr schneidig. Von denen würde ich keinen von der Bettkante stoßen."

Nichts ernüchterte gestandene Männer schneller, als wenn eine Frau, die ihre Großmutter sein hätte können, schlüpfrig wurde.

„Sollen wir hoch aufs Dach?", schlug Rudi vor. „Den Ausblick genießen?"

„Man sieht doch nichts vor lauter Nebel." Manni war bisweilen schwer von Begriff.

Beppi und Rudi zogen ihn einfach mit.

Ein unscheinbares Männchen kam ihnen auf der Treppe entgegen. „Sie müssen unbedingt aufs Dach", sagte es unaufgefordert, in einheimischem Zungenschlag. „Aus der Nebeldecke ragt die Kirchturmspitze heraus. Das dürfen Sie sich nicht entgehen lassen."

„Wir sind schon unterwegs." Frau Obermoser schenkte dem Männchen ein wohlmeinendes Lächeln.

Auf dem Weg zum Dach kamen sie an einem kleinen Raum vorbei, in dem – umsäumt von Schützentafeln – ein großer, dunkler Kasten stand.

„Hui, was ist das?" Frau Obermoser trat vor das kleine Erklärschild und las laut vor: „*Kassa mit Kassettendeckelschloß mit 16 Fallen. Eisen, vermutlich süddeutsche Arbeit, 1. Hälfte 17. Jahrhundert.*"

Manni, Beppi, Rudi fanden den Kasten jetzt nicht so wahnsinnig spannend.

Karl-Heinz dagegen schon. „Was sind denn bitteschön ‚Fallen', wenn es um eine Truhe geht?", fragte er, zeitgleich mit seiner urplötzlichen Manifestation neben ihnen.

Die Jungs schreckten zusammen, nur Frau Obermoser blieb die Ruhe in Person. „Karl-Heinz, wo kommen Sie denn her?"

„Vom Hotel. Warum habt ihr mich nicht geweckt? Die Kellnerin vom Frühstücksbuffet hat mir gesagt, ihr wolltet ins Museum gehen. Ins Museum, habe ich noch gefragt? Ins Museum, hat sie gesagt." Karl-Heinz war immer noch nicht ganz über seine Verwunderung hinweg. Er hatte mit seinen Kumpels schon viel mitgemacht – Ballermann-Junggesellenabschied vom Beppi, Fan-Fahrt zu einem Champions-League-Spiel –, aber einen Museumsbesuch?

„Es war die Idee von Frau Obermoser", erläuterte Rudi.

Das war sowas von klar. Wer, außer dieser Frau Obermoser, die sie aus der Güte ihres Männerherzens aufgelesen und mit nach Kitzbühel genommen hatten und die nun an ihnen klebte wie ein Schmarotzerfisch an einem Weißen Hai, wäre auf die Idee gekommen, ins Museum zu gehen? Seine Fanboys jedenfalls nicht.

„Fallen ...", dozierte Frau Obermoser jetzt lehrerinnenhaft, was ganz besonders an Karl-Heinz nagte, „... Fallen unterteilt man in Schnappfallen und Riegelfallen. Man findet sie auf alten Kriegskassen. Beispielsweise aus dem Dreißigjährigen Krieg. Ganz oft musste man mehrere Schließfunktionen und Tricks überwinden, um so eine Kasse zu öffnen. Ihr solltet den Deckel anheben und euch die Fallen einmal ansehen. Das ist hochinteressant. Und lehrreich."

„Danke, nein." Karl-Heinz war zwar neugierig, aber auch beleidigt. Er war das Gehirn ihrer Freundesgruppe. Normalerweise machte er die Ansagen. Und jetzt war er durch diese Frau Obermoser vom Anführer zum einfachen Mitglied degradiert worden. Weil er verpennt hatte.

Warum hatten ihn die anderen nicht geweckt? Nur weil er mit Schnarchnase Nicht-der-Hinterseer in einem Doppelzimmer nächtigte und auf seinem Handy versehentlich die Aus- statt der Schlummer-Taste betätigt hatte, ließen ihn die Jungs einfach liegen. Wobei er seinen Doppelbettpartner auch schlafend im Hotel zurückgelassen hatte, aber man sieht ja immer eher den Spreißel im Auge der anderen als den Balken im eigenen.

Und warum wusste die Alte mehr als er? Merde! Wenn er sich ärgerte, kam der Franzose in ihm durch. Wobei natürlich kein einziger Partikel seines mittelalten, langsam erschlaffenden Männerkörpers französisch war, aber seit er sich in der Pubertät auf Schulausflug nach Paris in Land und Leute verliebt hatte, fühlte er sich innerlich seelenverwandt, trug seine Baskenmütze voller Stolz und buk in seiner Freizeit Brioche. Automatisch schob er die Rechte in Brusthöhe in seine geöffnete Windjacke. Wie es Napoleon immer zu tun gepflegt hatte.

Dabei zählte er verstohlen die Schützentafeln an den Wänden, weil er wegen seines Zählfimmels nicht anders konnte.

„Was sind das für Flecken?" Beppi beugte sich zur Truhe. „Seht ihr das nicht? Da feuchtelt doch was."

„In so alten Gemäuern ist es immer etwas klamm. Das wird Kondenswasser sein", erklärte Karl-Heinz, um auch mal was Fundiertes gesagt zu haben.

„Ich finde die Luft hier sehr trocken." Frau Obermoser trat einen Schritt zurück. Sie sah zu Manni. Der fasste den Blick als Aufforderung auf. Er streckte den rechten Arm aus.

„In einem Museum darf man nichts anfassen", bellte Karl-Heinz. „Außer die interaktiven Präsentationen. Ist diese Truhe interaktiv?"

Frau Obermoser hob eine Augenbraue. „Möglicherweise ist die Truhe feucht gereinigt, aber nicht getrocknet worden. Von einer Zwischensaisonaushilfsputzfrau. Wenn wir das nicht überprüfen, könnte Rost-Fraß einsetzen."

Mannis Arm hing einen Moment lang reglos in der Luft. Eigentlich hatte Karl-Heinz immer das Sagen, aber diese Frau Obermoser strahlte sowas Bestimmendes aus, sowas ...

„Lass mich!" Beppi schob Manni beiseite und hob den Deckel an.

Und natürlich handelte es sich nicht um die farblich fragwürdigen Restschlieren eines Reinigungsmittels, sondern um Blut.

Das höchstwahrscheinlich zu dem abgetrennten Kopf gehörte, der in der Truhe lag. Und der sie aus weit aufgerissenen Augen verwundert anzuschauen schien.

Beppi schrie auf – das war der Schreck, er war sonst kein Schrei-Typ.

Rudi sah ihm über die Schulter, riss ebenso wie der Kopf die Augen auf, blieb aber stumm.

„Hammer!", lobte Manni. „Das nenn ich eine gelungene Halloween-Deko."

Es war Oktober, seine Vermutung war also nicht ganz abwegig. Aber leider falsch. Er beugte sich vor, um den Schädel zu tätscheln, fuhr mit den Fingern durch die brillantinierten Haare des Männerkopfes, zog die Hand wieder zurück, betrachtete seine Finger, schluckte schwer und sah – sekündlich bleicher werdend – zu Frau Obermoser.

„Echt, oder?", konstatierte sie nüchtern.

Beppi schrie erneut auf, Manni knickte mittig ein und kotzte sich die Seele aus dem Leib, und Rudi lehnte sich gegen die Wand, an der er gleich darauf ohnmächtig zu Boden rutschte.

Nur Karl-Heinz und Frau Obermoser bewahrten Ruhe.

„Was ist denn hier los?", fragte der Beckenbauer-Pilger, der es wider Erwarten tatsächlich bis hier oben geschafft hatte – vermutlich, weil er hoffte, noch ein in die Holzbalken geritztes *Franzl was here* von seinem Idol zu finden.

Dann sah er den Kopf, hob seine Canon-EOS-Mark-IV-SLR-Digitalkamera und fotografierte sich den Bär.

Mach dich nackich!

In der Geschichte des Frauenberuhigens hat es eine Frau noch nie beruhigt, wenn man ihr sagte, sie solle sich beruhigen.

„Beruhige dich doch bitte!", schwäbelte der Mann trotzdem.

Manchmal konnte man wirklich glauben, Männer hätten die Evolutionsgeschichte nicht von Anfang an an der Seite von Frauen mitgemacht. Oder wären zumindest nicht lernfähig.

Kitzbühel war zwar eine Tourismusmetropole, aber dennoch von überschaubarer Größe. Wenn in einem Museumsexponat der abgetrennte Schädel eines Menschen gefunden wurde, dann sprach sich das herum. Vielleicht nicht gerade mit Lichtgeschwindigkeit, aber auch nicht sehr viel langsamer.

Die hiesige Polizei hatte gerade mal das Museum mit Tatortband abgesperrt und die Kollegen vom Ermittlungsbereich eins, genannt „Leib/Leben", in Innsbruck verständigt, da raunte man es sich in der Vorder- und Hinterstadt schon zu und telefonierte und simste seine Lieben ab, ob einer fehlte.

Es dauerte exakt 29 Minuten, bis sich die Kunde vom Kopffund vom Museum bis zum *Marchwardushof* verbreitet hatte. Und eine Gästin daraufhin verrücktspielte.

„Ich will mich aber nicht beruhigen. Ich weiß, was ich gesehen habe! Wir wohnen mit Mördern unter einem Dach! Und zahlen dafür auch noch den vollen Preis!" Es war nicht wirklich sicher herauszuhören, was für die Frau schlimmer war: dass sie vermeintlich mit Killern Wand an Wand geschlafen hatte oder dass sie auf die – ohnehin reduzierten – Zwischensaisonzimmerpreise keine weitere Ermäßigung bekommen hatte. Schwaben – die Schotten Deutschlands.

Dachten zwei der drei, die vor der Infrarotkabine im Wellnessbereich standen.

In der Kabine saß die Frau und hyperventilierte. Zuvor hatte sie noch das blaue Licht aktiviert, das angeblich tiefenentspannend wirken sollte, aber selbst wenn, dann nur bei geschlossener Kabinentür. Die Tür stand jedoch sperrangelweit offen. Ihr Ehemann hielt ihre Hand. Dass sie ihm die Hand nicht entzog, obwohl sie sich über ihn ärgerte, zeigte deutlich, wie sehr sie durcheinander war.

„Ich kriege keine Luft mehr", keuchte die Frau und hielt sich die schwer beringte Rechte an den Hals.

Leo und Herr Neuveille, der welschschweizerische Geschäftsführer des Hotels, sahen sich an.

„Sie müssen den Kopf zwischen die Knie stecken", riet Herr Neuveille.

Die Frau beugte sich vor.

„Wie oft soll ich es Ihnen noch sagen?", krähte sie in Kniehöhe. „Der Mann hatte ein blutiges Messer in der Hand! Im Zimmer gegenüber! Der Mörder logiert hier im Haus!"

Leo war ihr im Flur begegnet. Als sie hysterisch über den weiß-roten Teppichboden im obersten Stockwerk an ihr vorbeigerannt war, die dort stehende Ritterrüstung umgeworfen hatte (anzunehmenderweise unabsichtlich) und anschließend mit den auf Hochglanz polierten Deko-Wachsäpfeln auf der Truhe neben dem Treppenkopf hinter sich geworfen hatte, als wolle sie einen Verfolger damit niederstrecken (vermutlich absichtlich). Dann war die Frau schreiend durch das komplette Treppenhaus bis ins Untergeschoss gelaufen, wo sie sich in der Infrarotkabine verkroch. Leo war ihr hinterhergerannt, nur der Ehemann hatte in aller Seelenruhe den Aufzug genommen.

„Mörder! Mörder!", gellte die Frau jetzt erneut.

Neuveille machte beschwichtigende Gesten. „Madame, bitte, wir kümmern uns sofort darum. Aber es wäre sicher besser, wenn Sie ... keine weitere Aufmerksamkeit auf uns lenken würden."

„Weil der Mörder dann kommt und mich zum Schweigen bringt?" Sie legte den Kopf schräg und sah aus weit aufgerissenen Augen zum Direktor auf.

Hercule Neuveille hatte eher gemeint, dass die anderen Gäste nicht in Panik versetzt werden sollten.

Eigentlich hatte er ja den Hof der Eltern im Kanton Waadt übernehmen sollen. Aber schon früh wusste er, dass er sich lieber den Duft der großen weiten Welt um die ausgeprägte Adlernase wehen lassen wollte, als sich um trächtige Kühe und Hennen mit Legenot zu kümmern. Darum war er in die Hotellerie gegangen. Aber immer öfter in letzter Zeit dachte er mit einem inneren Seufzer, dass er immer noch eine Art Landwirt war und wie sein Namensvetter Herkules aus der griechischen Mythologie bemerkenswert oft die Ställe des Augias ausmisten musste. Anders ausgedrückt: Die Gäste waren das Vieh, und er, Hercule Neuveille, musste den Dreck wegmachen, den sie verursachten.

Ein freilaufender Mörder in seinem Haus? Lächerlich. Er musste die Dame dazu bringen, dass sie ihrer Panik im unteren zweistelligen Dezibelbereich Ausdruck verlieh. Gutes Zureden hatte nicht geholfen. Vielleicht, wenn er ihr Angst machte?

„Ja, Madame, wir sollten leise sein, damit uns der Mörder ... der potenzielle Mörder ... nicht hören kann."

Entsetzt richtete sie sich aus ihrer Anti-Hyperventilationshaltung auf. Ihr Ehemann schaute Neuveille vorwurfsvoll an, dann setzte er sich neben sie in die Kabine und schloss die Tür. Die natürlich nicht aus Panzerglas bestand und somit vor wildgewordenen Mördern nicht wirklich Schutz bot, aber es half auf psychologischer Ebene. Bestimmt zum ersten Mal seit Jahrzehnten schmiegte sie sich an ihn.

Da sie sich stumm schmiegte, war zumindest Neuveille glücklich.

Er zog Leo beiseite. „Haben Sie der Dame von dem Kopf erzählt?"

„Nein, natürlich nicht!", empörte sich Leo und pustete sich eine Locke aus dem Gesicht. Eingeweihte hätten aus Empörung und Lockepusten schließen können, dass sehr wohl sie es gewesen war, die fasziniert von dem Schädelfund berichtet hatte – allerdings der Hausdame, nicht den Hotelgästen, die Frau musste das gehört haben –, aber Neuveille hatte Leo seit dem Einstellungsgespräch nicht mehr gesehen und war daher mit ihrer Körpersprache nicht vertraut.

Kurzum, er akzeptierte ihr Leugnen. „Na gut. Jedenfalls danke, dass Sie mich informiert haben."

„Es ist mir leider nicht gelungen, die Dame zu beruhigen. Aber ich habe das *Wir-reinigen-gerade,-bitte-nicht-betreten*-Schild an die Tür zum Wellnessbereich gehängt. Vorerst kommt hier niemand rein." Leo wusste ebenso wie der Geschäftsführer, dass sich Panik wie ein Flächenbrand ausbreitete, wenn man nicht rechtzeitig Einhalt gebot.

„Sie will also ein verdächtiges Subjekt gesehen haben", fasste Neuveille zusammen.

Leo nickte.

„Dann sehe ich mir das mal an", sagte Neuveille, blieb aber stehen.

„Ich komme mit!", erklärte Leo und lief los.

Ihm war sichtlich unwohl bei dem Gedanken, gleich einem potenziellen Mörder gegenüberzustehen. Noch unwohler war ihm nur angesichts der Vorstellung, er müsse die Polizei ins Haus holen. Leo war ebenfalls nicht furchtlos, nur fest davon überzeugt, dass sich der Enthaupter schon längst abgesetzt hatte. Falls er sich denn überhaupt je im Hotel befunden hatte.

„Die Dame und ihr Ehemann wohnen in 310", sagte Leo, als die kleine Aufzugskabine sie im obersten Stockwerk ausspuckte.

Neuveille klopfte an die Tür von Nummer 312, dem Zimmer schräg gegenüber.

„Was ist?" Es öffnete der Schrank von einem Mann, der Leo vorhin beim Schnüffeln in seinem Kulturbeutel entdeckt hatte. Leo strahlte. Sie hatte doch gleich gewusst, dass der nicht ganz koscher war.

Der Mann überragte den Geschäftsführer, der kleiner war als Leo, um mindestens zwei Köpfe. Und weil er oben ohne war, sah man jeden einzelnen Muskel seines Sixpacks. Ebenso die grimmigen Tattoos auf seinem Brustkorb, die entfesselte Dämonen darstellten. Oder schlecht gelaunte Familienmitglieder. Jedenfalls war der Gesamteindruck bedrohlich und finster.

Neuveille und Leo wurde klar, dass sie sich ein Konzept zurechtlegen hätten sollen. *Hatten Sie eben ein blutiges Messer in der Hand, mit dem Sie vor Kurzem einen Menschen ermordet haben?*, schien in diesem Moment kein vielversprechender Ansatz zu sein.

„Äh ... ein Gast meint, in Ihrem Zimmer etwas ... Ungewöhnliches gesehen zu haben. Ist bei Ihnen alles in Ordnung?" Neuveille presste die Fingerspitzen aneinander und formte mit den Händen eine Pyramide. Zum ersten Mal fiel Leo auf, welch eklatante Ähnlichkeit er mit der Zeichentrickfigur Gru hatte – die spitze Nase, der tonnenförmige Torso auf den dürren Beinen, nur eben in viel kleiner.

Hinter dem Schlägertypen tauchte ein weiterer Schlägertyp auf. Auch er oben ohne. Hatte Leo sich geirrt und die beiden waren doch schwul, und sie war mit dem Direktor womöglich in einen Frühmorgenquickie hineingeplatzt? Aber nein, auf den zweiten Blick entdeckte Leo Hanteln in den riesigen Pranken des Mannes. Die beiden trainierten. Sie mussten das in ihrer Suite tun, denn das Hotel hatte zwar einen Wellnessbereich, aber keinen Fitnessraum.

„Was Ungewöhnliches?", brummte der erste Mann.

„Haben Sie sich verletzt? Ist dabei möglicherweise Blut geflossen?" Leo inspizierte die sichtbaren Teile der beiden Männerkörper. Sie entdeckte jede Menge Narben, aber keine frischen Wunden.

„Nein!", erklärten die beiden unisono.

Neuveille spechtete aus seiner tiefergelegten Position an den Männern vorbei in die Suite. Es war kein Messer zu sehen. Und auch kein Blut. Überhaupt war die Suite – wie schon vorhin – nachgerade verdächtig aufgeräumt. Als ob gleich ein Team von *Schöner Wohnen* käme, um den Raum abzufotografieren. Leo fand das hochgradig suspekt. Wie gestört musste man sein, um derart aufgeräumt zu leben? Aber wo kein Blut, da kein Blut.

Jetzt erst bemerkte sie, dass die Männer den Tisch in die Mitte des Zimmers gerückt hatten. Ein aufgeklappter Laptop befand sich darauf, und auf dem Bildschirm sah man – da war sich Leo ganz sicher, kein Irrtum möglich – Jane Fonda bei Aerobic-Übungen. In engem Stretch-Leotard, mit hohen Beinausschnitten und tiefem Dekolletee.

Jetzt erklärte sich auch, warum die beiden Männeroberkörper von einer dünnen Schweißschicht überzogen waren.

„Vielleicht meinte die Dame Zimmer 313. Das ist auch gegenüber", raunte Leo Neuveille zu. Und zu den bulligen Kerlen sagte sie treuherzig: „Verzeihen Sie bitte die Störung. Es muss sich um eine Verwechslung handeln."

„Noch einen schönen Aufenthalt." Der Direktor lächelte breit.

Der Riese schloss die Tür.

Neuveille und Leo sahen sich an. Man sprach es nie aus, das gehörte zum Kodex, aber manchmal dachte man als Im-Gastro-und-Hotelgewerbe-Tätiger schon, dass die Gäste merkwürdig waren. Spinner und Verrückte. Eigentlich dachte man das nicht nur manchmal. Man dachte es täglich. Mehrmals.

Sie klopften an der Tür zu Suite 313.

Sowohl Neuveille als auch Leo wussten, auf wen sie in dieser Suite treffen würden. Manche Gäste waren einfach deutlich memorabler als andere. So auch diese.

Die Suite war belegt von einer arabischen Großfamilie. Was man so Großfamilie nannte. Ein erwachsener Mann, drei erwachsene Frauen, fünf Kinder unter fünf. Neuveille hatte früher einmal, als junger Kerl, tatsächlich geglaubt, Muslime hätten das große Los gezogen. Die müssten sich nicht für eine Frau entscheiden, sondern konnten bis zu vier Frauen haben. Abwechslung. Sahneschnitten. Party. Aber jetzt, als welterfahrener Mann, wusste er, dass vier Frauen einfach nur all die Probleme einer Ehe mal vier bedeuteten.

Trotz Doppeltür hörte man Geschrei und Kinderlärm und Tohuwabohu und typisches Fernsehgemurmele. Letzteres bestimmt von Al Jazeera. Wie jedes

Fünf-Sterne-Hotel bot auch der *Marchwardushof* je zwei Fernsehsender für das betuchte russische, arabische und chinesische Publikum.

Neuveille klopfte erneut.

Die Suite war die größte des Hauses und hieß daher Kaisersuite. Sie bestand aus zwei großen Schlafzimmern, einem Wohnzimmer mit Schlafcouch, einem Bad und einem Gäste-WC. Auf Wunsch der Familie waren noch zwei Kinderbetten hineingestellt worden. Aber es war trotzdem eng. In Kitzbühel gab es genügend gigantobastische Fünf-Sterne-Luxushotels, die in der Zwischensaison auch über jede Menge freie Suiten verfügten. Die Familie hätte problemlos eine geräumigere Unterkunft finden können. Aber nein, sie hatten sich für dieses Haus entschieden. Weil sie etwas Heimeliges mit Tiroler Gemütlichkeit suchten.

Der Mann öffnete. Unter einem Araber stellte man sich ja gern einen bedrohlich wirkenden, vollbärtigen Terroristentyp in Herren-Kaftan und mit Arafat-Gedächtnistuch auf dem Kopf vor, aber der hier war kugelrund, hatte einen sehr gepflegten Hipster-Bart und trug Jeans und einen pastellfarbenen Kaschmirflauschepulli. Er guckte leutselig und strahlte mit jeder Pore Gemütlichkeit aus.

„Jomaschejedemm?", sagte er. So klang es zumindest für die Ohren von Neuveille und Leo.

Die Familie hatte dem Geschäftsführer bei der Anreise fünf große Scheine in die Hand gedrückt. Allein dafür, dass während ihres siebentägigen Aufenthalts niemand die Suite putzen sollte. Sie wollten ungestört sein. Es reichte ihnen, wenn täglich frische Handtücher auf der Kommode im Flur neben der Tür deponiert wurden. Leo hatte darum keine Ahnung, wie es in der Suite aussah. Aber als sie dem Araber jetzt über die Schulter schaute, erblickte sie ordnungstechnisch das genaue Gegenteil von der Suite der beiden Fitnessfreaks. Die fünf Knirpse durften offenbar tun und lassen, was sie wollten. Überall lag Spielzeug und Naschkram verstreut, Schubladen waren aufgerissen, Schranktüren standen offen, Kleidungsstücke hingen heraus. Alle der insgesamt drei Fernsehgeräte in der Suite liefen, jedes auf einem anderen Sender. Am lautesten hörte man die Kindersendung im zweiten Schlafzimmer. Im Bad rauschte Wasser in die Wanne.

„Verzeihen Sie bitte die Störung." Neuveille räusperte sich.

„Laafamm?", sagte der Araber. „Mathalonli?"

Neuveille räusperte sich und wollte es auf Englisch versuchen, obwohl er sich zu erinnern meinte, dass er mit dem Gast bei dessen Ankunft auf Deutsch kommuniziert hatte, da rief eine Frauenstimme streng aus dem Nebenzimmer: „Habib!"

Der Araber guckte verwirrt, dann strahlte die sprichwörtliche Glühbirne über seinem Kopf auf, und er hob in entschuldigender Geste beide Hände. „Oh, verzeihen Sie, ich hatte gerade eine Konferenzschaltung mit meinem Büro zu Hause und war noch ganz in meiner Muttersprache. Was kann ich für Sie tun?" Sein Deutsch hatte eine Mannheimer Färbung.

„Wir wurden informiert, dass es einen ... ungewöhnlichen Vorfall gegeben haben soll. Bei Ihnen in der Suite", meinte Neuveille geflissentlich lächelnd. „Ist ... äh ... vielleicht einer von Ihnen verletzt?"

Der Mann hatte in Deutschland Betriebswirtschaftslehre studiert, man konnte sich problemlos mit ihm auf Deutsch unterhalten. Man hätte es auch auf Englisch, Italienisch und Russisch tun können, er war vielsprachig. Aber in jeder Sprache, auch in seiner Muttersprache, wäre die Antwort gleich ausgefallen: „Nein, wieso? Bei uns ist alles in bester Ordnung."

In der Tür zum Nebenzimmer tauchten jetzt die drei Frauen auf, alle in Burka. Vermutlich hatten sie sich erst verhüllen müssen. Deswegen hatte es mit dem Öffnen der Tür so lange gedauert. Sie hätten auch einfach im Nebenzimmer bleiben können, aber Neugier, dein Name ist Weib. Allüberall auf der Welt.

Der Mann sagte etwas auf Arabisch, es klang sehr herrisch. Vielleicht befahl er: „Macht, dass ihr wieder in den Nebenraum kommt!" Aber das Arabische klang ja für ungeübte, westeuropäische Ohren gern etwas harsch. Vielleicht sagte er auch nur: „Mädels, ich hab euch lieb. Gleich bin ich wieder ganz für euch da."

Die fünf Kleinkinder bauten sich der Größe nach hinter ihrem Papa auf.

Alles in allem bot sich das bukolische Bild familiärer Glückseligkeit. Mit einem Hauch Exotik.

„Das freut mich zu hören. Dann kann ich nur noch einmal wiederholen: Verzeihen Sie bitte die Störung." Neuveille und Leo wollten gerade den strategischen Rückzug antreten, da gellte eine vertraute Stimme: „Das ist er!"

Sie fuhren herum.

Hinter ihnen stand die Panikfrau aus der Infrarotkabine. Das blaue Licht schien sie nicht beruhigt zu haben. Im Gegenteil, sie schien vor Empörung Funken zu schlagen. „Lassen Sie sich nicht einlullen. Ich sage Ihnen, das ist er!"

Ihr Gatte stand neben ihr und zuckte bedauernd mit den Schultern.

Neuveille zeigte auf den arabischen Gast. „Er hier? Sind Sie sicher?"

„Doch nicht er. ER!" Sie zeigefingerte auf die mittlere der Burka-Frauen, die gedrungener wirkte und deutlich kleiner war als die beiden anderen. Die aber auch sehr klein waren.

„Das ist eine Frau", sagte Leo.

Der Araber nickte.

„Das ist definitiv keine Frau, unter der Burka steckt ein Kerl. Ein Kerl mit einem blutigen Messer!" Die Panikfrau bekam einen hysterischen Schluckauf. Ihr Ehemann tätschelte ihr unbeholfen die Schulter.

„Lass mich!", kreischte sie und schüttelte seine Hand ab. „Ich weiß, was ich gesehen habe!"

Neuveille sah zu Leo, dann zu dem arabischen Gast. Das waren so die Momente im Leben eines Hoteldirektors, auf die einen die Hotelfachschule nicht vorbereitete. „Sie haben möglicherweise mitbekommen, dass es hier in der Nähe einen … äh … Vorfall gegeben hat. Ein Mensch kam gewaltsam ums Leben."

Das war selbstverständlich reine Spekulation seitens Neuveille. Der Tote war ja vielleicht ganz natürlich gestorben – an einem Herzinfarkt beispielsweise – und man hatte ihn hinterher filetiert. Aus Gründen.

„Die Dame hier behauptet, in diesem Zimmer ein blutiges Messer gesehen zu haben, das möglicherweise die Tatwaffe gewesen sein könnte. Und dass …" Neuveille wurde rot und suchte verzweifelt nach den richtigen Worten. „… dass möglicherweise eine der drei Damen keine … also … dass es sich bei einer von ihnen um einen Mann handeln könnte." Geschafft. Neuveille atmete tief aus. „Dürfte sich meine Mitarbeiterin kurz vergewissern, dass alles seine Ordnung hat?"

Der Araber schürzte die Lippen. „Ich verstehe, es waren mal wieder die bösen Araber. Wir sind es ja immer. Das ist ungeheuerlich. Ich verbitte mir diese Unterstellung." Er verschränkte die Arme. Jetzt wirkte er weniger wie eine Wonnekugel, mehr wie eine Bowlingkugel, die Neuveille und Leo gleich umnieten würde.

„Ich verstehe Ihren Unmut", beschwichtigte Bowling-Pin Neuveille. „Und ich versichere Ihnen, es hat nichts mit Ihrer Herkunft zu tun." Da war sich der Direktor zwar nicht sicher, aber er wollte klarstellen, dass es in seinem Hotel keinen Rassismus gab. „Ich bin sicher, Sie wollen die Bedenken der Dame ausräumen und ihr beweisen, dass sie hier im Haus keine Angst zu haben braucht."

Die Augenbrauen des Arabers bildeten mittlerweile eine Frida-Kahlo-Monobraue. Er vermittelte ganz und gar nicht den Anschein, als wolle er dem durchgeknallten weiblichen Mit-Gast irgendetwas beweisen.

Eine der Burka-Frauen rief etwas. Auf Arabisch.

Der Araber entschränkte – sichtlich widerwillig – die Arme und brummte. „Also gut, bitteschön, nur zu, vergewissern Sie sich. Ich erwarte allerdings im Anschluss eine Entschuldigung von Ihnen und Ihrem Beherbergungsbetrieb." Und damit im Direktor gar nicht erst der Gedanke keimte, er könne es bei einem handschriftlichen Entschuldigungsschreiben mit einem Obstteller und einem Blumenstrauß belassen, fügte er noch hinzu: „Und zwar in Naturalien! Da muss jetzt ein Abendessen für meine Familie und mich drin sein."

Neuveilles geflissentliches Lächeln wurde einen Tick angestrengter, aber er nickte. „Selbstverständlich, der Herr." Dann sah er zu Leo. „Luisa, wenn Sie so freundlich wären ..."

Leo trat ein, und auch die Panikmacherin wollte in die Suite stürmen, aber Neuveille warf sich als lebender Prellbock vor sie. „Madame, wir klären das hotelintern."

Gleich darauf hatte Neuveille die Tür zur Suite hinter sich geschlossen und lief Messer und Blutflecke suchend durch die Suite, während Leo mit den drei Burka-Verhüllten ins Badezimmer ging. Als sie die Tür geschlossen hatte, herrschte kurz ein Moment der Stille.

„Would you mind putting off your burka?", sagte Leo schließlich, weil ihr einfiel, dass die Frauen womöglich kein Deutsch sprachen und sich wunderten, warum sie mit der Putze ins Bad geschickt worden waren.

„You want us to undress?", fragte eine der Frauen. Sie klang jung. Und britisch. Vermutlich hatte sie in England studiert.

Die Situation war grenzwertig. Und für Leo sehr peinlich. Wie würde sie selbst reagieren, wenn man in einem Hotel im Ausland zu ihr sagen würde: Mach dich mal nackich?!

„Yes, please." Leo spürte, wie sie knallrot anlief. „Just to show me that you are a woman."

Zwei der Frauen lachten glockenhell auf. Die dritte schnaubte. Es war ein sehr bäriges Schnauben. Genauer gesagt: ein tiefes Bass-Brummen. Sollte die Panikschwäbin tatsächlich recht haben? Steckte da ein Mann unter der Burka?

Gleich darauf standen die drei unbeburkat vor ihr.

Und wirklich, es handelte sich um drei Personen weiblichen Geschlechts.

Jetzt war auch zu sehen, dass sie alle drei Chanel trugen. Vom ganz klassischen Chaneljäckchen mit Perlenkette bis hin zur modernen Version in Neonfarben. Was Leo, die selbst ein Faible für Neon hatte, sehr entgegenkam.

Aber nicht die Haute Couture verwunderte Leo, sondern die Tatsache, dass die drei Frauen, von denen sie gedacht hatte, es seien die drei Ehefrauen des Arabers, in Wirklichkeit enorme Altersunterschiede aufwiesen. Nur eine der Frauen war offenbar seine Gattin, erkenntlich auch daran, dass unter ihrem Chanel-Jäckchen ein weiteres Babybäuchlein zu sehen war.

„I am Mrs. Abibi, Habibs wife. Shirin Abibi", stellte sie sich vor. Es war die Frau, die britisch klang. Sie zeigte auf die andere große, schlanke Frau „This is his younger sister Fatima." Fatima war eindeutig ein Nachzüglerkind. Vermutlich gerade volljährig. Und dann zeigte Mrs. Abibi auf die gedrungene, kleine Gestalt mit dem Bass-Schnauben. Es war aber kein barttragender, männlicher Mörder, der seinen Opfern die Köpfe abschlug, sondern nur eine sehr alte, sehr verhutzelte Oma. Gut, mit Damenbart. Aber trotzdem harmlos. „This is the mother of my husband, Mrs. Basima Abibi."

Letztlich war das Interessanteste an Frau Abibi der Älteren aber nicht, dass sie tatsächlich eine Frau war, sondern dass sie statt einer linken Hand einen Metallhaken hatte. Einen roten Metallhaken.

War das Farbe?

Oder Blut?

Von draußen, wie aus weiter Ferne, hörte man die Schwäbin brüllen: „Und? Hab ich's nicht gesagt? Mörder!"

Fun Fact: Magermilchjoghurt enthält nicht nur wenig Fett und viel Calcium, sondern auch alle Vokale in alphabetischer Reihenfolge. Was ihn allerdings nicht leckerer macht.

Chefinspektor Köttel löffelte lustlos.

„Wer kommt als Nächstes?"

Eigentlich wäre heute sein freier Tag gewesen. Aber sie waren wegen einer Salmonellenvergiftungsepidemie nach einer Büroparty unterbesetzt. Köttel mit seiner Ermittlernase gab dem Thaisalat mit Hähnchen von der Reitmayr die Schuld. Bei der Geburtstagsfeier der Abteilungssekretärin hatten alle vom Hühnersalat gegessen – bis auf ihn (weil er a) kein Freund der Thaiküche und b) auf Diät war) und den Münzner (der nichts aß, was Vitamine hatte, also grundsätzlich keinen Salat). Und deswegen waren jetzt auch alle bis auf ihn und Münzner krankgeschrieben. Die Reitmayr lag sogar im Krankenhaus.

Nun musste er die Befragung der Zeugen-Schrägstrich-Verdächtigen mit dem Münzner durchführen. Köttel seufzte. Der Münzner war ein Depp, und mit ihm zusammenzuarbeiten, war eine Strafe.

„Wir haben die beiden Damen vom Museum und den bayrischen Touristen durch", sagte Münzner und biss in die scharfe Leberkäs-Semmel aus der Metzgerei Huber, die ihm einer der Kollegen von der Streife besorgt hatte. „Bleiben noch die vier Männer mit der Oma."

Beppi war heisergeschrien, Manni war leergekotzt und Rudi wieder bei Bewusstsein, aber immer noch leichenblass. Man hatte sie bis zu ihrer Befragung im Erdgeschoss hinter der Rezeption gelagert.

Münzner spuckte Fleischkäskrümel. Die verlockend nach Leberkäse dufteten. Köttel seufzte neuerlich. Er musste Diät halten. Sein Arzt hatte ihm damit gedroht, dass er die Pensionierung nicht erleben würde, wenn er seine Ernährung nicht rigoros umstellte. Deswegen der Magermilchjoghurt. Köttel hasste Joghurt. Und Magermilchjoghurt ganz besonders.

„Na schön, willst du die Männer befragen oder die O...“

„Die Männer. Ich will die Männer!“ Münzner schob sich den Rest der Semmel in den Mund und lief los, bevor Köttel Widerspruch einlegen konnte.

Köttel kannte seinen Pappenheimer und wusste genau, dass es keine Entscheidung *für* die Männer war, sondern eine *gegen* die Frau. Münzner konnte nicht mit Frauen.

„Bitten Sie die Dame herein“, sagte er also zu dem Streifenbeamten.

Das Büro, das er für seine Befragung requiriert hatte, war schlicht, aber funktional. Köttel thronte auf dem ergonomischen Schreibtischstuhl, und auf dem Gästestuhl auf der anderen Seite des Schreibtisches saß wenig später die Zeugin.

„Sie sind also Frau ...“ Köttel besah sich den deutschen Reisepass.

„Obermoser“, sagte Grizelda und stellte ihre ausgebeulte Gobelintasche neben sich auf den Boden. „Grizelda Obermoser.“

„Grizelda Obermoser“, las Köttel vor, als ob er ihren Worten keinen Glauben schenkte und sich lieber selbst schwarz auf weiß vergewissern wollte.

Keine einzige Pore in ihm fühlte sich versucht, sich über den doch recht ungewöhnlichen Vornamen Grizelda lustig zu machen. Er hieß Hugo Köttel, was seine Kameraden in der Schule in *Hundeköttel* umbenamst hatten.

„Frau Obermoser ...", fing er an und sah Grizelda in die Augen.

Sie war zweifellos gute 15, vielleicht sogar 20 Jahre älter als er. Aber die Augen schienen einer weit jüngeren Frau zu gehören. Köttel war Menschenkenner. Er wusste, dass nur jemand, der innerlich für etwas brannte, so feurige Augen hatte. Brannte sie für die Idee eines Männermordes?

Viel mehr, als dass es sich bei dem Toten um einen Mann handelte, hatten sie noch nicht herausgefunden.

Köttels Blick wanderte über Grizeldas Erscheinung. Sie entsprach nicht seiner Vorstellung einer Großmutter. Für ihr Alter schien sie noch einen vergleichsweise durchtrainierten Körper zu haben, was man problemlos erkennen konnte, weil sie ein hautenges türkisfarbenes Wickelkleid trug. Gut, das Dekolletee war schon etwas schrumpelig, aber die Beine hätten durchaus auch einer halb so alten Frau gehören können.

„Prüfen Sie gerade meine Glaubwürdigkeit anhand meines Erscheinungsbildes ab?", fragte sie streng.

Köttel zuckte mit keiner Wimper. „Das gehört zu meinem Job."

„Finden Sie? Sind Sie etwa auch einer dieser Männer, die glauben, wenn eine Frau allzu sexy gekleidet ist, trägt sie eine Mitschuld, wenn sie sexuell belästigt oder gar vergewaltigt wird?"

Köttel dachte, dass bei aller Durchtrainiertheit der Alten nur jemand, der einen ausgeprägten Seniorenfetisch hatte, auf die Idee käme, ihr zu nahe zu treten, aber das sprach er natürlich nicht aus. Wobei er schon fand, dass gerade junge Teenager nicht halbnackt durch die Gegend laufen sollten, nur weil das irgendeine Instagram-Influencerin so vormachte.

Frau Obermoser ließ nicht locker. „Sie tragen keinen Helm. Tragen Sie also eine Mitschuld, wenn ich Ihnen mit einer Brechstange eins über den Kopf gebe?"

Sie verschränkte die Arme unter dem Busen, der entweder geliftet war oder in einem Push-up-BH ruhte, weil er sich der Schwerkraft etwas zu erfolgreich widersetzte.

Köttel atmete aus. Gut, dass er ein Gemütsmensch war. Gewesen war. Vor seiner Magermilchjoghurtdiät. Jetzt spürte er gerade, wie sich sein Geduldsfaden anspannte. „Wir schweifen ab. Ja, es stimmt, ich ziehe vom Erscheinungsbild – und von der Ausstrahlung – eines Zeugen gewisse Rückschlüsse. Bei Ihnen schließe ich, dass Sie eine selbstsichere Frau sind, die sich kein X für ein U vormachen lässt. Ich bin geneigt, Ihrer Zeugenaussage eine hohe Wertigkeit zuzusprechen. Wenn Sie jetzt so gut wären, mir die Ereignisse des Vormittags aus Ihrer Sicht zu schildern, dann ..."

„Ich habe den Ablauf der Ereignisse schon für Sie notiert", unterbrach sie ihn und legte ein Blatt Papier auf den Schreibtisch, das sie eindeutig aus einem Buch gerissen hatte. Die Rückseite des Blattes zierte nämlich ein Impressum. Köttel erkannte es sofort. Aus dem Buch *Kitzbühel* des Fotografen Markus Mitterer, der unzählige „echte Kitzbichla" abgelichtet hatte. Kostenfaktor: über 50 Euro. Es lag im Eingang des Museums aus. Vermutlich war nunmehr eins der Exemplare geschändet und seines Impressums beraubt.

„Sie haben Ihre Zeugenaussage schon notiert?" Das kam nicht oft vor. Im Grunde hatte Köttel das noch nie erlebt.

„Wir mussten eine ganze Weile warten." Es klang wie ein Vorwurf.

„Dennoch ungewöhnlich."

„Aber effizient. Mangelnde Effizienz ist mir ein Gräuel", erklärte sie, und wieder schimmerte ein Vorwurf durch. Ein gezielter Vorwurf.

Köttels Geduldsfaden wurde auf eine harte Zerreißprobe gespannt. Eine echte Challenge für einen unterernährten, aber überstrapazierten Faden.

So viel Widerborstigkeit war neu für Köttel. Er war ein fast zwei Meter großer, bulliger Tiroler mit Stiernacken, dessen Erscheinung Respekt einflößend war. Selbst gestandene Würdenträger wurden ihm gegenüber servil. Nicht so die alte Frau. Sie hob eine fein ziselierte Augenbraue und sah dezidiert auf ihre Armbanduhr.

Köttel schnaubte, zählte innerlich auf zehn, weil er nämlich sehr stolz darauf war, dass er sich noch nie von einem Zeugen hatte provozieren lassen, und sein Rekord nicht hier und heute gebrochen werden sollte, und überflog die sauberen, fast schon kalligrafierten Notizen. Die Obermoser gehörte zu einem Jahrgang, der noch Schönschreiben gelernt hatte.

Die zeitlichen Angaben entsprachen dem, was er schon von den Museumsmitarbeiterinnen gehört hatte. Und was auch die Überwachungskameras festgehalten hatten. Letztere zeigten bedauerlicherweise nicht auf die Kassentruhe, in der der menschliche Schädel in diesem Moment immer noch von der Spurensicherung untersucht wurde. Jeder, der sich im Museum befunden hatte, hätte sich in den Raum schleichen und den Kopf ablegen können. Allerdings brauchte man dafür natürlich ein Behältnis, das groß genug für einen Schädel war.

Köttel sah zu der ausgebeulten Gobelintasche neben Frau Obermoser.

„Fein. Danke Ihnen für die exakten Zeitangaben. Dann müsste ich jetzt nur noch einen Blick in Ihre Tasche werfen."

„Brauchen Sie dafür nicht einen Durchsuchungsbefehl?" Die Obermoser rührte sich nicht, hielt ihre Arme verschränkt und die Beine überschlagen.

Köttel stutzte. Unschuldige Bürger zeigten sich immer diensteifrig, oft sogar in vorauseilendem Gehorsam. Nur wer was zu verbergen hatte, bockte. Sollte es so einfach sein? Sie hatte den Kopf in der Tasche ins Museum getragen und weigerte sich jetzt, die Tasche herzuzeigen, weil darin natürlich noch Blutspuren und Haare des Ermordeten zu finden waren?

„Sie untersagen mir einen Blick in Ihre Tasche?", fragte er mit der vollen Autorität seiner Bassstimme und kritzelte ein Doodlemännchen in sein Notizbuch, damit es so aussah, als würde er diese Weigerung schriftlich festhalten. Das brachte in 99 von 100 Fällen selbst sturste Böcke zum Einknicken. Weil alles, was man schriftlich festhielt, vor Gericht als Beweis gegen einen vorgelegt werden konnte.

Eine gefühlte Ewigkeit lieferten sie sich einen Anstarrwettkampf. Die alte Frau in dem Wickelkleid und der übergewichtige, stiernackige Chefinspektor, der nicht nur ein Bulle war, sondern auch wie ein Bulle aussah.

Grizelda Obermoser blinzelte nicht, als sie sagte: „Aber nein, keineswegs. Wagen Sie ruhig einen Blick in meine Tasche." Und weil sie so gar nicht blinzelte, hatte Köttel auch nicht das Gefühl, gewonnen zu haben.

„Wenn ich dann bitten darf?" Er klopfte auf die Schreibtischplatte.

Sie rührte sich nicht. „Ich habe Rücken. Sie müssen sich schon selbst bemühen."

Köttels Augenbrauen schossen erst in die Höhe und dann finster nach unten, bis sich eine steile Zornesfalte von der Nase bis zum Haaransatz mittig über seine Stirn zog.

Er war sehr geneigt, einen weiteren Anstarrwettkampf zu beginnen. Oder doch wenigstens die ganze Strenge seines Amtes walten zu lassen. Aber sein Bauchgefühl – besser: die Lebenserfahrung seiner nicht unbeträchtlichen Wampe – sagte ihm, dass es zwecklos war. Die Alte war aus Granit. An der würde er sich seine frisch überkronten Zähne ausbeißen.

Also erhob er sich ächzend vom Schreibtischstuhl und wuchtete die Gobelintasche auf den Schreibtisch. Sie war deutlich schwerer, als er gedacht hatte. Was schleppte die Alte mit sich herum? Ziegelsteine?

Oder ... eine Bombe? Tirol war keine Insel der Seligen, aber Bombenattentate gehörten nicht gerade zum Alltag. Dennoch keimte kurz Misstrauen in ihm auf. Seine Hand am Reißverschluss erstarrte.

Die Obermoser las in ihm wie in einem Buch. „Ich versichere Ihnen, da explodiert nichts, wenn Sie den Reißverschluss öffnen."

Er sah sie an. Frisiert, maniküre, geschminkt – sah so eine Selbstmordattentäterin aus, der es egal war, ob sie gleich mit ihm und Teilen des Museums in die Luft flog, und die sich für diese Möglichkeit extra aufgehübscht hatte? Nein, sagten er und seine intuitive Wampe. Mit einem schwungvollen Ratsch riss er den Reißverschluss auf.

Es explodierte nichts. Aber es roch plötzlich fischig.

Köttel schaute in die Tiefen der Tasche. Es war dunkel. Eigentlich sogar pechschwarz. Er konnte nichts weiter ausmachen als einen großen Glasbehälter, in dem Grünzeug zu wuchern schien. Etwas schwappte. Waren das Wasserpflanzen? „Was zum ...?"

Frau Obermoser fühlte sich nicht genötigt, den sumpfigen Tascheninhalt zu erklären.

Köttel zog die Nase kraus. Wer, bitteschön, schleppte verwesendes Grünzeug in einem Glasbottich durch die Welt?

In diesem Augenblick riss Münzner die Bürotür auf.

„Köttel, wir haben ihn!"

Köttel und die Obermoser schauten erstaunt.

„Den Mörder?"

Münzner nickte eifrig. Ermittlungsrekorde in ungewöhnlichen und/oder schwierigen Fällen fanden ihren Eingang in die Personalakte. Und Münzner wollte irgendwann Polizeichef werden. „Es ist ein Graffiti-Sprüher. Er hat seine Tat draußen an der Museumswand kommentiert!" Münzner zeigte mit dem Kopf zum Fenster. „Die Kollegen von der Streife sagen, er ist von hier und kennt sich aus."

Köttel strich sich bedächtig über die allmählich ergrauenden Bartstoppeln am Kinn. „Die sollen sofort zu seiner Adresse fahren. Vielleicht haben wir Glück und erwischen ihn."

Münzner strahlte so breit, wie es ihm anatomisch überhaupt möglich war. Also gewissermaßen von Ohr zu Ohr. „Wir brauchen kein Glück, wir haben ihn schon."

Köttels Augenbrauen fuhren wieder nach oben. So viel Bewegung wie an diesem Morgen hatten die beiden buschigen Raupen nicht oft. „Wir haben ihn schon?"

„Ja. Er hat draußen noch fertig gesprüht."

Köttel atmete schwer aus und ging zum Fenster. Auf der Rückseite des Museums legten die uniformierten Kollegen gerade einem hageren jungen Mann in einem langen schwarzen Mantel und mit wirr abstehenden Haaren Handschellen an.

„Ich weiß nicht recht", sinnierte Köttel laut. „Das scheint mir alles ein bisschen zu einfach." In ihm dachte es nach. Selbst wenn der Wändebesprüher der Mörder sein sollte, wäre es doch aufgefallen, wenn einer wie er – so ein Goth – hier in Kitzbühel ins Museum gegangen wäre. Das hätten die Mitarbeiterinnen doch erinnert. Aber vielleicht hatte er ja eine Komplizin? Köttel sah wieder zu Frau Obermoser und dann zu ihrer Tasche.

„Münzner, lassen Sie überprüfen, ob in der Tasche DNA-Spuren vom Toten zu finden sind."

Münzner trat zur Tasche und lugte hinein. „Was ist das denn?", murmelte er und beantwortete gleich darauf seine eigene Frage. „Das ist doch ein Behelfs-Terrarium. Mit einer Schildkröte."

Noch bevor Frau Obermoser, die sichtlich alle Anstalten dazu machte, es verhindern konnte, griff Münzner hinein.

Gleich darauf schrie er wie am Spieß und zog seine Hand wieder heraus, in der er nun aber eine Schildkröte hielt.

Wie Köttel im ersten Augenblick dachte.

War aber falsch.

Münzner hielt keine Schildkröte in der Hand. Andersherum wurde ein Schuh draus. Es handelte sich um eine sogenannte Schnappschildkröte. *Chelydra serpentina*, aus der Familie der Alligatorschildkröten.

Während Münzner wie am Spieß schrie, erklärte Frau Obermoser in aller Seelenruhe: „Das ist Vitzliputzli. Wir sind seit über 20 Jahren zusammen. Er ist gemäß Paragraph drei der Bundesartenschutzverordnung bei den Behörden gemeldet. Die Papiere stecken in der Seitentasche."

Vitzliputzli – gut fünf Kilo schwer und grundsätzlich schlecht gelaunt und somit in Beißlaune – hatte sich mit aller Kraft in Münzners kleinen Finger verbissen.

Der schrie und wedelte mit dem Arm, an dem Vitzliputzli hing. Und gleich darauf segelte die Schildkröte durch die Luft.

Mit einem guten Teil von Münzners Finger im Schnappmäulchen ...

Kurz vor Feierabend fühlt man sich ja gern mal überarbeitet, aber unteralkoholisiert …

„Oh mein G …, meine Güte, mit der Hand in eine Bootsschraube geraten?"

Leo schob sich eine Fischkrokette in den Mund.

„Jachtschraube!" Herr Abibi legte großen Wert auf die korrekte Zuordnung. Es war seine erste selbstverdiente Jacht gewesen. Nur eine ganz kleine Lurssen 44 mit fünf Kabinen – aus zweiter Hand für eine Million. Aber bis zu diesem Tag hatte die Jacht einen Ehrenplatz in seinem Herzen, auch wenn deren Schraubenwelle seiner Mutter die Hand gekostet hatte.

„Furchtbar!", sagte Leo mit vollem Fischkrokettenmund. Sie sah bedauernd in Richtung Mutter Abibi.

Wenn es Menschen gab, die einen – aus lauter Gastfreundschaft – zum Essen einluden, kurz nachdem man sie beschuldigt hatte, Kopf abschlagende Killer zu sein, dann mussten diese Menschen aus dem Orient kommen.

Da Neuveille sich wegen dringender Termine hatte entschuldigen müssen, saß Leo allein mit den Abibis beim Essen. Und darum waren die Damen auch unverschleiert. Was den Verzehr der Speisen für sie ungemein erleichterte.

Leo saß mit Herrn und Frau Abibi und Mama Abibi auf den Sofas der Kaisersuite. Schwester Abibi beschäftigte im Nebenzimmer die kleinen Racker.

„Try the rice balls. You will love it." Frau Abibi hielt Leo den Teller hin. Er duftete nach Basmatireis, Kreuzkümmel, Kurkuma und Zimt. „They are best with cucumber yoghurt."

„Thank you." Leo griff zu. „Wo haben Sie denn die arabischen Spezialtäten her?", fragte sie Herrn Abibi. Hatte der Koch des *Marchwardushofes* sich selbst übertroffen und mal eben Lammspieße, Falafel, frittierte Eier, Reisbällchen, gefüllte Zucchini, Dattelkonfekt und Honigkuchen gezaubert? Um nur die Spitze des Essberges zu nennen. Und wo hatte er die Rezepte her? Aus dem Internet?

„Catering."

Leo schaute verwundert. Gab es einen arabischen Catering-Service in Kitzbühel?

„Das haben wir uns aus Innsbruck kommen lassen. Meine Mutter isst gern das, was sie schon kennt."

Natürlich. Mal eben aus Innsbruck. Hach, es musste schon schön sein, in Geld zu schwimmen.

Auf das freundliche Insistieren von Frau Abibi hin probierte Leo den Honigkuchen.

Es schmeckte großartig. Direktor Neuveille hatte darauf bestanden, dass wenigstens Leo die Einladung zum Essen annahm. Er wollte Herrn Abibi nicht durch eine Ablehnung brüskieren. Womöglich gab es eine schwarze Liste für Hotels, die arabische Gäste diskriminierten. Und auf einer solchen Liste wollte er sein Hotel niemals nicht wiederfinden. „Wirklich köstlich", sagte Leo lobend in Richtung Frau Abibi. Und weil ihr wieder einfiel, dass Frau Abibi kein Deutsch sprach: „Delicious. I love your food."

„How very kind of you", sagte Frau Abibi in ihrem melodischen Tonfall. Das war das Erste, was Leo gelernt hatte, als sie auf dem Sofa Platz nahm: Herr Abibi kam aus Saudi-Arabien, Frau Abibi dagegen aus dem Iran. Was man hören würde, meinte Herr Abibi. Perser würden melodischer sprechen, ihr Tonfall sei leicht verträumt und sanft. Geschmeidig wie ein Perserkater.

Die Araber würden dagegen maschinengewehrartig schnell und guttural sprechen. Wie ein Pitbull-Bellen. Leo hatte die Unterschiede natürlich herausgehört, aber gedacht, es läge daran, dass Herr Abibi eben ein Mann und Frau Abibi eine Frau sei. Und bei Mutter Abibi, bei der man unwillkürlich sofort an einen Kampfhund dachte, machte sich eben der zunehmende Östrogenmangel bemerkbar. Aber nein, es war offenbar was Kulturelles.

Leo langte nochmal zu. Anfangs hatte sie gar keinen Hunger gehabt. Kein Wunder, nach so einer peinlichen Szene. Sie hatte nur zugesagt, weil ihr Chef darauf bestanden hatte. Aber der Appetit kam ja bekanntlich mit dem Essen und jetzt konnte sie gar nicht mehr aufhören.

„Sagen Sie, ich suche immer nach neuen Investitionsmöglichkeiten." Herr Abibi schaute wieder wonnekugelig und treuherzig. „Ist der *Marchwardushof* in Familienbesitz? Gäbe es eventuell Interesse an einem Investor?"

Leo überlegte, ob er sie für die Frau von Neuveille hielt und nicht für die Putze? Da sie auf eine Zimmerreinigung verzichtet hatten, hatten sie Leo natürlich noch nie gesehen. Und ihren Zimmermädchenkittel hatte sie vor der Panikattacke der Schwäbin, die die ganze Lawine an Ereignissen losgetreten hatte, ausgezogen. Weil sie nämlich eigentlich schon Feierabend hatte. Sie arbeitete ja nur sechs Stunden am Tag.

Um antworten zu können, schob sich Leo ein Reisbällchen in die linke Backe und eine Fischkrokette in die rechte Backe und sah aus wie ein Hamster. „Ich werde ... äh ..." Wie hieß Neuveille gleich nochmal mit Vornamen? Sie mümmelte im Akkord, bis sie wieder halbwegs verständlich sprechen konnte, ohne Herrn

Abibi vollzuspucken. „... Hercule fragen. Geldgeber kann man ja immer brauchen, nicht wahr? Jetzt muss ich aber los. Vielen Dank für dieses wunderbare Essen."

Leo stand auf. Die Abibi-Frauen standen ebenfalls auf. Shirin Abibi nahm Leo herzlich in den Arm. Mutter Abibi hob den Arm mit der Eisenklaue. Für den winzigsten Bruchteil einer Sekunde stellte Leo sich vor, wie ihr Kopf gleich durch die Suite rollen würde. Aber dann schob sich der rechte Arm von Mutter Abibi um ihre Hüfte und der linke ruhte ganz vorsichtig über ihrer Schulter und die alte Dame murmelte etwas, das zwar dobermännig klang, aber bestimmt was ganz Liebes war.

Herrn Abibi winkte sie nur zu, während er sie zur Zimmertür begleitete. „Ich denke an eine stille Teilhaberschaft. Man muss es nicht überall herumposaunen", sagte er und klopfte sich dabei auf sein Wonnebäuchchen. Dann schloss er die Tür.

Leo atmete tief aus. Alles war wieder gut!

In ihrem Rücken ging die Tür auf und die Panikschwäbin rauschte heraus. „Das habe ich gern. Fraternisieren mit dem Mördergesindel."

„Die Abibis sind keine ..." Weiter kam Leo nicht.

„Wir reisen ab. Hier halte ich es keine Sekunde länger aus. Helfen Sie meinem Mann mit dem Gepäck!" Die Frau stob an Leo vorbei zum Aufzug, vor dem sie sich noch einmal umdrehte und geiferte: „Ich erwarte, dass uns die restlichen Nächte erstattet werden. So etwas wie in diesem Haus habe ich noch nie erlebt!"

Die Aufzugtüren glitten auf und wieder zu, und sie war weg.

„Sie müssen meiner Frau verzeihen. Es war alles etwas viel für sie." Ihr Mann schob die beiden Trolleys aus der Suite. Unter den linken Arm hatte er ein Beautycase geschoben, über der rechten Schulter hing eine Reisetasche.

Leo wollte helfen. „Nein danke, es geht schon." Bestimmt war ihm sein Ehegespons peinlich. Tja, wie hieß es so schön: Augen auf bei der Partnerwahl!

Leo schloss die Augen. Noch nie hatte sie dringender als jetzt einen Feierabenddrink gebraucht!

Sie wollte eben losgehen, da wurde sie von einer Hand gepackt.

Leo quietschte auf.

„Ich bin's, Irina."

Unglaublich, dass sie sich auf diesen hochhackigen Schuhen derart lautlos anschleichen konnte. „Haben Sie es sich schon überlegt?"

Leo fiel wieder ein, dass ihr die Verbrecherwitwe einen Job als Mädchen für alles angeboten hatte. Die Ereignisse des Tages hatten nicht zugelassen, dass Leo über irgendwas nachdachte.

„Ich sehe schon, Sie brauchen noch etwas Zeit. Melden Sie sich." Irina drückte ihr eine Visitenkarte in die Hand. Nur mit einer Telefonnummer. Kein Name. Auf die Rückseite war eine Zahl gekritzelt worden.

„Das würde ich Ihnen pro Woche zahlen." Irina lächelte, winkte ihr zu und verschwand im Treppenhaus.

Leo sah ihr nach.

Es musste sich um ein Versehen handeln. In der Zahl fehlte ein Komma. Oder es waren keine Euro, sondern Rubel.

Verdammt, das war jetzt eine schwere Entscheidung: Irrenhaus alias Hotel oder Privatvilla alias Bunker der Kriminellenwitwe.

Darauf erst mal ein Bier ...

Schildkrötentollwut – es kann uns alle treffen!

Köttel reichte dem Notarzt den Magermilchjoghurtbecher mit der Fingerkuppe von Münzner.

Durch die offene Tür des Rettungswagens sah man Münzner auf der Liege, halb aufgerichtet. „Schildkrötentollwut!", rief er. „Ich brauche eine Tetanusspritze. Oder was Stärkeres!"

„Wollen Sie Ihren Kollegen begleiten?", fragte der Notarzt.

„Seh ich so aus?", antwortete Köttel.

Der Notarzt schlug die Türen zu und klopfte auf den Wagen, der daraufhin losfuhr. Köttel hatte nicht gefragt, in welches Krankenhaus man Münzner brachte. Es war ihm egal.

Frau Obermoser trat neben ihn. Sie hielt die bauchige Gobelintasche mit Vitzliputzli darin in der Hand. Dessen Flug durch die Luft hatte sie geschmeidig abgebremst. Es war nicht umsonst gewesen, dass sie in ihrer Jugend aktiv in der Handballmannschaft ihrer Schule gespielt hatte. Non scholae, sed vitae discimus. Und so ruhte die Schnappschildkröte jetzt wieder in den sumpfigen Eingeweiden ihrer Handtasche.

„Wenn er mich verklagen will, komme ich mit einer Gegenklage", sagte sie zu Köttel.

„Da halte ich mich raus."

„Sie sind mein Zeuge. Ich habe Herrn Münzner noch ermahnt, nicht in die Tasche zu greifen."

Köttel grinste. „Der klagt nicht. Das hängt ihm doch ewig an, dass man ihn ab jetzt Schnappi nennen wird."

„Wer nennt ihn denn Schnappi?"

„Na … ich!"

Köttel und Grizelda lächelten sich zu. Dann wurde er wieder ernst. „Sie bleiben vorerst doch in der Nähe, Frau Obermoser, oder? Falls ich noch eine Frage hätte."

„Selbstverständlich. So schnell werden Sie mich nicht los."

Sie schritt davon.

In Köttel, dem überzeugten Junggesellen, regte sich etwas, als er dem wohlgeformten Hintern in dem Etuikleid nachsah, der sich wackelnd in Richtung Innenstadt fortbewegte.

Polizisten waren nicht nur Polizisten, sondern auch Männer. Und das Auge aß eben mit. In Versuchung geführt wurde Köttel aber nie wirklich. Im beruflichen Zusammenhang gab es eine Hirnschranke – man sah etwas Leckeres, aber Begehrlichkeiten wurden keine geweckt. Da war er Profi. Und er wusste auch genau, wie er die Schranke noch fester mauern konnte: „Geht's noch?", schalt er sich. „Die könnte glatt deine Mutter sein!" Schwupp, war er ernüchtert.

Doch irgendwas regte sich immer noch in ihm. Was war das? Seine Nüstern bebten. Roch er da ... Pizza?

„Wir haben den Verdächtigen wie gewünscht ins Büro gebracht", sagte ein Kollege von der Streife, der sich neben Köttel materialisierte.

Köttel schnupperte. Links von sich sah er eine Pizzeria. Weil die Sonne vom Himmel schien, waren die Tische im Freien eingedeckt, und an einem dieser Tische saß eine Familie. Und aß Pizza.

Köttels Magen knurrte.

Mobilisiere deine Willenskraft, mahnte sich Köttel. Er hatte es aus seinem winzigen Dorf im hintersten Winkel Tirols nicht zum Chefinspektor von Leib und Leben in Innsbruck gebracht, weil er ein schwacher Charakter war. Nein, er besaß Disziplin, Tatkraft,

Durchsetzungsvermögen und Entscheidungsfreude. Das hatte er schriftlich. Stand alles in seiner Akte. Seit sechs Wochen verzichtete er nun schon auf Anweisung seines Hausarztes auf leere Kalorien. Das würde er doch jetzt nicht aufs Spiel setzen.

Nein, sagte er sich, nein, nein und nochmals nein. Und zu dem Streifenbeamten sagte er: „Ist gut. Ich befrage den jungen Mann. Wären Sie so gut, mir da drüben eine Pizza Margherita zu besorgen? Danke!" Er drückte dem Kollegen einen Schein in die Hand und machte sich auf den Weg zurück ins temporäre Befragungsbüro und zu dem verdächtigen Graffiti-Sprayer.

Seien wir ehrlich, im Kampf Mann gegen Magen hatte Köttel nie eine Chance gehabt ...

Heute kein Pofett für in die Lippen, Herr Doktor ist indisponiert!

Das Leben war doch voller Lügen.

Wo hatte er das neulich gelesen? Meister Proper war eigentlich ein Messie, der Marlboro-Mann war lebenslang Nichtraucher, Milli Vanilli hatten nie selbst gesungen, und Herr Kaiser von der Hamburg-Mannheimer hieß gar nicht Kaiser und war womöglich auch gar nicht versichert. Seine eigene Mutter hatte ihm kurz vor ihrem Tod noch gebeichtet, dass sein Vater gar nicht sein Vater war, sondern der Metzger hatte ihn gezeugt. Falls er mal eine Niere brauchte. Also, eine transplantierte, keine Niere für ein Innereien-Rezept. Oder, bei genauer Betrachtung, doch beides.

Gab es in diesem Universum überhaupt etwas, auf das man sich felsenfest verlassen konnte?

Der hochgewachsene, distinguiert aussehende Herr mit den angegrauten Schläfen, der das Polizeirevier im Gries zum High Noon am Samstagspätvormittag betreten hatte, zweifelte in diesem Moment sogar daran, ob die Polizei wirklich sein Freund und Helfer war.

„Ich möchte jemand als vermisst melden", hatte er am Empfang gesagt, wo es vor aufgeregten Polizisten nur so wimmelte. Aufgeregt war eigentlich nicht das richtige Wort. Es war eine professionelle Anspannung, die sie umtrieb. Das war kein Gewimmel wie in einem Hühnerstall, das war zielgerichtete Betriebsamkeit. Jeder wusste, was er zu tun hatte, und tat es zügig. Ein abgetrennter menschlicher Schädel hatte nun mal Priorität.

Der distinguierte Graumelierte war nicht aus Kitzbühel, daher hatte sich das mit dem körperlosen Kopf auch noch nicht bis zu ihm herumgesprochen. Mit geschürzten Lippen wartete er darauf, dass sich jemand um ihn kümmerte. Das dauerte einen Moment. Oder zwei oder drei.

Doch dann war es endlich so weit.

„Sie sind hier, weil Sie eine Vermisstenanzeige aufgeben wollen?", fragte der Beamte.

Der Hochgewachsene nickte. Und wurde zu einem Büro geleitet. Wo er dann saß.

Und saß.

Und saß.

„Grüß Gott. Sie möchten jemanden als vermisst melden?" Der Beamte, der das kleine Büro betrat, war eher schmächtig. Dafür sehnig.

„Sehr richtig. Doktor Juhász."

„Angenehm. Figlmüller."

„Was? Nein. Ich heiße Gerber, Simeon Gerber. Ich möchte Doktor Juhász als vermisst melden. Wir waren zum Golfspielen verabredet. Aber er ist nicht erschienen."

Der Polizist schenkte dem besorgten Bürger sein ausdruckslosestes Pokerface. „Vielleicht ist ihm was dazwischengekommen. Oder er hat es schlichtweg vergessen. Sowas soll es ja geben."

Gerber zwirbelte das gestutzte Ende seines Menjou-Bärtchens. Er sah ein bisschen aus wie der junge Sky du Mont, und das wusste er auch. „Ich kannte Doktor Juhász nicht besonders gut, zugegeben. Aber als er heute Morgen nicht auftauchte, habe ich in seiner Praxis angerufen. Seine Sprechstundenhilfe vermisst ihn ebenfalls. Er ist auf dem Handy nicht erreichbar, und er hat auch keine Nachricht hinterlassen. Was höchst ungewöhnlich für ihn ist, wie sie sagt."

„Er ist ein erwachsener Mann und ..." Der Polizist stockte. Die Leiche im Museum war männlich. Sollte es

sich etwa um den Kopf des vermissten Arztes handeln?
„Wie sah Doktor Juhász denn aus?"

„Das wissen Sie nicht?" Gerber schien erstaunt.

„Hören Sie, Kitzbühel ist zwar relativ klein, aber hier kennt nicht jeder jeden." Was so nicht ganz stimmte. Eigentlich kannte man sich mehrheitlich schon. Aber der Polizist stammte aus Wörgl und war erst vor zwei Monaten hierher versetzt worden.

Gerber atmete aus. Wie man ausatmet, wenn man innerlich auf zehn zählt. „Das meinte ich nicht. Ich dachte nur, weil er überall hängt. Er hat quasi den ganzen Ort mit seinen Plakaten überzogen. *Juhász – weil Schönheit nicht am Hals aufhört.* Und dazu sein Konterfei."

Dumpf meinte der Beamte, sich an sowas zu erinnern. Aber da schaute er doch nicht hin. Er hatte keine Schönheits-OP nötig, er war naturschön.

Gerber plapperte weiter. „Die Praxis hat offiziell zwar geschlossen – weil in der Zwischensaison wohl nicht viel los ist –, aber seine Sprechstundenhilfe meinte, er hätte trotzdem jeden Tag vorbeigeschaut. Es gab wohl Aktenangelegenheiten zu regeln."

Mit seinen langen Pianistenfingern klopfte Gerber auf die Schreibtischplatte. „Und bei unserer Verabredung heute Morgen handelte es sich auch nicht nur um irgendein Golfspiel. Wir hatten gewettet. Hoch gewettet. Es ging um Geld und um die Ehre. Da bleibt man nicht unentschuldigt fern." Die Finger schienen einfach nicht ruhig verharren zu können – nach dem Bärtchen und der Tischplatte strichen sie nun, wie aus eigenem Willen, über den schwarzen Kaschmirpulli des Mannes, als wären sie auf der Suche nach Wollmäusen.

„Ich habe mich umgehört. Niemand hat seit vorgestern von ihm gehört oder ihn gesehen! Selbstverständlich habe ich auch schon die Krankenhäuser abtelefoniert. Ich mache mir wirklich große Sorgen! Doktor Juhász ist ein Mann, der sein Wort hält!"

„Und Sie glauben, es handelt sich um die Leiche?"

Gerber stutzte. „Welche Leiche?"

„Na, der Kopf in der Kassa."

„Der *Was* in der *Was*?" Simeon Gerber stutzte noch etwas mehr.

„Im hiesigen Museum wurde heute Vormittag der Kopf eines Ermordeten entdeckt. Da könnte doch ein Zusammenhang bestehen."

Vielleicht dachte Gerber bei der Erwähnung eines Kopfes nicht automatisch an eine Leiche. So ging es vielen, die vom Teil nicht aufs Ganze schließen konnten – für die ein Kopf noch keine Leiche war, auch wenn man relativ sicher sein konnte, dass der dazugehörige Körper nicht mehr lebte.

„Oh, es gab einen Toten?" Gerber war sichtlich erstaunt. Mehr noch. So musste einer schauen, dem man sagte, dass es Dinosaurier immer noch gab und sie in einer Höhle am Südpol lebten. Eine Mischung aus Unglauben und noch größerem Unglauben.

„Nein, das betrifft mich nicht." Gerber schien sich absolut sicher, was wiederum den Polizisten zum Stutzen brachte.

„Unterm Strich sieht's aber doch so aus, dass wir einen haben, den wir nicht zuordnen können, und dass Ihnen einer fehlt." Figlmüller verspürte ein Kribbeln in seiner Ermittlernase. Bestand zwischen dem Männerschädel und dem abgängigen Arzt eine Verbindung? Und war er derjenige, der diese Verbindung offiziell entdeckte? Wenn das kein Belobigungssternchen in seiner Personalakte gab, dann wusste er auch nicht.

„Mir fehlt nicht irgendeiner. Mir fehlt Dr. Marek Juhász. Er ist prominent. Wenn er der Tote wäre, hätte man ihn schon längst erkannt."

Figlmüller googelte dennoch rasch den Arzt.

Der Schädel in der musealen Kassentruhe gehörte zu einem grauhaarigen Mann in den Fünfzigern mit braunen Augen. Bilder vom Toten hatten auf dem Revier schon die Runde gemacht. Das Foto, auf dem ihn Dr. Juhász gleich darauf anlächelte, zeigte einen jugendlichen Mann mit dunkelbrauner Föhnwelle und grünen Augen. Es bestand durchaus die Möglichkeit, dass das Foto alt war, und mit 99-prozentiger Sicherheit war es auch gephotoshopt. Aber dennoch konnte es sich unmöglich um dieselbe Person handeln. Nase, Ohren, Doppelkinn – alles konnte man wegoperieren oder optisch verschönen. Aber Schädelform blieb Schädelform, und die von Doktor Juhász war birnenförmig, eher ein Dreieck. Die vom Grauhaarigen war kantig, eher ein Viereck.

Figlmüller seufzte. Wäre nett gewesen, wenn er was zu den Ermittlungen hätte beitragen können, wo er schon nicht vor Ort dabei sein durfte.

„Herr ..."

„Gerber. Simeon Gerber."

Figlmüller scrollte nach unten. Hoppla. Der Name Juhász schien nicht nur in Kitzbühel bekannt, sondern weltweit. Und eigentlich weniger bekannt, mehr schon berüchtigt.

Figlmüller wusste natürlich, dass es mehrere Schönheitschirurgen im Ort gab, das lag in der Natur der Sache. Wer zu viel Geld und zu viel Zeit besaß, der kam irgendwann auf die Idee, sich unters Messer zu legen. Und gerade die Statusweibchen reicher alter Männer neigten dazu, sich zu Stepford-Frauen herrichten zu lassen. Ein bisschen Pofett abgesaugt und in die Lippen gespritzt, ein bisschen Gesichtshaut nach hinten gezurrt, ein wenig Silikon zum Auspolstern der Brüste und des Hinterns.

Aber die Spezialität von Juhász war eine andere, wie Figlmüller jetzt mit großen Augen las. Das also bedeutete der Werbespruch *Weil Schönheit nicht am Hals aufhört.*

Juhász war Intimchirurg.

Figlmüller erinnerte sich jetzt wieder, wie er sich mit seiner Lisa – kurz nachdem sie einen Flyer mit entsprechender Werbung mit nach Hause gebracht hatte – darüber gestritten hatte, ob das nötig war oder nicht. Sich beispielsweise die überstehenden inneren Schamlippen verkleinern zu lassen.

Warum, hatte Ernst gefragt. So hieß Figlmüller mit Vornamen.

Darum, hatte Lisa geantwortet.

Daher also kam ihm der Name Juhász bekannt vor.

Figlmüller fand seine Lisa betörend schön und genau richtig. Und zwar überall. Flächendeckend. Auch in den Nischenbereichen. Aber seine Lisa fand sich unästhetisch. In dem Flyer von Juhász stand, die Frauen würden unter Leidensdruck stehen. Bevor Juhász überall Flyer verteilte und Anzeigen schaltete, mit der Regelmäßigkeit eines Uhrwerks, hatte Lisa keinen Leidensdruck empfunden. Jetzt schon. Und nur die exorbitante Summe, die der Intimchirurg für den Eingriff verlangte und an der sich die Krankenkassen nicht beteiligten, hatte Lisa davon abgehalten, sich unters Messer zu legen. Wenn es nach Ernst Figlmüller ging, konnte Juhász ruhig verschwunden bleiben.

Aber es nützte ja nichts.

Er schloss das Fenster seines Browsers, öffnete den Ordner mit den Formularvordrucken und klickte sich bis zu der Seite mit den Vermisstenanzeigen. „Gut, Herr Gerber, dann wollen wir mal."

Käse reift, Cognac reift, Pläne reifen
… nicht alles riecht am Ende gut

„… tall and tan and young and lovely
the boy from Ipanema goes walking
and when he passes, each girl he passes goes a-a-
a-h …"

Irina rollte mit den Augen. Das war jetzt die dritte *Boy-from-Ipanema*-Runde in der Warteschleife. Wie lange denn noch?

Sie schnippte die Asche ihrer Zigarette auf ihren toten Mann.

„Es tut mir leid, ich kann ihn weder auf dem Festnetz noch auf dem Handy erreichen. Aber ich bin sicher, dass er sich gleich morgen bei Ihnen melden wird, wenn er wieder im Büro ist." Die Stimme der Sekretärin bebte. „Und sollte er sich vorher bei mir melden, dann gebe ich ihm Bescheid, und er ruft Sie augenblicklich zurück. Spätestens aber morgen früh."

„So lange kann ich nicht warten."

„Oh bitte …"

Das Unterwürfigkeitsgewinsel der Frau drückte Irina mit dem Daumen weg. Keine Frage, der Makler würde sich schwarzärgern, wenn er erfuhr, dass er eine Kundin verpasst hatte, für die alles unter fünf Millionen kein Thema, sondern nicht mehr als Klimpergeld war. Selbst schuld, warum fuhr er auch in seine Jagdhütte.

Irina warf die Zigarette auf das Grab und trat sie angemifft mit ihrem Louboutin-Pumps aus. Sie konnte es ganz und gar nicht leiden, wenn sie auf die Erfüllung ihrer Wünsche länger als die Dauer eines Fingerschnippens warten musste.

Aus den Augenwinkeln nahm Irina eine Bewegung wahr. Sie drehte sich um. Drei Grab-Reihen weiter stand eine hochbetagte Kitzbühlerin im schwarzen Dirndl mit blauer Schürze und mit einer Art halbhohem Zylinder mit vergilbten Bommeln auf den grauen Haaren. Die ältliche Frau hatte das Zigarettenaustreten auf dem Grab wohl gesehen. Jedenfalls schüttelte sie missbilligend den Kopf. Dann drehte sie Irina demonstrativ den Rücken zu und erneuerte die Kerze im ewigen Licht auf der letzten Ruhestätte ihres Mannes. Oder vermutlich ihrer Eltern, denn die Schürze war links geknotet – und hieß das nicht, dass die Alte noch Jungfrau war?

Irina kümmerte das nicht weiter. Sie konzentrierte sich wieder auf ihre Wut. Wäre sie keine Frau aus Fleisch und Blut gewesen, sondern eine Comicfigur, dann wären in diesem Moment kleine Rauchwölkchen aus ihren Ohren aufgestiegen.

Sie presste die Lippen zusammen. Natürlich hatte sie damit gerechnet, dass es teuer sein würde, ein Haus in Kitzbühel zu kaufen. Nicht nur irgendwo in Kitzbühel, sondern in unmittelbarer Nähe zu den Prominenten. Will heißen: Bichlalmterrain. Nicht wegen der Promis, sondern um ein Zeichen zu setzen. Ein Zeichen dafür, dass Geld für sie keine Rolle spielte. Dass es stets nur das Beste sein durfte.

Aber wer konnte schon damit rechnen, dass in dieser blöden Zwischensaison alle Makler der Stadt im Urlaub zu sein schienen. Das machte sie fuchsig.

Irina zog eine weitere Zigarette aus dem Platin-Etui mit Monogramm und starrte den Grabstein ihres Mannes an. Er war aus portugiesischem Marmor, irrsinnig teuer. Zusammen mit Gravur im oberen fünfstelligen Bereich. Und mit einer Grabplatte, damit der Dahingeschiedene nicht regelmäßig gegossen werden musste.

Nach dem Unfall vor einem Jahr hatte sie beschlossen, ihn hier zu begraben. Auf dem Friedhof in Kitzbühel. Warum ihn durch halb Europa transportieren, wo er doch hier so bequem zur letzten Ruhe liegen konnte. Fast in Sichtweite von Toni Sailer. Ihr Mann war immer gern Ski gefahren. Es hätte ihm geschmeichelt, quasi Seite an Seite mit dem schwarzen Blitz zu liegen.

Und er hätte es geliebt, einen finalen Skiunfall zu haben. Mit 200 Sachen die Abfahrt hinunter und – zack! – aus die Maus. Aber es war dann doch ein profaner Autounfall geworden. Weil sie nicht angeschnallt gewesen war, hatte es sie aus dem Cabrio herauskatapultiert. Ihr Glück. Und sie meinte, das Letzte, was sie von ihm gehört hatte, sei ein genervtes „Scheiße!" gewesen.

Irina zündete die Zigarette an.

Unten, zu Füßen des Friedhofs, auf der Josef-Pirchl-Straße, knatterte ein alter Traktor vorbei.

Irina hasste Traktoren. Sie wäre sehr glücklich, wenn sie in diesem Leben keinen Traktor mehr sehen müsste. Nie wieder. Sie hatte Traktoren gebaut, gefahren und auf Traktormessen in sexy Outfits Lobeshymnen über Traktoren gesungen. Russische Traktoren – die besten der Welt!

Bis Jimmy gekommen war und sie gerettet hatte. Also, nicht buchstäblich, mehr so figurativ. Sie war eine Katalogbraut gewesen. Jimmy hatte sie per Mail aus der Ukraine geordert. Niemand, nicht einmal sie selbst, hatte geglaubt, dass daraus die große Liebe werden würde. Vom Traktormädel – zwei Jahre in Folge das Centerfold im Landwirtschaftlichen Kalender für den Großraum Kiew – zur Gespielin eines megareichen Unternehmers. Gut und schön, er verdiente sein Geld als Krimineller, und sein Unternehmen war ein Verbrechersyndikat. Aber dafür trug sie jetzt einen echten Hermelinmantel und maßgefertigte Pumps und Schmuck von Cartier und Tiffany. Apropos Status-Fummel: Der Mantel war definitiv zu warm für die Jahreszeit. Aber er war ein Statement-Teil und daher unverzichtbar.

Damenhaft transpirierend wählte Irina die fünfte und letzte Nummer, die ihr ein Freund von Jimmy gegeben hatte.

„Maklerb ...", meldete sich eine Männerstimme.

Gott sei Dank, keine Stimme vom Band wie bei den ersten drei Nummern. Und weil es ein Mann und keine Frau war, handelte es sich bestimmt um den Makler persönlich und nicht um eine Subalterne wie bei der vierten Nummer. Eine verhuschte Sekretärin, die nur Kaffeekapseln in eine Maschine drücken und Akten von links nach rechts schieben konnte. Darum unterbrach Irina die Männerstimme auch sofort. Sie war mit ihrer Geduld nämlich am Ende. „Ich habe fünf Millionen Euro, die ich in ein Haus hier in Kitzbühel investieren möchte. Gern auch in bar. Oder auf ein Auslandskonto Ihrer Wahl. Es muss aber sofort sein. Ich will spätestens morgen einziehen!"

Ihr starker russischer Akzent war in solchen Fällen äußerst hilfreich. Im Zweifel für den Angeklagten bedeutete bei Käufen dieser Art: im Zweifel für die Frau, bei der es sich ganz offensichtlich um eine Oligarchengattin handeln musste.

„Aber natürlich, gnädige Frau", gurrte der Makler. „Wenn Sie mir ..."

„Irina Sastrova, Witwe des verstorbenen Jimmy Maier. Googeln Sie mich." Sie blies Zigarettenrauch aus. Es klang genervt. „Was ist nun? Können Sie mir etwas anbieten?"

„Sastrova? Jimmy Maier?" Sie konnte seine kleinen grauen Zellen förmlich klappern hören. Zweifelsohne ging er gerade seine innere Datenbank durch. Und ja, gleich darauf sagte er: „Ich erinnere mich. Mein Beileid. Der schwere Unfall ..."

„Richtig." Irina rollte das *r* genussvoll. „Ich möchte in der Nähe meines Mannes sein. Er liegt hier begraben. Ob zur Miete oder zum Kauf, das ist mir egal. Aber es muss sofort sein."

Sie erklärte ihm noch, wo genau sie wohnen wollte.

Im Hintergrund konnte sie Papier rascheln hören. Wie herrlich Old School.

„Und? Haben Sie nun etwas für mich oder nicht?"

Und ja, er hatte ein Angebot. Ein Luxus-Chalet mit fünf Schlafzimmern, Altholzsichtdachstuhl, Aufzug, zwei offene Kamine, vier Balkone, Fußbodenheizung, komplett möbliert.

„Unser Senior Estate Agent hat bis vor kurzem darin gewohnt. Er ist gerade im Urlaub, aber ich habe alle Vollmachten." Ein fast unhörbares Tremolo in der Stimme des jungen Maklers ließ Irina stutzig werden.

„Darf ich fest davon ausgehen, dass es mit dem Haus klappt?" Ihre Stimme klang scharf.

„Absolut. Natürlich dauert der Papierkram seine Zeit, aber unser Maklerbüro ist für seine Zuverlässigkeit bekannt. Da können Sie jeden fragen."

Irina hatte nicht vor, auch nur irgendjemanden zu fragen. Je weniger Leute davon wussten, umso besser.

„Nehme ich", sagte sie.

„Wollen Sie das Objekt nicht erst in Augenschein nehmen?" Er klang ein bisschen erstaunt. Aber nur ein bisschen. Mit Oligarchen hatte er so seine Erfahrungen gemacht. Die hatten alle einen Knall. Und das Geld kam aus Kanälen, die immer ein wenig ... nun ja ... geruchsbelastet waren. Moralisch betrachtet. Aber bei wem die ethische Latte hoch hing, der durfte nicht Makler werden. Und schon gar nicht in einem Ort, in dem sich die Megareichen tummelten.

Irina trat auch diese Zigarette auf dem Grab aus. „Nein, ich muss mir die Villa nicht erst ansehen. Ich nehme sie. Wann kann ich einziehen?"

„Da können wir uns sicher einigen. Sie müssen nur ..."

„Jetzt sofort?" Irina lief schon mal los. Sie war es gewöhnt, ihren Kopf durchzusetzen, das würde auch dieses Mal so sein. Insofern war es eigentlich auch keine Frage. Mehr eine Anordnung.

„Nun ..."

„Jetzt sofort!", wiederholte Irina und klackte auf ihren hochhackigen Schuhen die Treppe neben der Liebfrauenkirche hinunter. Wegen des Klackens und weil sie in ihren Pumps auf dem Pflaster vorsichtig sein musste, bekam sie nicht mit, dass ihr jemand folgte.

„Sind Sie schon in Kitzbühel? Dann kann ich gern in Ihrem Hotel vorbeischauen", bot der Makler an.

„Ich logiere im *Marchwardushof*. Beeilen Sie sich." Irina schob ihr Handy in ihre Hermès-Bag und stakste über das Pflaster. Zum Glück hatte sie es zum *Marchwardushof* nicht weit. Er bildete mit der Tenne und dem Hotel Tiefenbrunner gewissermaßen das goldene Dreieck des Ortkerns.

Kurz darauf betrat sie ihre Suite. „Ich habe ein Objekt gefunden", verkündete sie.

„Sehr schön", sagte der Mann in der offenen Balkontür, trat auf sie zu und nahm sie in seine Arme.

„In bester Lage. Wir können heute noch einziehen. Und ich habe auch schon jemanden gefunden, der uns aufwarten wird." Irina lächelte. „Für das große Treffen morgen Abend buche ich natürlich einen Caterer. Aber ich brauche noch jemanden, der mir tagsüber zur Hand geht."

„Du denkst wirklich an alles, meine Schöne." Er knabberte an ihrem Ohrläppchen.

„Stimmt." Irina lachte gurrend.

„Das müssen wir feiern", murmelte er in ihre Halsbeuge. „Lass uns Champagner aufs Zimmer bestellen!"

„Gute Idee", schnurrte sie.

Da klopfte es an die Hotelzimmertür.

„Frau Sastrova?"

Irina stieß den Ohrläppchenknabberer liebevoll, aber energisch von sich.

„Das ist der Makler. Geh wieder ins Bad, Schatz. Und komm erst raus, wenn ich Bescheid gebe."

Wer Wind sät, wird Schaum ernten

Leo schleckte sich genüsslich den Schaum vom Mund.

Sie saß an der Theke vom *Centro*, weil es fußläufig zum *Marchwardushof* die nächste Tränke war und Leo nichts dringender gebraucht hatte als ein kühles Bier mit Schaumhäubchen.

Jetzt war das Bier im Bauch, und sie war wieder Mensch.

Ehrlich, wie viel verrückter konnte es noch kommen?

Eine Durchgeknallte, die das ganze Haus zusammenschrie, weil sie unter jeder Burka einen wahnsinnigen Mörder vermutete.

Eine Verbrecherwitwe, die ihr aus heiterem Himmel einen Job als Hausdame anbot? Ein Angebot, das sie vermutlich nur schlecht ablehnen konnte? Würde die Sastrova sie verschwinden lassen, wenn sie nein sagte? Und wollte sie überhaupt nein sagen? Das Gehalt war astronomisch.

Leos Gedanken kreiselten. Weil die intrapsychischen Zentrifugalkräfte einfach zu groß wurden, schnipste sie mit den Fingern.

„Noch eins!", rief sie dem Barkeeper zu.

Er lächelte und nickte.

Leo kannte ihn nicht. Wie sie überhaupt noch nicht viele Leute in Kitzbühel kannte. Sie holte allerdings rasch auf, weil sie so gut wie jeden Abend in einer anderen Kneipe ihr Feierabendbier trank und immer mit jemandem ins Gespräch kam.

Seit zwei Wochen war es jedoch immer derselbe Jemand. Ein Kanadier namens Jeb. Weil er so schnuffig war. Und so gut küssen konnte. Er war kein Tourist, sondern Sportler und hatte sich für einen hiesigen Club verpflichten lassen. Sie waren wie zwei Suchende, die sich an fremden Gestaden gefunden hatten. Noch war es nichts weiter als knutschen und trinken, aber dennoch konzentrierte sich Leo vorerst auf ihn. Sie war einfach von Grund auf seriell monogam.

Darum flirtete sie jetzt auch nicht mit dem Barkeeper. Na ja, nur ein bisschen. Man wusste ja nie.

Er stand an der Zapfanlage, hatte den Blick aber nicht aufs Glas, sondern auf Leo gerichtet.

Sie strich sich besonders dezidiert eine Locke aus dem Gesicht, feuchtete mit der Zungenspitze kurz die Lippen an und setzte ihr Flirtlächeln auf. Stufe zwei. Also zwischen unverbindlich freundlich und *Hallo, hallo, was haben wir denn da Leckeres?*

Als er das volle Glas vor ihr auf die Theke stellte, sagte er: „Ich bin der Thomas. Und du?"

„Luisa. Aber nenn mich Leo."

Er entsprach genau ihrem Beuteschema. Sollte sie einfach hierbleiben und schauen, was sich mit Thomas so entwickelte?

Er strahlte.

Sie strahlte auch, griff nach dem Glas, wollte einen Schluck trinken und ihm dabei lasziv über den Schaum hinweg in die Augen schauen, bekam aber blöderweise just in diesem Augenblick einen Niesanfall.

Wenn andere Frauen niesten, dann war das ein zartes, elfenhaftes „Hatschi". Kein großes Ding. Sogar irgendwie süß. Wie so ein Kätzchen.

Wenn Leo nieste, dann wackelten die Wände, die Erde bebte, das Horn von Gondor erschallte und Reiterheere schienen über die Steppe zu donnern.

„HATSCHIIII!!!"

Der explosionsartige Lufthauch blies ihm die Haare nach hinten. Und Leo prustete ihm unabsichtlich Bierschaum ins Gesicht. Nicht nur ein Flöckchen, nein, den kompletten Schaum.

„Gesundheit", sagte er und wischte sich mit dem Unterarm die Wangen. Dann drehte er sich um. Es war ein Umdrehen, das Bände sprach. Sehr final.

Dann also doch Jeb.

Leo trank auf ex.

Die SoKo Kitzbühel ermittelt ... nicht!

„Wir müssen vorsichtiger sein!"

Sie saßen vorm *Huberbräu-Stüberl* und starrten finster in ihre Biere. Fünf Männer auf einer Mission, die zu scheitern drohte. Erst die Alte, dann der Schädel – was kam als Nächstes?

Beppi, Manni, Rudi, Karl-Heinz und Nicht-der-Hinterseer ließen die Touristenströme an sich vorbeifluten. Wobei die fünf noch nie in der Hauptsaison in Kitzbühel gewesen waren, sonst hätten sie gewusst, dass es sich jetzt, in der Zwischensaison, vergleichsweise nur um ein Rinnsal an Touristen handelte, das da an ihnen vorbeiplätscherte.

„Ihr hättet mich ruhig wecken können!", beschwerte sich Nicht-der-Hinterseer, nicht zum ersten Mal. „Jetzt habe ich die ganze Action verpasst."

„Glaub mir, das hättest du nicht sehen wollen." Beppi hatte wieder Farbe gewonnen. Sein Bier hatte er in einem Zug geleert und winkte der Bedienung nach Nachschub.

„Besauf dich nicht", mahnte Karl-Heinz. „Wir müssen jetzt alle einen klaren Kopf bewahren."

„Leck mich." Beppi verschränkte die Arme. Weil er wegen seines kaffeeverbrühten Schwellskrotums breitbeinig dasaß, wirkte es ein wenig, als wolle er seinen Kumpels gegenüber Manspreading betreiben. Was diese genauso wenig zu goutieren wussten, wie es normalerweise Frauen tun.

„Ich weiß gar nicht, warum dich der Schädel so mitgenommen hat", lästerte Rudi. „Wir schauen doch regelmäßig zusammen Horrorfilme."

„Es liegt nicht am Schädel."

Beppis Bier wurde serviert. Er trank auf ex und hickste.

Karl-Heinz rollte mit den Augen.

„Wenigstens sind wir die Oma jetzt los", bühnenflüsterte Nicht-der-Hinterseer. „Ich hab gesehen, wie ihr Schrankkoffer abtransportiert wurde. Gut so. Die hätte uns bei unserer geheimen Mission nur dazwischengefunkt. Alte Frauen sind so ätzend wie eingewachsene Zehennägel."

Er hatte den Lautstärkeregler seines Sprechorgans nicht wirklich unter Kontrolle. Am Nebentisch sahen zwei junge Frauen auf. Nicht-der-Hinterseer glaubte keine Sekunde lang, sie könnten aus Empörung zu ihm schauen. Er war vielmehr davon überzeugt, dass sie aus Interesse an seinem animalischen Magnetismus den Blickkontakt suchten. Er lehnte sich zurück, nahm eine – wie er fand – lässige Pose ein und schenkte ihnen sein leicht schiefes Casanova-Lächeln, das er in seiner Pubertät vor dem Badezimmerspiegel einstudiert hatte und seitdem unverändert einsetzte. Mit immer gleichem Ergebnis. Oder besser: Nicht-Ergebnis.

„Vielleicht war sie es ja, die den Kopf in die Truhe gelegt hat", flüsterte Rudi, der richtig, will heißen: leise, flüstern konnte. So leise, dass alle sich vorbeugen mussten, um ihn zu verstehen.

Bis auf Nicht-der-Hinterseer, der die beiden Mädels beeindrucken wollte. „Hallo, ich bin der Hansi!", rief er zu ihnen hinüber. „Was geht?"

Rasch standen die beiden auf, warfen einen Schein auf den Tisch und liefen davon.

Karl-Heinz versetzte ihm eine so heftige Kopfnuss – „Maul. Sonst Beule!" –, dass ihm seine Baskenmütze verrutschte.

Nicht-der-Hinterseer schmollte. Karl-Heinz ruckelte seine Mütze wieder zurecht.

„Überlegt doch mal", flüsterte Rudi derweil weiter. „Wieso ist sie mit so einem riesigen Schrankkoffer unterwegs? Der noch dazu sauschwer ist. Können ein paar Klamotten und Frauenhygieneartikel so schwer sein?" Er schürzte skeptisch die Lippen. „Ich denke nicht. Und warum hat der Koffer an der einen Ecke rot gefeuchtelt? Pastasoße. Ha! Wer's glaubt! Ich sage euch, da war die Leiche drin. Die sie jetzt Stück für Stück entsorgt."

Alle setzten sich wieder aufrecht hin und schauten nachdenklich.

Schräg gegenüber wurde mit wenigen, kompetenten Handgriffen ein Stand aufgebaut und mit Wasserkisten und mit riesigen Kaffeemaschinen für den Gastrobetrieb bestückt, in die locker 20 Liter passten.

Beppi winkte nochmals nach dem Kellner. Weil die anderen mittlerweile ihre Gläser auch geleert hatten, bestellten sie noch eine Runde.

„Was wird das da drüben, wenn's fertig ist?", fragte Manni den Kellner.

Der sah zu dem Stand. „Ach das, hier kommt gleich die Fangruppe der *SoKo Kitzbühel* vorbei. Das ist der Versorgungsstand. Die machen auf ihrer Fanwanderung kurz Station und stärken sich."

„Eine Fanwanderung von wem?"

„Fans der *SoKo Kitzbühel*. Sie wissen schon, die Fernsehkrimiserie. Sehr populär! Total beliebt. Die Wanderungen sind immer eine große Gaudi!" Der Kellner zog ab.

Die SoKo-Fans wanderten heran. Man hörte sie schon von Weitem. Es mussten mehrere Busladungen sein.

Karl-Heinz mit seiner Zwangsstörung, alles zählen zu müssen, bewegte – fast – lautlos die Lippen. „Zwei, vier, sechs, acht ..."

„Pöh, *SoKo-Kitzbühel*-Fans", maulte Nicht-der-Hinterseer.

„Pst! Die sind uns zahlenmäßig überlegen!" Beppi legte seinem Kumpel warnend die Hand auf den Unterarm.

„... 80, 82, 84 ..."

Der Hansi – also der echte – hatte ja auch Fan-Wanderungen gemacht. Rudi, Beppi, Manni, Karl-Heinz und Nicht-der-Hinterseer hatten immer daran teilnehmen wollen, es hatte aber nie geklappt, und dann gab es ja diese elende Rufmordkampagne, von wegen, der Hansi habe seine Fans bei diesen Wanderungen nur ausnehmen wollen. Klar hatte er daraufhin die Wanderungen abgesagt. Das war auch echt eine ganz fiese Verleumdung. Aber vielleicht gab's ja irgendwann wieder eine. Und dann wären sie definitiv dabei!

Weil's aber momentan keine gab, schauten sie neidisch auf diese Fernsehguckertruppe, die kein Ende zu nehmen schien.

„... 128, 130 ..."

Der Kellner kam mit den Bieren. „Ah, schauen S', da sind die Stars. Der Heinz Marecek, der Ferry Öllinger und die Andrea L'Arronge. Die haben es sich nicht nehmen lassen, mit ihren Fans zu wandern. Obwohl ja gerade gedreht wird. Sehr sympathisch!" Er servierte und ging zu dem Tisch, von dem die Mädels geflohen waren, um abzuräumen.

Drüben am Stand wurden im Hochleistungsfließbandtakt Wasserflaschen sowie Pappbecher mit Kaffee ausgeteilt.

„Pöh ...", fing Nicht-der-Hinterseer deutlich hörbar an und bekam von Karl-Heinz wieder eine Kopfnuss. Dabei kam Karl-Heinz allerdings beim Zählen aus dem Takt. Er versuchte, sich zu erinnern, wo er stehen geblieben war, bewegte stumm wie ein Karpfen die Lippen. Aber es fiel ihm nicht mehr ein. Er lief rot an.

„Leute, konzentriert euch!", rief Manni rasch. „Okay, wegen diesem blöden Schädel hat uns jetzt die Polizei auf dem Radar ..."

„Manche von uns", warf Nicht-der-Hinterseer ein. Seine Weste war verschlafbedingt rein.

„... hat die Polizei manche von uns auf dem Radar, aber deswegen blasen wir unsere Mission doch nicht ab, oder?" Er schaute in die Runde. Die Runde schaute auf ihn. Mit Ausnahme von Karl-Heinz, der schaute den Wanderern nach und versuchte, mit dem Zählen von vorn anzufangen.

„Nein, tun wir nicht", interpretierte Manni die Blicke. „Wir werfen nicht das Handtuch. Wir ziehen es durch." Er legte die Hand auf die Tischplatte.

„Heute baldowern wir aus, morgen schlagen wir zu." Beppi legte seine Hand auf die von Manni.

„Einer für alle, alle für einen!", bekräftigte Rudi mit seiner Hand.

„Das hätte euch mal heute früh einfallen sollen, als ihr mich einfach habt schlafen lassen", moserte Nicht-der-Hinterseer, der zwar vergaß, aber nicht vergab. Er knurrte noch ein wenig, legte dann aber doch seine Hand auf die von Rudi.

Die vier sahen zum Fünften in ihrer Runde.

„Karl-Heinz?"

„233, 234, 235, 236. Fertig." Karl-Heinz nickte zufrieden. Dann sah er die auffordernden Blicke seiner Freunde. „Was ist?"

„Einer für alle!", wiederholte Rudi.

„Nee", sagte Karl-Heinz. „Wir hatten vor Reiseantritt getrennte Rechnungen ausgemacht, und dabei bleibt's auch. Jeder zahlt sein Bier selbst."

Wo war gleich nochmal der Schalter für das innere Feuer?

Arschkalt ist ja immer relativ, nur nicht in einem Eisstadion. Da ist arschkalt ein Fakt. Leo fror quasi überall, nur nicht an den Lippen, die hatte sie sich gerade am heißen Kaffee aus der Lounge verbrüht. Immerhin sorgte der Kaffee dafür, dass sie sich wieder halbwegs nüchtern fühlte.

Im *Sportpark Kitzbühel*, den die meisten – Touristen wie auch ein paar Einheimische – zweifelsohne nur mit den *Adlern*, der Eishockeymannschaft der Stadt, in Verbindung brachten, fanden an diesem Tag die Entscheidungsspiele der österreichischen Staatsmeisterschaft im Curling statt.

Ja, Curling. Gewissermaßen Boule-Spielen auf Eis. Wenn für Boule so viel Taktik nötig gewesen wäre wie beim Schach. Curling wurde hier in Kitzbühel auf ganz hohem Niveau betrieben. Was von vielen ignoriert wurde, die Curling immer noch für ein Stiefkind der Wintersportarten hielten. Wer wusste denn schon, dass der KCC, der *Kitzbühel Curling Club*, über einhundert Jahre alt war und seine Herrenmannschaft bereits sechs Mal in Folge die Staatsmeisterschaft für sich hatte entscheiden können? Nur Aficionados.

Auch Leo hatte keine Ahnung vom Curling. Und nur weil sie seit zwei Wochen mit einem Curling-Ass namens Jeb aus Kanada herumknutschte, hieß das noch lange nicht, dass sie sich wirklich für dieses ulkige Spiel mit Steinen und Schrubbern interessierte. Mehr schon dafür, hinterher in einer der Kneipen mit Jeb – kurz für Jebediah – weiterzuknutschen. Nach allem, was heute passiert war, durfte er möglicherweise sogar „das End gewinnen" – oder wie auch immer man das beim Curling nannte. Leo wusste – mangels Beschäftigung mit den Fakten – noch nicht, dass das Turnier über drei Tage ging und die Spieler in dieser Zeit wie alle Hochleistungssportler zölibatär blieben, um ihre Kräfte zu schonen.

Frierend stieg Leo die Treppe zu den Zuschauerrängen hinauf. Unter den neugierigen Blicken der Umstehenden.

Früher hatte sie immer milde gelächelt, wenn sie alte Frauen gesehen hatte, die sich exzentrisch kleideten und bunt anzogen. Jetzt waren diese Frauen Vorbilder für sie. Jedes Strasssteinchen war ein „Fuck not given". Und sie kleidete sich mittlerweile ebenso – neonfarben, mit und ohne Pailletten, wild durcheinander gemustert. Aber immer bunt. Knallbunt. Dafür erntete sie mitunter Unverständnis und sogar bissige Kommentare. Man würde blind, wenn man sie anschaute, hatte ihr mal jemand gesagt. Aber das kratzte sie nicht. Das einzig Schräge, was sie nicht trug, waren Mützen mit Tierohren. Sie wollte warme Ohren haben, nicht irgendeinen Häschen-Kink bedienen.

Und gleich darauf stand sie in ihrem regenbogenfarbenen Webpelzmantel mit neonfroschgrüner Zipfelmütze und kanarigelben Uggs ganz oben auf den Zuschauerrängen.

In der Fan-Ecke wurde nicht ekstatisch getrommelt und gejubelt wie bei den Eishockeyspielen. Es ging gesitteter zu. Aber ganz sicher nicht emotionsloser. Auf den fünf Bahnen herrschte bereits emsiges Treiben. Die blau gekleideten Teammitglieder der mittleren Bahn wischten wie wild. Auf den anderen Bahnen herrschte eher Gelassenheit.

Die Bude – will heißen: das Stadion – war voll. KCC-Fans zeichneten sich durch ihre Loyalität aus. Es war nicht ganz einfach, in dem Meer aus Leibern den Mann auszumachen, den sie suchte.

In der hintersten Ecke auf der hintersten Bank wurde Leos suchender Blick fündig. Dort thronte ihr alter Ferienfreund Fröschl auf einem wackeligen Berg aus jenen stark malträtierten Schaumstoffsitzkissen, die gleich neben dem Eingang für alle Besucher und Besucherinnen auslagen. Fröschl bestand nur aus Haut und Knochen und fror mangels Fettschicht leicht. Er fand, dass er mehr als nur eine Handvoll Sitzkissen brauchte – als Puffer und für die Wärme seines verlängerten Rückens. Es war nur ein klitzekleines bisschen übertrieben zu behaupten, dass der Sitzkissenberg fast so hoch war wie der ganze Mann.

Leo setzte sich neben ihn. Stellte fest, dass sie zu ihm aufsehen musste wie ein Kieselstein zum Mount Everest. Und stand wieder auf. Damit waren sie fast auf Augenhöhe. Außerdem ließ es sich im Stehen viel leichter zittern und bibbern.

„Der Chef ist heute beinahe infarktet", fing sie begrüßungslos an, wie man es bei alten Freunden tat. „Wir hatten die Polizei im Haus! So eine Panikmacherin wollte sich einfach nicht davon überzeugen lassen, dass Oma Abibi kein Mann ist. Dabei gleichen sich die Geschlechter nach den Wechseljahren optisch an. Weiß doch jeder. Du machst dir keinen Begriff, was so eine einzige Durchgeknallte an Stress produzieren kann. Wir sind nur knapp an einer gynäkologischen Beweisuntersuchung vorbeigeschrammt, echt." Leo pustete auf den Becher in ihrer Hand.

Unten auf dem Eis kam jetzt Bewegung in eine gelb gekleidete Mannschaft. Der Stadionsprecher verkündete scheppernd etwas über sein Mikrofon, und obwohl man eigentlich nur Rauschen und Knistern hörte, jubelte das Publikum.

Leo versuchte, Jeb ausfindig zu machen. Aber die Männlein auf dem weit entfernten Eis sahen irgendwie alle gleich aus. Wenn sie sich die Mühe gemacht hätte, seinen Club zu googeln, hätte sie die Trikotfarben gekannt. Aber das hatte sie nicht. Leo winkte einfach mehrmals prophylaktisch nach unten, falls Jeb nach ihr Ausschau halten sollte.

„Ein echt verrückter Tag."

Keine Reaktion. Leo sah zu ihrem Nebensitzer. Sie hätte eigentlich einen Kommentar erwartet. Etwas Mitfühlendes. Oder Lustiges. Zum Aufheitern.

Aber Fröschl saß nur mit eingefallenen Schultern neben ihr, die Arme um den Oberkörper geschlungen. Während auf dem Eis von den Steirern unter großem Bohei der Kenner (zu denen Leo nicht gehörte) *guard* vor das *house* gelegt wurde, warf Leo Fröschl aus den Augenwinkeln einen prüfenden Blick zu. Klar, dass er fror wie ein Schneider. Er trug nur seinen üblichen schwarzen *Matrix*-Langmantel aus einem Polyurethan-Viskose-Gemisch, das den antarktischen Stadiontemperaturen auch nicht annähernd gewachsen war. Die Optik war Fröschl wichtiger als die Funktionstüchtigkeit. Er trug außerdem immer nur Schwarz. Wie so ein Goth. Ungeschminkt, untätowiert, aber von oben bis unten in Draculas Lieblingsfarbton gekleidet.

Fröschl schwieg beharrlich. Was ihm gar nicht ähnlich sah. Seine Lippen bewegten sich zwar, aber nur, weil sie vor Kälte schnatterten. Zu seinen Füßen standen zwei leere *Stiegl*-Flaschen. Gewärmt hatten die ihn aber offenbar nicht.

„Kaffee?" Leo hielt ihm ihren Kaffeebecher hin.

Fröschl schüttelte nur den Kopf.

„Sollen wir bei *Don Luigi* eine Pizza essen? Das wärmt von innen. Wir verpassen hier nichts."

Gut, dass die Fans um sie herum über all den Lärm im Stadion hinweg Leos Blasphemie nicht hören konnten.

Fröschls Kopf bewegte sich wieder verneinend.

Leo gab auf. Dann fror er eben.

Wenn sie als Kind in den Ferien ihre Oma besucht hatte, durfte sie immer mit Fröschl spielen, weil sie im gleichen Alter waren. Seinen Eltern gehörte das stattliche Anwesen neben dem Haus ihrer Großmutter. Leo hatte nie gefragt, warum Fröschl Fröschl hieß. Oder wie sein richtiger Name lautete. Womöglich hieß er tatsächlich Fröschl. Sie hatte auch nie gefragt, womit seine Eltern ihr Geld verdienten. Das interessierte sie nicht. Namen waren Schall und Rauch. Und nicht, welchen Job man hatte, definierte einen, sondern was man aus seinem Leben machte. Fröschl und sie machten viel. Vor allem Unsinn.

Doch irgendwann waren sie auseinandergedriftet. Grundlos. Während des Studiums, das sie beide geschmissen hatten. Umso schöner fand es Leo, dass er zur Beerdigung ihrer Oma gekommen war. Seitdem hielten sie wieder losen Kontakt. Mit niemandem konnte man so wunderbar im Gras liegen, ein Bier trinken und einfach nur Cloudporn gucken, also den Wolken beim Vorübergleiten zuschauen.

Auf dem Eis wischte sich mittlerweile ein rotes Team den Bär. Das Publikum jubelte, auch wenn es auf dem Eis nicht so heiß herging wie beim Eishockey und es keine mit Höchstgeschwindigkeit aufeinanderprallenden Leiber gab und keine Zähne bis in die Zuschauerränge katapultiert wurden.

Banausin Leo erschloss sich die Schönheit dieses Sports nicht. Sie wurde nur an ihre Kolleginnen erinnert, die mit dem Besen die Badezimmerböden der Hotelzimmer feudelten.

Sie sah zu Fröschl.

„Jedenfalls war das heute das pure Chaos. Nicht nur im Hotel. Im ganzen Ort", wiederholte sie. „Das mit dem Kopf im Museum hast du bestimmt mitbekommen, oder?"

Fröschl hatte nicht nur davon gehört. Fröschl war involviert. Während das Stadion fröhlich tobte und toste, weil irgendein Stein punktgenau in der Mitte gelandet war, nahm er sich selbst noch fester in den Arm. Fröschl war sowas von nicht fröhlich.

„Was ist denn mit dir?" So stumm kannte sie ihn sonst echt nicht. Er hatte immer etwas zu sagen. Kommentierte alles – von der Weltpolitik über die Kommunalpolitik bis hin zum Gesang der Meisen im Legendenpark. Es sah ihm auch gar nicht ähnlich, ihren Kummer einfach so im Raum stehen zu lassen, ohne sie tröstend in den Arm zu nehmen.

Fröschl sah sie waidwund an. „Die halten *mich* für den Mörder." Und als ob diverse Mörder durch Kitzbühel marodierten und es daher einer genaueren Zuordnung bedürfte, fügte er erklärend hinzu: „Für den Mörder von dem Körperlosen."

„Wie bitte?" Unwillkürlich ließ Leo den Becher mit dem Kaffee sinken. Der geriet dabei in Schräglage und nässte auf den Mann vor ihr.

„Entschuldigung", sagte sie, beugte sich vor und legte dem Mann versöhnlich die Hand auf die Schulter. Erst, als er sich zu ihr umdrehte, wurde ihr klar, dass sie den Mann kannte. Es war einer der beiden Steroid-Schränke aus dem Hotel. Er legte die Stirn in Falten und brummte: „Curling ist nichts für Frauen! Der Sport sollte Männern vorbehalten bleiben."

„Ach ja?" Leo konnte nicht anders. Sie wusste, dass sie sich eigentlich entschuldigen sollte, aber bei so einem Spruch stellten sich ihr die Nackenhaare auf. „Curling ist also nur was für Männer? Warum denn, bitteschön? Versuchen die Jungs da unten, den Stein mit ihrem Penis in den Zielkreis zu bekommen? Wischen sie mit ihrem Gemächt übers Eis, oder wie?"

Curling wurde zwar schon seit Anfang des 16. Jahrhunderts gespielt, aber internationale Turniere gab es erst seit 1880, und erst seit 1979 waren Frauen zugelassen. Da spukte in vielen Köpfen noch das Vorurteil, das vermeintlich schwache Geschlecht habe auf dem Eis nichts zu suchen. Oder falls doch, dann höchstens in kurzen Röckchen beim Eiskunstlauf.

Der Mann schürzte die Lippen und warf ihr über die Schulter einen finsteren Blick zu, sagte aber nichts, sondern konzentrierte sich wieder auf das Spiel.

Der zweite kantige Kerl, den Leo immer für seinen siamesischen Zwilling gehalten hatte, weil die beiden absolut unzertrennlich schienen, fehlte. Moment ... nein, er fehlte nicht ... er stand ganz unten an der Plastikschutzwand und hielt sein Handy hoch, als ob er die Spieler filmte. Er nahm damit dem Mann neben ihm die Sicht – einem Typen, der sogar hier in der Halle eine Sonnenbrille trug und der offenbar so viel innere Hitze besaß, dass er über seinem Polohemd und seiner viel zu eng sitzenden Hose nichts weiter trug als einen lässig um den Hals geschlungenen Sweater. Und daneben saß – war das ein Hermelinmantel? – Irina Sastrova. Fehlte nur noch die arabische Familie, dann wären alle Suite-Gäste des *Marchwardushofs* anwesend. Hatte Neuveille Freikarten verteilt oder was war da los?

Aber all das hatte keine Priorität. Jetzt ging es um Fröschl. Leo legte die Nackenhaare wieder an und sah zu ihrem Freund.

„Hast du gerade gesagt, die halten *dich* für den Mörder?"

Irgendetwas passierte auf dem Eis. Etwas, das die Fans zum Kochen brachte. Musste man fürchten, das Eis könne schmelzen? Leo hatte dafür jetzt keinen Blick.

„Ja", brüllte Fröschl über die jubelnden Massen hinweg. „Die hatten mir sogar schon Handschellen angelegt. Aber ich bin auf keinem der Überwachungsvideos im Museum, deshalb mussten sie mich wieder gehen lassen. Ich habe natürlich auf jeden Fall eine Anzeige wegen Sachbeschädigung am Hals."

„Wie kommen die überhaupt auf die Idee, du könntest ...? Das ist doch Wahnsinn!" Leo war fassungslos.

„Ich habe heute Nacht meiner Besorgnis als Bürger Ausdruck verliehen", brüllte Fröschl. „Blöderweise am Museum."

„Du hast dich wieder als Sprüher betätigt?" Leo seufzte.

Noch bis vor kurzem hatte sie Graffiti durchaus als Kunst zu schätzen gewusst, aber seit sie das Haus ihrer Oma geerbt und irgendein Idiot – mehrmals – die Fachwerkwand zur Straßenseite mit dämlichen Kringeln und Zacken getaggt hatte, war ihr der Unterschied zwischen einem Banksy und einem ego-geilen, aber absolut untalentierten Schmierfink bewusst geworden. Fröschl war in einer Grauzone unterwegs: Er sprühte Parolen, aber seine Buchstaben waren Kalligrafie vom Feinsten. Kleine Alphabetkunstwerke. Mit Message.

Fröschl nickte. „In der heutigen Zeit muss man Aktivist sein, sonst macht man sich mitschuldig." Er sah sich als Kämpfer für das Gute. Klimakrise, Umwelt-schutz, soziale Gerechtigkeit, Humanität im Angesicht von Flüchtlingskrisen und Massentierhaltung.

„Typisch. Nur weil du sprühst, wirst du gleich in den Kreis der Verdächtigen einbezogen. Du bist Künstler, kein Mörder. Dass die Polizei aber auch immer in Schubladen denken muss." Leo pustete sich eine Locke aus dem Gesicht.

„Es hatte wohl auch was mit dem zu tun, was ich geschrieben habe", räumte Fröschl ein.

„Was?" Leo hatte es nur akustisch nicht verstanden, aber Fröschl sah sich zu einer Erklärung genötigt.

„Ich habe *Guillotiniert den Kapitalismus* an die Museumswand gesprüht."

„Bist du deppert?"

Natürlich wusste Leo, dass Fröschl unschuldig war und dass es sich nur um einen saudummen Zufall handelte, dass er genau in dem Moment für alle sichtbar das Kopfabschlagen befürwortete, in dem jemand anderes damit Ernst gemacht hatte. Aber wie oft hatte sie Fröschl schon geraten, mehr zu malen und weniger zu parolisieren?!

„Du hast *Guillotiniert den Kapitalismus* an die Wand vom Museum gesprüht?"

„Immerhin hab ich's gegendert!" Fröschl wusste, dass man Leo mit kaum etwas so auf die Palme bringen konnte, wie wenn man etwas nur in der männlichen Form ausdrückte. „Ich hätt ja auch schreiben können, *Guillotiniert alle Kapitalisten*. Aber nein! Ich habe die Frauen nicht nur mitgedacht, sondern durch die Substantivierung auch inkludiert." Fröschl hatte zwei Semester Germanistik studiert, das brach sich manchmal Bahn.

„Du Idiot!" Leo schnaubte. „Und noch dazu an ein öffentliches Gebäude."

„Ja eben gerade!" Fröschl schnaubte auch. „Ich vergehe mich grundsätzlich nie am Privateigentum von Durchschnittsbürgern. Nur an kommunalen Gebäuden und den Villen von Geldsäcken."

Leo hätte gern darauf hingewiesen, dass seine Eltern in so einer Geldsackvilla wohnten und er doch die liebe lange Nacht Parolen an deren Wände sprühen konnte, aber sie ließ es bleiben. „Hast du irgendwas Verdächtiges beobachtet? Ist da wer herumgeschlichen? Außer dir, meine ich."

„Nein. Nada. Niemand. Zilch." Fröschl entknotete Arme und Beine. „Ich muss hier weg. Gib mir dein Handy."

Leo sah ihn nur verständnislos an. „Was? Nein."

„Doch. Ich will untertauchen."

Täuschte sie sich oder drehte der Mann vor ihr den Kopf leicht zur Seite? Wie jemand, der trotz Umgebungslärm versuchte, sein Trommelfell auf ein Privatgespräch in seinem Rücken auszurichten?

Leo packte Fröschl am Arm und zog ihn die wenigen Stufen nach oben und dann in Richtung Notausgang. In den Spielpausen standen hier immer die Raucher. Doch noch waren sie unter sich.

„Du willst dich vom Acker machen?"

Fröschl nickte. Er langte nach der rechten Außentasche ihres Webpelzmantels, in dem – wie er aus Erfahrung wusste – ihr Handy steckte. Leo schlug seine Hand weg.

„Ich brauche dein Handy. Meins hab ich entsorgt, damit man es nicht orten kann."

Fröschl und Leo lieferten sich einen Tätschelscheinkampf. Er wollte in ihrer Manteltasche nach dem Handy fischen, sie wusste das erfolgreich zu verhindern.

„Du hast sie doch nicht alle. Wenn du jetzt untertauchst, gleicht das einem Schuldeingeständnis!"

„Sieh mich doch an", brüllte Fröschl und ließ das Fischen sein. „Ich bin ein Loser. Einer, der sich nicht in die Gesellschaft hat integrieren lassen. Ich bin der geborene Sündenbock. Aber ich geh nicht in den Knast und lass mir dort die Seele zerstören. Ich wandere aus!"

„Mit meinem Handy?" Leo wollte ihn absichtlich nicht verstehen.

„Ich will nur meine Reise planen, die nächsten Verbindungen suchen. Mit dem Zug nach Italien. Von dort mit dem Schiff nach Südamerika."

„Nein!" Leo blieb hart. Wenn er jetzt in den Dschungel Brasiliens verschwand, sah sie ihn nie wieder. Fröschl war kein Ronny Biggs, der legendäre britische Bankräuber, der mittellos, aber happy an der Copacabana leben und eine einheimische Prostituierte schwängern konnte, um nicht ausgeliefert zu werden. Nein, Fröschl würde elendiglich zugrunde gehen. Vermutlich schon kurz hinter der italienischen Grenze.

„Sei nicht albern", sagte sie streng. „Du gehst jetzt zu mir nach Hause. Der Schlüssel steckt in der Blumenampel links neben der Tür. Im Kühlschrank ist noch ein Rest Pizza von vorgestern. Und Bier. Dann schläfst du dich aus. Und morgen sehen wir weiter."

„Aber ..."

„Kein Aber!" Leo konnte streng sein. Fröschl war einer, der bisweilen Strenge brauchte. „Tu, was ich dir gesagt habe!"

Er wollte die Tür öffnen. „Warte!" Leo sah sich um. Es war niemand in der Nähe. Niemand außer einer alten Dame in einem eleganten Lodenmantel über einem Etuikleid. Noch so jemand, der hier im Stadion fehl am Platz zu sein schien.

Leo beugte sich zu Fröschl, damit sie etwas leiser sprechen konnte. „Was hast du mit deinem Handy gemacht?" Sie traute ihm zu, es einfach weggeworfen zu haben. Falls dem so war, konnte man es immer noch orten. Vielleicht wäre es gar keine so dumme Idee, es in irgendein Touristenauto mit ausländischem Kennzeichen zu werfen. Dann würde die Polizei in den Niederlanden oder in Kroatien nach ihm suchen.

„Ich hab's in der Eisgrube entsorgt."

„In der ... was?" Leo stutzte.

Fröschl rollte mit den Augen. Manchmal vergaß er, dass Leo nicht von hier war. Und sie unerklärlicherweise mit Eisstadien nichts anfangen konnte. Nur mit den Spielern.

„In die Eisgrube. Unten. Wo das Eis reinkommt." Fröschl zog geräuschvoll die Nase hoch. „Ich geh dann jetzt."

„Zu mir, klar?"

Fröschl gab ein uninterpretierbares Grummeln von sich und verschwand.

Leo blieb noch bis zum Ende dieses Vorrundentags neben dem Notausgang stehen. Die meiste Zeit hüpfte sie auf und ab. Und ab und auf. Weil ihr kalt war und das Hüpfen wärmte. Und weil ein Plan in ihr reifte, und sie konnte einfach besser nachdenken – und reifen lassen –, wenn sie sich bewegte.

Dann war es so weit. Der Stadionsprecher knarzte wieder Unverständliches, das Publikum jubelte.

Leo lief noch vor den anderen die Treppe hinunter in den Loungebereich, dann noch eine weitere Treppe hinunter zu den Umkleiden und Duschen und dem technischen Gerät und der Eisgrube. Weil man hierzulande lässig drauf war – und weil alle wussten, dass der frisch vom KCC eingekaufte, enorm gutaussehende

Kanadier seit neuestem die verrückte Leo anbaggerte –, durfte sie auch ganz problemlos passieren. Sie nickte allen zu. „Wo ist denn hier die Eisgrube?", fragte sie den vorbeieilenden Hausmeister.

Er zeigte stumm auf ein nicht gerade kleines Loch im Boden. Mit zwei Eisenstreben. Und einer kleinen Leiter. Und Eiswasser darin. Direkt neben dem riesigen, quaderförmigen Fahrzeug, das beim Eishockey für eine glatte Eisoberfläche sorgte, fürs Curling aber nicht gebraucht wurde.

Über der Grube hatte jemand an die Holzwand mit Reißzwecken ein laminiertes Blatt Papier mit der Aufschrift *Schneegrubenabdeckung muß aus Sicherheitsgründen immer geschlossen sein!!!!!!!!* geheftet. Alte Rechtschreibung. Acht Ausrufungszeichen. Hatte aber nichts genützt. Die Abdeckung war offen.

In Leo überlegte es fieberhaft. Sollte sie versuchen, Fröschls Handy herauszufischen? Oder konnte man ein Handy automatisch nicht mehr orten, sobald es nass wurde?

Sie starrte auf die Eiswasseroberfläche. Viel Zeit blieb ihr nicht.

Leo schien, als ob sich die Wasseroberfläche bewegte. Lag es an den Menschenmassen, die aus dem Stadion hinauswogten, dass der Boden bis in den Untergrund hinein bebte?

Nein, es schien zu blubbern.

Leo hatte genug Horrorfilme gesehen, um sofort zu denken, dass womöglich seit Urzeiten ein Megalodon-Ei im Eis geschlummert hatte und nun auftaute und jeden Moment ein gewaltiger Urzeit-Hai aus der Adler-Eisgrube auf sie springen und sie mit einem Happs verschlingen könnte. Sie trat einen Schritt zurück.

Und sah gleich darauf tatsächlich etwas auftauchen. Natürlich keinen gigantischen Megalodon-Hai. Nicht mal ein Megalodon-Hai-Ei. Nein. Es war ein menschlicher Arm. Etwas aufgequollen. Und so reichlich behaart, dass es zweifellos ein Männerarm sein musste.

Jede Jacke ist eine Wendejacke, wenn es einem wurst ist, wie man ausschaut. Und Köttel war es sowas von wurst.

Sie hatten ihn aus einer Tiefschlafphase herausgeklingelt. Mit dem Kopf auf der Tastatur war er an seinem Schreibtisch eingeschlafen. Weswegen er immer noch eckige Eindellungen auf seiner linken Wange hatte. Mit zunehmendem Alter dauerte es auch zunehmend länger, bis liege-bedingte Knitter- und Knautschfalten sich glätteten. Lange Ermittlungstage ermüdeten ihn, seit er nichts Richtiges mehr essen durfte. Und wenn man sich nach tagelangem Fasten eine Pizza Margherita einwarf, dann floss der komplette Blutgehalt des Körpers zügig in den Verdauungstrakt, und – zack! – lag man eben auf dem Dienstcomputer, und die Oberlippe vibrierte im Takt des Schnarchens.

Auch auf der Fahrt von Innsbruck nach Kitzbühel war er mehrmals in Sekundenschlaf gefallen und dann völlig adrenalinisiert aufgewacht, bis ihm wieder klar wurde, dass ja Kollegin Pichler am Steuer saß. Sie berichtete ihm auch, was bisher über den Arm im Sportparkstadion bekannt war. Nämlich nichts.

Und als er dann aus dem Zivilfahrzeug stieg, schlüpfte er verkehrt herum in seine Windjacke.

Keiner sagte etwas dazu, bis er Leo in der zum Befragungsraum umfunktionierten Funktionärslounge gegenübersaß.

Das Spiel war unterbrochen worden, aber niemand durfte das Stadion verlassen, bevor nicht alle Namen und Adressen von den Kollegen von der Streife aufgenommen worden waren. Und weil das Stadion rappelvoll war, zog sich das.

„Sie sind falsch herum", sagte Leo.

Köttel sah auf. „Wie bitte?"

Auch sein scharfer Militärton war der Müdigkeit geschuldet.

Leo zeigte mit dem Kinn auf Köttels Windjacke. Beziehungsweise auf das beigefarbene Satinfutter, das jetzt nach außen zeigte.

Köttel brauchte einen Moment, bis er wusste, was sie meinte. Er sah an sich herunter, stieß ein unbeeindrucktes „hmpf" aus und sah wieder hoch. „Sie sind also Frau Luisa ...?"

„Leo. Nennen Sie mich einfach Leo."

„Frau Leo."

„Einfach Leo."

„Frau Einfach Leo."

Sie waren beide hundemüde und angestresst. Das konnte noch heiter werden.

Köttel, der Leos Personalausweis in der Hand hielt, stutzte. Dann sah er auf seine *Habring*-Perpetual-Armbanduhr mit Datumsanzeige. „Sie haben heute Geburtstag?"

Leo schnaufte. Musste sie das Offensichtliche tatsächlich nochmal bestätigen?

Köttel klappte den Ausweis wieder zu. „Sie haben also den Arm gefunden."

Leo nickte. Blieb aber stumm.

„In der Eisgrube."

Hier hätte es auch wieder ein Nicken getan, aber Leo platzte der Kragen. „Muss ich das wirklich alles nochmal herunterbeten? Das habe ich doch schon den Securityleuten und danach auch noch dem Schutzpolizist erzählt."

„Das ist keine Schikane, sondern psychologisch fundiert. Wenn man das, was man erlebt hat, mehrmals erzählt, fallen einem immer neue Details ein, die eventuell wichtig sein könnten."

Leo schnitt eine Grimasse. „Na schön. Es war in der Pause. Ich bin nach unten ins Erdgeschoss gegangen. Und in der Durchgangspassage, die zum Spielfeld führt, sah ich ..."

„Warum?", unterbrach Köttel.

„Wie meinen?" Leo, die nach oben geschaut hatte, als würde an der Decke der Film mit ihren Erinnerungen laufen, den sie einfach nur nacherzählen musste, sah zum Inspektor.

„Warum sind Sie nach unten gegangen?"

Das war jetzt dumm. Sie wollte Fröschl nicht ins Spiel bringen, der hatte schon genug Ärger am Hals. Göttin sei Dank fiel ihr ein, dass sie ja mit einem der Spieler herummachte. Mit ... verdammt, wie hieß er doch gleich? ... So ein Kanadier ...

Köttel betrachtete fasziniert die herumhuschenden und dabei nach unten gerichteten Augäpfel seiner Zeugin. Was immer jetzt aus ihrem Mund kam, war entweder gelogen oder wahr, aber ein reines Ablenkungsmanöver. Das hatte er bei einem FBI-Workshop gelernt. Leider nicht bei einem Workshop vor Ort in Washington, das wollte man dem österreichischen Steuerzahler nicht zumuten, sondern bei einem Workshop, den ein FBI-Mann in Linz abgehalten hatte. Sein Magen grummelte. An Linz zu denken, war ein Fehler gewesen. Schlagartig verlangte sein Körper nach Torte.

„Jeb!", prustete Leo plötzlich laut heraus und strahlte.

Köttel zuckte zusammen. „Gesundheit!"

„Nein, nicht Hatschi. Jeb! Er spielt für den KCC. Jeb ist mein ... Freund." Das war jetzt etwas hoch gegriffen. Aber wie sonst sollte sie ihn nennen? Knutschbuddy?

Leo plapperte weiter. „Vor zwei Wochen oder zehn Tagen, das weiß ich jetzt nicht mehr so genau, war ich in einer Kneipe in der Jochberger Straße, die, wo man draußen auf den Fellen sitzen kann, jedenfalls hat mich Jeb angesprochen und seitdem ...“

„Und diesen Jeb wollten Sie ...“

„Ich wollte ihm einen Glückwunschkuss geben, genau", fabulierte Leo, solange sie im Fluss war. Nicht wissend, ob der KCC auch diesmal wieder furios durch die Vorrunde gekommen war. „Da kam ich an der Eisgrube vorbei und dachte noch, was blubbert da, da tauchte urplötzlich dieser Arm auf. Das ist alles. Mehr kann ich Ihnen nicht sagen." Leo sah jetzt sehr zufrieden aus. „Ich habe einen Herrn in der Nähe auf meine Entdeckung aufmerksam gemacht. Ich glaube, es war der Hausmeister. Und dann ging alles ganz schnell."

„Aha. Ist Ihnen sonst noch etwas aufgefallen? Haben Sie jemand bemerkt, der sich verdächtig oder doch zumindest ungewöhnlich verhalten hat?"

Leo überlegte kurz. Wirklich merkwürdig war ihr nur vorgekommen, dass sämtliche Suite-Gäste des *Marchwardushofs* dem Spiel beigewohnt hatten, aber das war ja an sich noch nicht verdächtig. Gut, Curling galt nicht so als *der* Publikumsmagnet, aber die Staatsmeisterschaft war das kulturelle Highlight in diesen Tagen, in denen keine Konzerte und Theateraufführungen angesetzt waren und im Fernsehen mehrheitlich Wiederholungen liefen. Da musste man mit Touristen rechnen, oder nicht?

„Nein, aber es war mein allererstes Curlingspiel. Ich kann also nicht sagen, was normal ist und was nicht. Mir ist jedenfalls nichts Ungewöhnliches aufgefallen."

„Soso." Köttel sah Leo an. Wenn man lange genug starrte und nichts sagte, wurden die Zeugen oftmals nervös. So nervös, dass sie etwas ausplauderten.

Leo lächelte ihn aber nur an.

Die jungen Frauen von heute waren nicht mehr so leicht zu knacken wie früher. Köttel fand, dass er langsam zu alt für seinen Job wurde. Dabei war er noch ewig von der Pensionierung entfernt. So depri drauf war er früher nicht gewesen. Woran das nur lag? Natürlich an der Mangelernährung! Um Energie zu sparen, schaltete das Gehirn alle nicht überlebensnotwendigen Bereiche ab. Optimismus war beispielsweise so ein Bereich. Genau, das musste es sein.

Dachte Köttel. Weil er dabei aber stur geradeaus sah, also Leo in die Augen, bröckelte ihre Fassade der Coolness. Sie hatte noch nie mit der Polizei zu tun gehabt. Dieser Blick! Als ob er in ihr wie in einem Buch lesen konnte. Wenn sie jetzt nichts sagte, würde das später vor Gericht gegen sie verwendet werden.

„Der Fröschl war das nicht!", erklärte sie und stieß erleichtert den Atem aus. Nun war es raus.

Köttel, der gerade an ein schönes Wiener Schnitzel mit Erdäpfelsalat gedacht hatte, war kurz verwirrt. „Was?"

„Der Fröschl! Sie haben ihn heute Morgen in Gewahrsam genommen, weil er an die Außenwand vom Museum *Guillotiniert den Kapitalismus* gesprayt hat."

„Ach der." Köttel riss sich zusammen. „Kennen Sie Herrn Fröschl näher?"

Leo realisierte, dass Fröschl wohl tatsächlich Fröschl hieß, wenn der Inspektor ihn so nannte. „Wir haben als Kinder immer in den Ferien miteinander gespielt. Ich verbürge mich für ihn. Der Fröschl ist kein Mörder. Oder, wenn doch, dann keiner, der seinem Opfer den Kopf absäbelt. Fröschl fällt schon in Ohnmacht, wenn er sich einen Eiterpickel ausdrücken will. Der kann nicht mit Körperflüssigkeiten. Blut, Eiter, Spucke ... ich wette, wenn er im Stehen pinkelt, guckt er nie nach unten, sondern immer an die Wand." Leo sah Köttel streng an und pustete sich eine Locke aus dem Gesicht. „Warum schreiben Sie nicht mit? Da ist doch eine wichtige Aussage. Zeugin verbürgt sich für Charakter von Verdächtigem."

Köttel lächelte. Gefühlt zum ersten Mal an diesem Tag. „Der Herr Fröschl war es also nicht. Die Botschaft hat mich erreicht, danke. Aber wie kommen Sie überhaupt auf ihn? Ich habe ihn nicht erwähnt. Nicht mal an ihn gedacht. Wenn ich jemanden verdächtigt hätte, dann Sie. Weil Sie am Fundort waren. Herr Fröschl ist mir gar nicht in den Sinn gekommen. Ihnen aber schon. Darf ich daraus also schließen, dass Herr Fröschl heute Abend hier im Stadion war?"

Scheiße. Scheiße. Scheiße.

„Ja. Ich habe ihn kurz gesehen. Aber ich kann nur wiederholen: Fröschl ist unschuldig!"

Leo schürzte die Lippen und hoffte, dass Köttel sie nach der Befragung nicht nach Hause brachte, wo – aller Voraussicht nach – Fröschl an ihrem Küchentisch sitzen würde.

Doch als sie, weit nach Mitternacht, allein nach Hause kam, war das Haus leer, und der Schlüssel lag jungfräulich unberührt in der Blumenampel ...

TAG 2

Gestatten, der weibliche Bond –
kurz 0011

„Es ist nicht so, wie es aussieht!"

Es war kurz nach zehn. Grizelda lag quer über dem Doppelbett, die Hand tief in die Ritze zwischen den beiden Matratzen geschoben.

Die Situation war prekär, aber Grizelda blieb ruhig.

„Ach nein?" Leo stand in der offenen Hotelzimmertür. Sie war total übernächtigt. An Schlaf war natürlich nicht zu denken gewesen. Allein ihr Pflichtgefühl hatte sie an diesem Morgen ins Hotel geführt. Und bis zu diesem skurrilen Moment hatte sie das bereut. Aber jetzt ...

„Das ist das Zimmer von Frau Sastrova. Sie sind nicht Frau Sastrova. Ich finde, das sieht absolut nach dem aus, was es ist. Nämlich nach einem Einbruch."

„Sie verwechseln gerade einen tropfenden Wasserhahn mit den Niagarafällen. Das hier ist kein Einbruch, nur Störung des Hausfriedens. Die Tür stand offen."

Leo hatte sich an die Endreinigung der Suite machen wollen, weil Frau Sastrova ausgecheckt hatte. Ihre Koffer – ausnahmslos *Louis Vuitton* – standen zwar noch neben dem Kleiderschrank, sollten aber gleich abgeholt werden. Jetzt stellte sie den Eimer mit den Putzmitteln ab und stemmte die Hände auf die Hüften. Wollte die Alte sie für blöd verkaufen?

Normalerweise beschränkte sich die Kriminalität im Hotel auf Gäste, die Handtücher, Bademäntel, Kugelschreiber und selbst Deko-Kissen als Mitnahme-Artikel betrachteten. Diebe von draußen gab es hier nicht. Bis jetzt.

Grizelda kletterte vom Bett.

„Man sollte sich nie auf den ersten Blick verlassen", meinte sie. „Salz schaut beispielsweise aus wie Zucker. Deshalb sollte man immer erst anlecken, bevor man urteilt."

„Ich lecke ganz sicher nicht an Ihnen."

„Und ich kann Ihnen die Situation erklären. Ich habe unter den Matratzen nicht nach einer Socke voller Geldscheine gesucht." Grizelda ging auf Leo zu.

Leo war nicht besorgt. Die Frau war alt und klein. Sie war jung und groß. Was sollte schon passieren? Aber ohne dass sie wusste, wie ihr geschehen war, fand sie sich – nach einem kurzen Segelflug durch das Zimmer – unvermittelt auf dem Bett wieder. Sie rieb sich den Arm, an dem Grizelda sie gepackt und per asiatischer Kampfkunst abheben hatte lassen.

„Ich will Ihnen nichts tun", versicherte Grizelda. Sie tastete Leo ab. Nicht wie ein #metoo-Hollywood-Filmproduzent, sondern wie ein Securitymann am Flughafen. Das einzig Gefährliche, das Leo am Körper führte, war eine Dose mit Fisherman's Friends.

Grizelda setzte sich neben Leo auf die Bettkante.

Seit sie über 60 war, konnte sie keine Buchstaben mehr aus der Nähe erkennen, dafür aber Idioten schon aus der Ferne. Und umgekehrt. Also, umgekehrt im Sinne von: Aufgrund ihrer Lebenserfahrung sagte ihre Intuition, wenn sie es mit jemandem zu tun hatte, der das Potenzial besaß, von ihr für ihre Zwecke rekrutiert zu werden. Und es ließ sich nicht leugnen: Sie brauchte Hilfe.

„Hören Sie zu, mein Name ist Obermoser. Grizelda Obermoser. Ich bin Geheimagentin."

Leo, die flach wie ein Bügelbrett auf dem zerwühlten Bett lag, hob den Kopf. „Wie bitte, was?"

„Geheimagentin. Wie 007. Nur dass ich eine 0011 bin."

„0011? Das klingt nach einem WC-Reinigungsmittel."

Grizelda ging auf die Beleidigung nicht ein. Ihr lief die Zeit davon. „Ich verfolge Irina Sastrova schon geraume Zeit. Sie ist mit Jimmy Maier verheiratet. Wissen Sie, wer das ist?"

Leo schaute skeptisch. „Können Sie sich ausweisen?"

„Läuft James Bond mit Ausweis herum?"

„Ja!" In Sachen 007 kannte Leo sich aus. „Er hat einen Chip unter der Haut."

„Den habe ich auch. Haben Sie ein Lesegerät dabei?" Grizelda lächelte schelmisch. Dann schaute sie wieder ernst. „Hören Sie zu. Jimmy Maier ist ein internationaler Verbrecherboss. Er ..."

„War."

„Wie bitte?"

Leo pustete sich eine Locke aus dem Gesicht und sagte: „Frau Sastrova ist Witwe. Ihr Mann ist tot."

„Ja, er ist letztes Jahr angeblich hier bei Kitzbühel verunfallt. Aber das glaube ich nicht. Ich glaube, er hat seinen Tod nur vorgetäuscht."

„Das ist doch lächerlich!" Leo stützte sich auf die Ellbogen auf.

Grizelda stand auf und tigerte über den Teppich. Ein echter Perserteppich übrigens. Im *Marchwardushof* war alles vom Feinsten. „Ich höre regelmäßig den Polizeifunk ab. Seit gestern wird hier im Ort ein Schönheitschirurg vermisst. Jede Wette, dass Jimmy Maier ihn entführen ließ. Er braucht ein neues Gesicht."

„Das meine ich nicht." Leo richtete sich auf. „Ich meine, es ist lächerlich, dass Sie eine Geheimagentin sein wollen. Sie sind ..."

Grizelda blieb stehen. „Was bin ich?"

Leo hatte *zu alt* sagen wollen, besann sich dann aber eines Besseren. „... zu real. Geheimagenten gibt es nur im Film."

„Unsinn. Es ist ein Beruf wie jeder andere. Und einer muss es ja machen."

Leo sah Grizelda mit frisch erwachter Faszination an. Eine alte, wenn auch durchtrainierte Frau in schwarzen Leggins und schwarzem Strickkleid. Nur der überbreite Ledergürtel bot etwas Farbe. Er war knallrot. Eigentlich eine sehr elegante Erscheinung. Sie hätte Gast im Hotel sein können. Eine Aufsichtsrätin auf Wellnessurlaub.

Grizelda tigerte weiter. „Aus sicherer Quelle weiß ich, dass für morgen Abend ein Treffen anberaumt ist. Alle ehemaligen Kooperationspartner von Maier entsenden Repräsentanten nach Kitzbühel, um sich mit der Sastrova zu treffen. Das kann kein Zufall sein. Meine Behörde war Maier so dicht auf den Fersen." Sie deutete mit Zeigefinger und Daumen einen Abstand von unter zwei Zentimetern an.

„Wie wird man denn Geheimagentin? Ist das eine Zusatzausbildung für Polizisten und Soldaten? Oder kann man das auch als Quereinsteiger werden?" Leo hatte sich das bislang nie gefragt. Jetzt schon.

Grizelda sah sie streng an. „Konzentrieren Sie sich bitte. Nach dem Unfall ist Maier abgetaucht. Zeugen wurden beiseitegeräumt. Spuren getilgt. Und jetzt will er den Neuanfang wagen. Dort weitermachen, wo er aufgehört hat. Nämlich an der Spitze eines internationalen Verbrecherrings."

„Aber Frau Sastrova hat die völlig verkohlte Leiche ihres Mannes doch identifiziert. Sie war bei dem Unfall dabei."

„Wie naiv sind Sie, liebes Kind? Die Sastrova lügt, wenn sie nur den Mund aufmacht. Und selbstverständlich hatten sie und ihr Mann eine passende Männerleiche in der Tiefkühltruhe, die sie vor Ort dann nur abfackeln mussten. Das war alles von langer Hand geplant!"

Leo schürzte die Lippen. Jetzt erst entdeckte sie die hochprozentigen Minibar-Fläschchen auf dem Nachttisch. Alle leer.

„Haben Sie getrunken?"

Grizelda wollte etwas Empörtes erwidern, da ging die Zimmertür auf.

„He ... was ...?", fing Arno an. Dann sah er das Zimmermädchen mit gespreizten Beinen und hochgerutschtem Kittel auf dem Bett liegen. Seine innere Fleischwurst nahm Hab-Acht-Stellung ein. Dieser kurze Moment des Abgelenktseins genügte Grizelda. Klein und drahtig, wie sie war, schien sie gegen diesen Mount Everest von einem Schläger keine Chance zu haben. Mit offenem Mund sah Leo zu, wie die alte Frau den Mann mit einigen wenigen Handkantenschlägen und Tritten ausknockte. Sie war einfach zu schnell für ihn. Mit glasigen Augen ging er zu Boden. Seine Stirn schlug schwer auf dem Bettrahmen und dann auf dem Teppich auf.

Leo setzte sich im Bett auf. „Ist er tot?"

Grizelda tastete nach der Halsschlagader. „Nein."

„Sie sind tatsächlich Geheimagentin, oder? Diese irren Moves lernt man nicht in normalen Kampfsportstudios."

Grizelda nickte. „Ich habe bei echten Shaolin-Mönchen gelernt."

„Wer ist das?" Leo lugte über den Bettrahmen auf den Bewusstlosen. Sie hatte ihn noch nie im Hotel gesehen, aber er kam ihr vage bekannt vor.

„Arno Gümpel, der Bodyguard von Jimmy Maier und Irina. Noch ein Grund, warum ich glaube, dass ihr Mann nicht tot ist. Arno hätte sich sonst schon längst an Irina vergangen. Wenn der eine Frau sieht, legt sich ein Schalter um und er wird zur Begattungsmaschine. Aber ich habe die beiden in den vergangenen Monaten mehrmals zusammen gesehen – er begegnet ihr immer mit professioneller Distanz. Weil er weiß, dass sie einem anderen gehört."

Leo stand auf. „Und Sie haben hier in der Suite nach Beweisen gesucht?"

Grizelda nickte. „Nicht dafür, dass Maier noch lebt. Dazu sind sie zu clever. Aber ich will wissen, wo sich Irina morgen mit den Unterbossen trifft. Ich wusste, dass sie in Kitzbühel sein würde, und habe am Grab ihres Mannes gewartet, bis sie vorbeischaut. Dann bin ich ihr hierher ins Hotel gefolgt. Sie hat auch telefoniert, aber ich konnte nicht hören, was sie sagte."

„Na, vermutlich hat sie sich mit den Typen in ihrer Villa hier in Kitz verabredet." Für Leo lag das auf der Hand.

„Sie hat hier eine Villa?"

„Ja, seit gestern. In bester Promi-Lage."

„Woher wissen Sie das?"

„Sie wollte mich abwerben. Für ein irres Gehalt sollte ich bei ihr Mädchen für alles sein. Nur eine Woche lang. Sie meinte, ich könne mich im Hotel so lange krankmelden, das würde keiner merken." Leo pustete sich eine Locke aus dem Gesicht. Irgendwann würde die Locke dran glauben müssen und dem Friseurmesser zum Opfer fallen.

Grizelda strahlte unterdessen auf. „Wunderbar!"

„Was? Nein! Ich habe natürlich abgelehnt. Irgendwer kriegt das mit und dann bin ich meine Stelle los."

„Das ist *die* Chance für uns, Irina auf den Zahn zu fühlen."

„Wer ist *uns*?"

„Sie und ich." Grizelda zog Leo wieder auf die Bettkante. „Sie müssen undercover für mich ermitteln."

„Auf gar keinen Fall. Das kann ich nicht."

„Mein Kind, immer erst mal ja sagen. Wie man es dann realisiert, ergibt sich schon. Vertrauen Sie auf Ihren Instinkt."

Leo war absolut davon überzeugt, dass sie undercover ermitteln könnte, sie wollte nur nicht. Allein in einer Villa mit lauter Ganoven? Nein danke.

„Wie heißen Sie eigentlich?"

„Luisa. Aber nennen Sie mich Leo."

Grizelda fand das gut. „Leo, das gefällt mir. Wecken Sie das Raubtier in sich! Für jeden Menschen kommt irgendwann der Moment der Entscheidung – entweder ein durchschnittliches Leben führen oder sich für das Abenteuer entscheiden und dabei etwas zum Wohle der Allgemeinheit tun."

Die Allgemeinheit war Leo zwar nicht egal, aber das Wort *Abenteuer* brachte eine Saite in ihr zum Schwingen. Sie meinte, von fern leises Trommeln zu hören.

„Glauben Sie mir, dieser Maier ist böse. Wirklich böse. Wenn wir zulassen, dass er wieder an die Schalthebel der Macht kommt, werden unzählige junge Frauen in die Prostitution gezwungen, unzählige junge Menschen werden zu Drogenabhängigen gemacht, und unzählige Menschen werden ihr Leben verlieren."

Leo schaute nicht überzeugt. „Das ist aber doch eigentlich Sache der Polizei. Warum kümmern die sich nicht darum?"

Grizelda schnaubte. „Weil mir niemand glaubt, dass Maier noch lebt. DNA-Spuren im Auto beweisen, dass

Maier und Irina sich im Fahrzeug befanden. Irina wurde laut eigener Aussage aus dem Wagen geschleudert, bevor der Feuer fing. Und da es keine anderen DNA-Spuren im Auto gab, glaubt man ihrer Aussage, dass Jimmy bei dem Unfall ums Leben kam. Aber ich weiß einfach, dass die Frau lügt." Grizelda schlug mit der flachen Hand auf das Bett.

Arno Gümpel gab einen Ton von sich, als ob er gleich wieder zu sich kommen würde. Grizelda zog einen Mundschutz und eine Phiole aus der Seitentasche ihres Strickkleides, setzte Gümpel den Mundschutz auf und tröpfelte ein paar Tropfen aus der Phiole darauf. „Das wird ihn eine Weile außer Gefecht setzen."

Dann sah sie Leo an. „Es wird nicht gefährlich für Sie, das verspreche ich. Ich werde immer in Ihrer Nähe sein. Sie müssen sich nur ein wenig umsehen und die Ohren spitzen. Vermutlich hat er sich bereits ein paar Mal operieren lassen. Man kann ein Gesicht nicht in einem Durchgang völlig ummodeln. Der vermisste Chirurg aus Kitzbühel soll bestimmt nur letzte Hand anlegen. Vielleicht im Keller der Villa? Das müssen Sie herausfinden!"

Grizelda sah Leo an. „Das ist der Moment der Entscheidung. Das Schicksal ruft Sie. Wie wollen Sie antworten?"

Leo schluckte.

„Sind Sie aus dem richtigen Holz geschnitzt, um Ja zum Abenteuer zu sagen?"

Da war wieder dieses Wort. *Abenteuer.* Und da setzten auch schon wieder die leisen Trommelklänge ein. Wie aus großer Ferne, und doch ganz nah. Ihr Herz pumperte dazu im Takt.

Leo schüttelte den Kopf. Das war doch der pure Wahnsinn.

Aber ihre Stimmbänder und Lippen hatten sich da schon von ihrem Gehirn abgekoppelt. Unwillkürlich sagte sie: „Okay. Ich bin dabei!"

Grizelda strahlte. „Ich wusste es. Es ist ja auch keine Lebensentscheidung. Nur ein, zwei Tage. Drei maximal. Dann kehren Sie in Ihren gewohnten Alltag zurück. Aber glücklich, weil Sie wissen, dass Sie etwas Gutes getan haben. Gehen Sie jetzt zum Hoteldirektor und sagen Sie ihm, Ihre Großmutter sei gestorben und Sie müssten die Beerdigung regeln."

„Meine Großmutter ist aber schon tot."

„Dann die andere."

„Ich hatte nur eine."

Grizelda sah sie an, wie man ein begriffsstutziges Kleinkind ansah. „Weiß er das?"

Leo senkte den Blick.

„Dann wäre das ja geregelt." Grizelda ging zu einer bauchigen Gobelintasche, die Leo bis dato noch gar nicht aufgefallen war, und nahm etwas aus der seitlichen Außentasche, das sie Leo reichte.

„Was ist das?"

„Ein Haarband. Damit das ewige Lockenpusten endlich ein Ende hat! Das nervt nämlich. So – und jetzt gehen Sie zum Hoteldirektor und melden sich für ein paar Tage ab und ich ..." Sie sah zu Arno Gümpel. „... ich entsorge den Biomüll."

Auch der Tod braucht mal Urlaub

Ticktack, ticktack.

Kopf hin, Arm her – das Leben in und um Kitzbühel ging weiter.

Musste es ja auch. Wo kämen wir denn hin, wenn alle das Handtuch würfen, nur weil's in der Welt bisweilen so desolat zugeht? Eben.

Ein junger Morgen brach an. Zugegeben, ganz so jung nun auch wieder nicht. Zeit ist ja relativ. Die Sonne hatte schon vor einer Weile vorwitzig über die Berge gelugt, aber die Menschheit schlief mehrheitlich noch oder saß am Frühstückstisch. Wer wissen wollte, wie spät es war, hätte nicht auf den Glockenschlag hören dürfen, das hätte nur in die Irre geführt. In der Andreaskirche in Kitzbühel schlug nämlich – wegen eines Elektronikfehlers – die Kaiserglocke aus dem Jahr 1845 (von Kennern als schönste Kirchenglocke Tirols bezeichnet) zusammen mit der Andreasglocke das große Festgeläut an.

Hier draußen am Schwarzsee schlüpfte in diesem Moment Magister Clemens Vitabo aus Wien unter dem mannshohen Schamsackerl aus seiner atmungsaktiven Joggingkleidung, die er auf der roten Bank am Ufer deponierte, und schlüpfte hinein in seine beige String-Badehose aus einem nicht-atmenden Polyestergemisch.

Wie schon gestern Morgen – er wollte Arbeit mit Vergnügen verbinden und hatte darum drei Nächte statt einer im Hotel Eggensberger gebucht – war er mit wehenden Schnauzbartenden von Kitzbühel zum See gejoggt. Anschließend hatte er sich auf dem Rundweg körperlich ertüchtigt, den Paradiesgarten des Bienenzüchterzweigvereins besucht und unterwegs vereinzelte Hundebesitzer nach einem markigen „Gott zum Gruße" dazu aufgefordert, ihre Tiere an der Leine zu halten und allfällige „Würste" gefälligst zu entsorgen.

Und nun stand er in dem kleinen Birkenhain mit Blick über den See und die herrliche Berglandschaft, bereit, seinen Endvierzigerkörper in die dunklen Fluten zu tauchen. Und weil sein Stringtanga fleischfarben – man könnte auch sagen: sein Körper beige – war, hielt der vorbeikeuchende Halbmarathonkeucher ihn für einen Nudisten.

Schon als Kind war Magister Vitabo – damals natürlich nur der kleine Clemens, kein Magister – mit seiner Frau Mama in den Ferien hierhergekommen. Der See hatte ihn unendlich fasziniert. Und faszinierte ihn ungebrochen bis zum heutigen Tag. Wann immer es ihm möglich war, verbrachte er einige entspannende Urlaubstage am Schwarzsee. Und vor allem *im* Schwarzsee.

Was natürlich an der Legende lag. Es hieß, einst sei ein Knecht in das Kämmerlein einer böhmischen Magd eingedrungen, wie ein Zeitzeuge accuratissime observierte. Sie schrie Zeter und Mordio, was ihr aber nichts nützte. Unter seinen Attacken zerbrach die Bettstatt. Angesichts dieses sündigen Aktes stieg das schwarzmoorige Wasser in die Stube und verschlang Knecht, Maid, Mobiliar, alles. Und auch eine Truhe, in der sich ein Schatz befunden haben soll. Es hieß, wer an einem Karfreitag geboren sei, der könne die Schatztruhe und die Skelette heben.

Zufällig war Clemens Vitabo an einem Karfreitag aus seiner Mutter geploppt. Und auch, wenn er seinen Kollegen in der Kanzlei, die ihn fragten, warum er nicht auch einmal woanders seinen Urlaub verbringen wolle, es gäbe doch so viele schöne Ecken in ihrer Heimat, regelmäßig antwortete, dass das Wasser des Schwarzsees wegen seines Moorgehalts heilende Wirkung besäße und ihm und seiner schuppenflechtigen Haut einfach guttat, kam er insgeheim doch nur hierher, weil er tief in sich drin noch an den Schatz glaubte.

Okay, was konnte eine einfache Magd schon an Schätzen besessen haben? Aber wenn sie so dermaßen hübsch und adrett war, dass der Knecht nicht anders konnte, als sich an ihr zu vergehen, dann hatten ihre Reize womöglich auch einen reichen Mann betört, der ihr zum Dank Gold und Pretiosen geschenkt hatte. Das war doch durchaus denkbar, oder nicht? Jedenfalls hatte Clemens Vitabo sogar einen Schnupper-Tauchkurs im Dianabad besucht, um den Schatz heben zu können. Was aber nicht viel gebracht hatte. Der Schwarzsee hieß aus gutem Grund Schwarzsee. Am Grund war es stockfinster. Und schlickig. Aber die Hoffnung stirbt ja bekanntlich zuletzt. Vitabo glaubte, dass sich irgendwann ein Knöchelchen von einem der Skelette lösen könnte und an die Wasseroberfläche trieb, und wer immer es fand, der könnte dann genau sagen, an welcher Stelle man unten im Schlick graben müsste. Und dieser Fall würde exakt dann eintreten, wenn er im See plantschte, weil er ja ein Karfreitagsbaby war!

Magister Clemens Vitabo holte tief, sehr tief Luft. Hach, dieses herrliche Berg-Aroma! Dann schlüpfte er in seine ebenfalls beigen Flossen, stülpte sich seine Taucherbrille über und wurde in einem kühnen, oft geübten Bauchflatscher-Sprung eins mit den Fluten des Schwarzsees. Nicht ganz so elegant wie Turmspringer Tom Daley, aber mit mindestens ebenso viel Ehrgeiz. Und genauso wenig Spritzenflug.

An diesem Morgen spiegelten sich die Schäfchenwölkchen auf der Oberfläche des Schwarzsees. Zwei Enten paddelten quakend vorbei. Idylle pur. Man konnte förmlich spüren, wie alle Anspannung von einem abfiel. Nein, es konnte etymologisch kein Zufall sein, dass See den Beginn der Seele bildete …

Magister Vitabo kraulte ein wenig nach links, und dann kraulte er ein wenig nach rechts. Ende Oktober hatte das Wasser natürlich keine Badewannentemperatur mehr, obwohl der Schwarzsee zu den wärmsten Badeseen der Alpen gehörte. Aber ein Mann auf einer Mission musste das aushalten können. Fand Vitabo.

In weiter Ferne legte das Ruderboot *Emma* an. Vitabo konnte die Gestalt darin nicht genau ausmachen. Aber er war froh, jetzt hier allein zu sein.

Sein See, sein Schatz!

Allein mit sich und seinem Traum und dem See und den Enten und ...

Er schob die Taucherbrille hoch, paddelte auf der Stelle und rieb sich die Augen. Sein Atem wurde schneller. Das Blut rauschte in seinen Adern. Sein Herz pumperte noch schneller.

Das da drüben ... war das etwa ... das war doch? Da trieb doch etwas? Durfte es wahr sein?

„Ruhig, Brauner", mahnte er sich und blies sich Schnauzbarthaare aus dem Mund. Er hatte zwar keinen „vollen Nietzsche", aber das Gestrüpp über seiner Oberlippe war schon sehr beachtlich. Im trockenen, bartgewichsten Zustand. Nass hing es wie ein haariger Vorhang über seinem Mund. Aber seit zwei weibliche Teenager beim Anblick seines wasserabweisenden Barthalters, der mit Gummischlaufen über den Ohren festgehalten wurde, einen lang anhaltenden öffentlichen Kicheranfall erlitten hatten, verzichtete er darauf.

Vorsichtig paddelte Vitabo näher. Im Laufe der Jahre hatte er schon vieles im See treiben sehen. Entsorgte Puppen, aufblasbare Delfine, Äste, die wie Knochen aussahen, es aber nicht waren. Doch das hier, das hier sah aus wie ein echter Fuß.

Schließlich realisierte er, dass es nicht nur ein Fuß war. Der Fuß war nur die sprichwörtliche Spitze des Eisbergs, sieben Achtel waren unter der Wasserfläche verborgen. Es hing auch noch ein Männerbein daran. Das sehr frisch aussah.

Zwei Dinge wurden Magister Clemens Vitabo schlagartig klar:

Wenn das Bein dem Knecht aus der Schwarzseesage gehört hätte, dann hätte der moorige Boden selbiges Bein womöglich mumifiziert, aber auf gar keinen Fall so taufrisch gehalten.

Und zweitens war das bestimmt eine Prothese. Anzunehmenderweise der Altmüll eines Knieabwärts-Amputierten; höchstwahrscheinlich absichtlich, weil kostengünstig durch Wegwerfen entsorgt.

Vitabo seufzte. Das hier war also nicht die Stelle, an der sich der Schatz – *sein* Schatz – befand. Es war nur die Stelle, an der jemand ein verdammt echt aussehendes Halloween-Gruselbein im See entsorgt hatte.

So dachte Magister Clemens Vitabo.

Bis das Bein aufgrund leichter Wellenbewegungen gegen seinen Arm prallte und er merkte: Das war keine Hartplastik. Auch keine Weichplastik. Das war Fleisch. Echtes, menschliches Fleisch.

Dieses Bein hatte vor kurzem noch zu einem atmenden, lebenden Körper gehört.

Das Wasser, das Vitabo eben noch oktoberkalt vorgekommen war, fühlte sich auf einmal urinwarm an. Das war der Schreck. Sowas konnte jedem passieren ...

Dem Magister kam unwillkürlich das reichhaltige Frühstück hoch. Er musste sich erbrechen. Mehrheitlich in seinen wuchernden Schnauzer.

Da fing am Ufer eine Frau an zu schreien ...

Ich sehe was, was du nicht siehst!

Headbangen ist ja im Grunde auch nichts anderes als eine extreme Form von Schunkeln.

Pflegte Beppi zu seiner Gabi zu sagen, wenn sie sich mal wieder über seine Hansi-Hinterseer-Liebe lustig machte. Gabi war durch und durch Death-Metal-Fan. Und dass sie beide sich gefunden und verliebt hatten und – nach drei Jahren Ehe – immer noch zusammen waren, ließ sich nur dadurch erklären, dass sie zu Hause ihre jeweilige Lieblingsmucke nur mit Kopfhörern hörten. Und daran, dass der Sex so saugut war.

Hier in Kitzbühel durften Beppi, Manni, Rudi, Karl-Heinz und Nicht-der-Hinterseer aber endlich offen und öffentlich zu ihrer großen Liebe Hansi Hinterseer stehen. Sie trugen alle ihre Fan-Shirts mit dem Konterfei des Sängers. Ohne was drüber. Wie cool war das denn?!

Sie standen im dm-Markt in der Bichlstraße und sahen sich um. Außer ihnen waren nur zwei Kinder im Laden, die vorn an der Kasse ihren Süßkram bezahlten. Und ein älterer Herr im Trachtenjanker, der sich bei den Fußpflegeprodukten herumtrieb und ständig in ihre Richtung zu schauen schien.

„Ich habe das Paketklebeband!", rief Manni. Eigentlich sagte er es nur, aber wegen seines fehlenden Lautstärkereglers hatte man das Gefühl, er wolle diesen Umstand ganz Kitzbühel mitteilen.

„Pst!" Rudi hob den Zeigefinger an die Lippen und sah demonstrativ zu dem Trachtenjankeropa und dann wieder zu Manni.

Sie hatten extra nichts von all dem, was sie für ihre Mission brauchten, im Kleinbus mitgenommen. Nur für den Fall, dass sie angehalten und kontrolliert wurden. Sie durften nicht auffallen. Und wenn sie doch auffielen, konnte man ihnen zumindest nichts nachweisen.

Karl-Heinz zog eine Liste und einen Stift aus seiner Stoffhosentasche. Er hakte Klebeband ab. „Wir brauchen noch Mülltüten. Nicht kleiner als 30 Liter. Damit sie über den Kopf passen", flüsterte er.

Die Liste war natürlich im Zweifel auch ein Beweis gegen sie, aber Karl-Heinz konnte nicht ohne Listen. Listenlosigkeit machte ihn wuschig. Wenn es hart auf hart kam, würde er die Liste einfach kauen und verschlucken. Darum hatte er extra dünnes, weiches Papier genommen. „Und eine Schere. Keine Nagelschere, eine richtige."

„Ich suche die Mülltüten", meldete sich Nicht-der-Hinterseer freiwillig.

„Und ich die Schere", sagte Rudi.

Manni machte den Mund auf, aber bevor er wieder etwas Verräterisches herausposaunen konnte, hielt Beppi ihm den Mund zu.

Karl-Heinz sah zum Fußpflegeregal. Der alte Herr mit dem Janker wendete rasch den Blick ab. Verdächtig rasch. Dann zog er weiter zu den Tampons und Damenbinden.

„Wir brauchen noch eine Wäscheleine. Und eine Haarbürste mit weichen Borsten", flüsterte er Beppi zu.

„Roger", raunte Beppi.

„Karl-Heinz", korrigierte Karl-Heinz.

Kopfschüttelnd zog Beppi ab.

Sie trafen sich alle im Gang mit den Batterien wieder. Karl-Heinz wollte auf Nummer sicher gehen, falls die Taschenlampe, die sie im Notfallkoffer des Kleinbusses mit sich führten, den Geist aufgab. Wenn er etwas konnte, dann generalstabsmäßig planen. Karl-Heinz war zufrieden. Doch dann sah er den Trachtenjanker-opa um die Ecke lugen.

„Pst!", befahl Karl-Heinz.

Alle drehten sich zu dem Opa um.

Hatten sie sich verraten? Hoffentlich war das nur der Drogeriemarktdetektiv, der glaubte, sie wollten die Sachen mitgehen lassen, ohne zu zahlen.

Die fünf Männer setzten ein Unschuldslammlächeln auf.

Der Alte räusperte sich und kam auf sie zu.

Das Lächeln der Jungs gefror.

Sollte das schon das Ende sein? Hatte so ein alter Haudegen sie durchschaut und vereitelte ihre Mission, noch bevor sie überhaupt so richtig durchgestartet waren?

„Entschuldigt's", raunte der Opa und lief unter seinem Tirolerhut rot an. „Wisst's ihr zufällig, wo hier die Kondome und die Gleitgele sind?"

Der Gefahr tollkühn ins Auge geblickt

Es gab Menschen, die ihr Leben die nächsten drei, vier, vielleicht sogar zehn Jahre schon komplett durchgeplant hatten. Leo wusste nicht einmal, was sie am nächsten Tag frühstücken würde. Aber na schön, jeder, wie er meint.

Sie sah auf ihr Handy. Es lag ungewöhnlich schwer in ihrer Hand.

Von Jeb hatte sie in der Nacht nur eine SMS bekommen. *U okay?* Die Mannschaften waren nach dem Armfund im Stadion tutti completti in ihren Tourbussen zu ihren jeweiligen Hotels gekarrt worden. Auch die KCC-Spieler übernachteten en bloc in einem Hotel. Zu ihrer eigenen Sicherheit, wie es hieß. Und natürlich, um den Teamgeist während der drei Turniertage zu befeuern.

Leo hatte Jeb ein kommentarloses *Daumen-hoch*-Emoji als Antwort geschickt. Das zwischen ihnen beiden war definitiv nichts Ernstes.

Kein Thema. Sie war nicht auf der Suche nach einem Mann. Sie wünschte sich mehr Prickel im Leben, nicht mehr Penis.

Und worauf sie sich jetzt gerade einließ, das prickelte. Und wie.

Leo ließ die Schultern kreisen.

Dann saugte sie auf Teufel komm raus die Schokomilch durch den Strohhalm. Andere tankten Kraft und Mut durch Meditation oder Sport – Leo brauchte Schokomilch.

Sie hatte ja schon oft unüberlegt gehandelt. Manchmal auch fahrlässig. Und sogar tollkühn. Meistens in angetrunkenem Zustand. Aber das hier ...

Bis zu diesem Tag hatte sie immer nur so die kleinen Abenteuer aufgepickt. Gewissermaßen in der Warteschleife gegangen, bis das große Abenteuer kam. Und selbst, wenn es nicht kam, hatte sie doch wenigstens die kleinen Abenteuer am Rande gehabt. Aber das hier, das war was ganz Großes. Zumindest für jemanden wie sie – Kleinstadtmädel, Studienabbrecherin, uneheliches Kind einer unehelichen Mutter, mittlerweile Vollwaise.

Leo stellte den Schokomilchkarton neben sich auf die grüne Mini-Bank vor Tabak-Trafik Seisl. Dann zog sie die Visitenkarte heraus und tippte die Nummer in ihr Handy.

Jemand nahm ab, meldete sich aber nicht. Man hörte nur ein Atmen.

„Frau Sastrova? Hallo, hier ist Leo. Das Zimmermädchen aus dem *Marchwardushof*."

„Leo, wie schön, von Ihnen zu hören. Sie haben es sich also überlegt?"

„Ja, ich würde gern bei Ihnen anfangen. Wo und wann brauchen Sie mich?"

Leo hoffte auf ein wenig gedämpfte Begeisterung. Oder wenigstens Freude. Aber Irina Sastrova nannte ihr nur die Adresse und knarzte: „Sagen wir, morgen früh um neun Uhr. Seien Sie pünktlich! Und bringen Sie vier Croissants mit! Nein, besser sechs."

Der Mensch plant, Gott lacht

Frage: Was kann man alles Schönes aus Wut basteln?

Die Antwort darauf kannte Magister Clemens Vitabo noch nicht.

Er wusste nur, dass er wütend war, das aber nicht zeigen durfte. Er war nicht nur wütend – nein, er war stocksauer. Fast schon fuchsteufelswild. Ja, er hatte so viel Wut in sich aufgestaut, dass es Bastelmaterial in Hülle und Fülle gab – aber ihm war klar, dass er es sich vorerst besser verkneifen sollte.

Nicht, weil er warten musste, bis ihn – wie man ihm mitgeteilt hatte – ein Köttel befragte. Was um alles in der Welt war ein Köttel?

Nicht einmal, weil das Schicksal ausgerechnet ihn dazu auserkoren hatte, ein Männerbein im Schwarzsee zu finden, das ihn allerdings nicht zu dem Schatz auf dem Seegrund führte, sondern nur in die Bredouille.

Oh nein. Das alles war nicht der Grund für seine Wut. Vitabo war wütend wegen der Trulla mit ihrem überfetteten Dackel – der Schreihälsin vom Ufer –, die jetzt neben ihm im Café-Restaurant *Pipino* saß, sich lautstark schnäuzte und dabei „OGottoGottoGott" jammerte.

Das *Pipino* hatte offiziell noch gar nicht geöffnet. Man hatte den Raum freundlicherweise der Polizei als vorübergehende Kommandozentrale zur Verfügung gestellt, weil es draußen zu regnen begonnen hatte. Nicht richtig schlimm, mehr so in der Kategorie Vogelpipi. Aber halt trotzdem nass und ungemütlich.

Vitabo und das Dackelfrauchen und die Presswurst auf vier Beinen saßen daher im Trockenen, an einem Vierertisch vor der Panoramascheibe mit Seeblick. Die Frau steckte das Taschentuch in ihre Handtasche und fächelte sich daraufhin mit der Weinkarte Luft zu, obwohl es gar nicht heiß war. Vermutlich die Wechseljahre, dachte Vitabo.

Der Dackel auf ihrem Schoß starrte Vitabo an. Vitabo starrte den See an.

Ausgerechnet heute!

Wieso hatte diese dumme Menopausen-Pute am Ufer so einen Aufstand machen müssen? Er hätte ans Ufer schwimmen und einen Abgang machen können. Aber nein. Diese blöde Gans hatte ihm das mit ihrem Bohei verunmöglicht.

„Furchtbar, nicht wahr? Furchtbar!", sagte sie jetzt zum gefühlt 100. Mal und schniefte hörbar. Die ersten 50 Mal hatte er noch höflich genickt und „Ja, sehr richtig, eine schlimme Tragödie" gemurmelt, jetzt rollte er nur noch mit den Augen.

Zeitlich würde es sich gewiss ausgehen. Er war ja nur ein Zeuge. Man würde seine Kontaktdaten notieren, seine Aussage aufnehmen, ihn fragen, was und wer ihm aufgefallen sei, er würde den Tretbootfahrer und den Marathonläufer erwähnen, und dann würde er seines Weges ziehen, um sich mit seinen Mandanten zu treffen.

Ja, im Idealfall würde es so ablaufen.

Aber wann trat im Leben schon mal der Idealfall ein?

Im Grunde war ihm alles recht, solange die Bullen nur nicht jetzt und sofort eine intensive Überprüfung seiner Person vornahmen.

„Wer macht sowas?", fragte seine Nebensitzerin und streichelte dabei hektisch das wurstähnliche Gebilde auf ihrem Schoß.

Sie fragte es nicht direkt Vitabo, mehr das Universum als Ganzes. So fühlte sich Vitabo auch nicht veranlasst, ihr darauf zu antworten.

Dabei hätte er durchaus eine Antwort parat gehabt. Er hatte da nämlich so einen Verdacht. Sogar einen sehr begründeten Verdacht.

Heute trafen sich in Kitzbühel fünf der übelsten Verbrecherbosse Europas. Allesamt ehemalige rechte Hände von Jimmy Maier – einem kriminellen Superhirn. Maier war vor seinem Unfalltod einem Blofeld in echt wohl am nächsten gekommen.

Vitabo wusste das, weil er Maiers Anwalt gewesen war. Natürlich nicht der Anwalt, der das Strafrechtliche regelte und zwei Jahrzehnte dafür gesorgt hatte, dass Maier nie hinter Gitter kam. Das war so ein Hot-Shot aus Frankfurt. Nein, er war der Anwalt, der sich um das Finanzielle gekümmert, der Geld gewaschen und auf Konten in Panama oder auf den Cayman Islands verschoben hatte. Und immer noch wusch und verschob, denn erst heute Abend sollte die Nachfolge geregelt werden. Irina Sastrova hatte die Bosse nach Kitzbühel gebeten, weil sie eine wichtige Neuigkeit für sie hatte. Was das wohl sein mochte? Ob sie Jimmy Maiers Baby unter dem Herzen trug? Und Aspirationen auf den Chefsessel hatte? In Königshäusern mochte es vielleicht üblich sein, dass die Witwe für den Stammhalter die Regierungsgeschäfte weiterführte, bis das Balg volljährig war. In Verbrecherkreisen war das nicht Usus.

Na, jedenfalls glaubte Vitabo, dass einer der Kriminellen der Drahtzieher hinter dem Männerbeinmord sein musste.

„Chefinspektor Köttel ist gleich bei Ihnen." Ein Uniformierter trat zu ihnen. Vitabo schreckte aus seinen Überlegungen.

„Möchten Sie etwas trinken? Man hat extra die Kaffeemaschine angeworfen." Der Uniformierte guckte freundlich. Das war Vitabo so nicht gewöhnt. Wobei er einräumen musste, dass die Polizei in Wien um seine Machenschaften wusste. Der Beamte hier hielt ihn für einen harmlosen Urlauber mit einem monströsen Gestrüpp unter der Nase. Vitabos Schnauzer hätte geföhnt und gebartwichst werden müssen, beim Lufttrocknen schwoll er an wie ein Afro.

„Sehr freundlich, aber danke nein", sagte Vitabo.

„Auf gar keinen Fall!", kreischte die Dackelfrau. „Wenn ich jetzt Koffein zu mir nehme, kriege ich einen Infarkt. Mir ist jetzt schon schwindelig durch das ganze Adrenalin. Hier, fühlen Sie mal meinen Puls." Sie hielt dem Polizisten den schwabbeligen Arm hin.

Der sah unsicher zu Vitabo. Dann wieder zu der Frau.

Sie beugte sich mit ausgestrecktem Arm weiter zu ihm.

Vorsichtshalber trat er einen Schritt zurück. „Soll ich die Rettung verständigen? Man kann Ihnen bestimmt etwas Beruhigendes geben."

„Und was ist mit meinem Kleinen? Der Schock hat ihn nachhaltig traumatisiert. Haben die Rettungssanitäter auch etwas für ihn dabei?" Sie hielt die Presswurst hoch.

Vitabo seufzte.

Das würde, selbst wenn es schnell ging, ein langer Tag werden.

Ein sehr langer …

Es rappelt in der Rumpelkiste

Genauso hatte sie sich ihr Leben immer vorgestellt. Mit dem Mann, den sie liebte, in einer Umgebung, die luxuriöser nicht sein konnte. Neben einem prasselnden Kamin, mit einer Flasche Champagner und zwei Gläsern auf einem Beistelltisch, aus unsichtbaren Boxen Easy-Listening-Musik.

Nun ja, dass sie ihn dabei wie eine Mumie bandagierte, hatte nicht zu ihrem Traum gehört.

„Halt still."

Er brummte.

„Es läuft alles wie am Schnürchen. Heute Abend kommen die Bosse. Wir nehmen unseren rechtmäßigen Platz ein, und ab morgen wird wieder Reibach gemacht. In ganz großem Stil."

Irina atmete schwer. Macht war für sie noch viel orgasmischer als Sex. Oder Shopping. Macht war das Gelbe vom Ei.

Sie schlang die Mullbinde um den Männerkopf und redete weiter. Es half, wenn man es aussprach.

„Das Catering kommt um 17 Uhr. Alles vom Feinsten. Ein typisches Jimmy-Maier-Buffet mit Austern, Kaviar und diesem Whisky, der älter ist als ich. Die Bosse werden an alte Zeiten erinnert."

Sie nahm einen prickelnden Schluck Champagner. Von dem waren bereits fünf Kisten angeliefert worden.

„Ich habe eine Hilfe vom Hotel abgeworben. Sie heißt Lotte. Oder Lisa. Oder so ähnlich. Sie ist clever, aber nicht zu clever. Und was fürs Auge. Ich war versucht, per Express eine Art französische Zimmermädchenuniform in ihrer Größe liefern zu lassen. Aber ich will dich nicht in Versuchung führen." Sie küsste seinen Scheitel. „Jedenfalls wird sie mir im Haus helfen."

„Und was, wenn's in der Rappelkiste rumpelt?", wollte er wissen.

„Du meinst, wenn die Bosse sich querstellen? Wenn sie sagen, dass es die letzten Monate doch auch gut ohne einen Oberboss ging?" Irina lachte. Sie war eine echte Augenweide, zweifelsohne in diesem Moment die schönste Frau in ganz Kitzbühel und Umgebung, aber ihr Lachen war nicht glockenhell, sondern erinnerte sehr an die Lache einer Traktorbauerin. Was sie ja auch mal gewesen war. Und tief im Innern immer sein würde, egal welcher Lack außen drübergemalt wurde. „Keine Sorge. Arno hat klare Anweisungen. Wer über eine Meuterei auch nur nachdenkt, wird sofort ausgeschaltet."

„Wo ist Arno?"

„Ich habe ihm für letzte Nacht freigegeben. Du weißt, dass er regelmäßig seine Betthäschen braucht, sonst wird er wuschig. Und heute Abend muss er konzentriert bei der Sache sein. Falls etwas schiefläuft, brauchen wir einen Aufpasser."

Er nickte.

Irina strich ihm liebevoll über den bereits bandagierten Oberkopf. „Alles wird gut, mein Schatz, du wirst schon sehen." Sie hauchte einen Kuss auf die Bandage. „Du sagst nichts. Ich werde erklären, dass bei dem Unfall und den nachfolgenden Operationen deine Stimmbänder in Mitleidenschaft gezogen wurden. Sie werden dich an den Gesten und am Habitus und vor allem an der Handschrift erkennen, da müssen wir uns keine Sorgen machen. Es war ein genialer Schachzug von uns, diesen Schönheitschirurgen zu entführen. Das ist das Tüpfelchen der Echtheit auf dem i."

„Das war allein deine Idee, meine Süße." Er nahm ihre Hand und küsste ihren Handrücken. „Ehre, wem

Ehre gebührt." Seine Lippen wanderten vom Handrücken zum Handgelenk. Irina schnurrte.

Er trug einen exklusiven Hausmantel und sah selbst mit Mullbinden umwerfend aus, wie sie fand. Aber sie durfte sich jetzt nicht ablenken lassen. Es gab noch so viel zu tun.

Sie entzog ihm die Hand und wickelte weiter. Jetzt war der Hals an der Reihe.

„Nicht so eng. Ich muss doch noch Luft kriegen", protestierte er.

„Aber natürlich, mein Schatz."

Keiner von beiden achtete auf den Fernsehbildschirm, auf dem ein besorgt dreinblickender Nachrichtensprecher zu sehen war, unter dem eine Laufschrift mit marktschreierischer Schlagzeile flackerte:

INSGESAMT DREI LEICHENTEILE GEFUNDEN – EINE STADT IM AUSNAHMEZUSTAND.

GEHT DAS GROSSE TÖTEN WEITER?

Überraschungseier für Erwachsene

Münzner war jemand, der sich in die Arbeit stürzte wie ein Harakiri-Samurai in sein Schwert. Köttel ging es weitaus gemütlicher an. Er pflanzte als Erstes immer seinen verlängerten Rücken in die passgenau eingesessene Kuhle seines Schreibtischstuhls, sprach innerlich sein Mantra „Ich bin Supermann im Kampf gegen das Böse" und trank erstmal in aller Ruhe eine Tasse Kaffee.

Heute hatte Köttel eine äußerst kurze Nachtruhe genossen. Man hatte ihn nach dem Fund des Beines wieder aus dem Schlaf geklingelt, den er diesmal zum Glück im eigenen Bett genoss. Darum hatte er auch keine Tastaturdellen im Gesicht, als er zum Schwarzsee fuhr, sondern Kissenknitterfalten, wie es sich gehörte.

Er hatte sich das Bein angesehen, einen gewissen Magister Vitabo aus Wien befragt sowie eine Eleonore Schütterlein aus Klagenfurt – und auf Drängen von Frau Schütterlein auch Baptist Schütterlein. So hieß der Dackel. Das einzig Hilfreiche war die Aussage des Wieners, er hätte einen unscheinbaren Mann in einem Tretboot gesehen. Frau Obermoser mit der Schildkröte – war das so ein Zeitgeistding, dass alte Frauen jetzt nur noch mit ihren Schoßtieren unterwegs waren? – hatte im Museum ja auch einen Unscheinbaren ausgemacht. Das konnte kein Zufall sein. Kitzbühel hatte allerhand zu bieten, aber „unscheinbar" war hier so gut wie keiner.

Münzner war am Vormittag nochmal zur Nachuntersuchung der Fingerkuppe, beziehungsweise ihres Fehlens, beim Arzt gewesen. Aber als Köttel jetzt ins Amt kam, sah er ihn durch die Gänge huschen.

Jeder andere hätte sich krankschreiben lassen, Münzner zog es vor, mit seinem dick bandagierten Finger die Bürorunde zu drehen und allen von seiner Schildkrötentollwut zu erzählen.

„Mir ist was gespritzt worden, aber ob es wirkt, weiß man erst in ein paar Tagen."

Köttel fragte sich, wie viele der Kolleginnen und Kollegen hofften, die Spritze würde nicht wirken und das Letzte, was man von Münzner sah, wäre, wie er mit Schaum vor dem Mund und nach Fisch riechend nackt in die Salzach sprang …

„Hier. Mit einem kräftigen Schuss Milch und zwei Stück Zucker." Kollegin Pichler stellte den Becher mit dem Aufdruck *Köttel kriegt sie alle* vor ihn auf den Schreibtisch. Ein Geburtstagsgeschenk seiner Abteilung zum Fünfzigsten.

„Das ist aber nett. Danke schön!" Köttel lächelte väterlich.

Die Pichler war eine extrem aparte Erscheinung, aber in Köttel regte sich keinerlei libidinöses Verlangen. Zum einen hatte er sich nach einem bösen Ausrutscher während einer Weihnachtsfeier zu Beginn seiner Karriere hoch und heilig geschworen, nie wieder was mit einer Kollegin anzufangen. Und zum anderen verspürte er gegenüber sehr jungen Frauen tatsächlich immer öfter väterliche Gefühle. Sie genossen Welpenschutz. Er wurde wohl doch langsam alt.

„Sie müssen mich aber nicht verwöhnen. Ich glaube sogar, die Personalabteilung hat das im letzten Memo verboten."

Die Pichler lächelte. „Ich lass mir doch nicht verbieten, meinem Lieblingsinspektor ein Heißgetränk zu bringen, wenn ich ihn einlaufen sehe und ich ohnehin gerade vor der Kaffeemaschine stehe."

„Sie sind ein Engel."

„Ein Engel mit einer Botschaft." Sie schlug die Akte auf, die sie mitgebracht hatte, und präsentierte sie Köttel. „Sie werden den Kaffee brauchen. Es gibt neue Entwicklungen."

„In unserem Mordfall?" Köttel fischte nach seiner Lesebrille.

„Streichen Sie den Singular."

Köttel schwante nichts Gutes. Er überflog rasch den Bericht der Gerichtsmedizinerin. Genauer gesagt, die Berichte. Plural. Wie die Pichler es ja schon angedeutet hatte.

Alle waren sie davon ausgegangen, dass der Kopf, der Arm und das Bein zu einer einzigen Leiche gehörten, die der Mörder großflächig verstreute. Aber nein. Es handelte sich um drei Leichen. Laut Gerichtsmedizinerin um drei männliche Leichen, alle noch nicht identifiziert. Die Befunderhebung war noch nicht abgeschlossen. Beim Kopf würde die forensische Odontostomatologie helfen, den Toten zu identifizieren. Der Arm hatte eine auffällige Tätowierung, die sie zweifelsohne weiterbringen konnte. Und beim Bein würde es am einfachsten – es gab eine Metallschraube aus Titan mit einer Kennnummer im Fußgelenk. Noch im Laufe des Tages würde Köttel erfahren, welcher Arzt die Schraube eingesetzt hatte und wie der Patient hieß.

Soweit, sogut.

Aber glücklich war Köttel nicht. Schlimm genug, dass es in Kitzbühel einen Mörder geben sollte. Jetzt stellte sich auch noch heraus, dass es ein Serienmörder war!

Zitterdibibberdibuu –
und raus bist du!
(Zählreim)

Noch zwei. Oder drei. Dann war Schluss. Das Fanal war gesetzt. Noch spekulierten die Medien wild. Nicht einmal die Polizei war auf der richtigen Fährte.

Aber die Menschen lebten in Angst. Und spätestens, wenn das halbe Dutzend voll war, dann würden alle den roten Faden – die eigentliche Botschaft – erkannt haben. Ziel erreicht!

Was die anderen wohl sagen würden? Dankbar würden sie sein, jawohl. Kein Zweifel möglich!

Drüben in der Villa ging das Licht an. Der Schatten einer hochgewachsenen Gestalt huschte am Küchenfenster vorbei.

Sehr gut. Das Opfer war also wieder da. Es standen ja ein paar Kandidaten zur Auswahl, es musste nicht unbedingt er hier sein. Aber es war halt so praktisch. Und er hier war nachweislich und durchrecherchiertermaßen ein Schwein.

Aber jetzt erst mal zurück ins Versteck, von der momentanen Leiche ein Teil abtranchieren. Ein Kleinstteil.

Morgen würde er nämlich nur ein Ohr deponieren. Oder einen Zeh. Oder eine halbe Pobacke. Oder eine Hand. Denn dieses Mal war die Hahnenkamm-Bergbahn dran. Und Mini-Portionen ließen sich problemloser in die Gondeln schmuggeln.

Auch, wenn das mit dem Sägen mittlerweile immer besser klappte, würde es doch eine schöne Abwechslung sein, einfach nur mit dem Küchenmesser einen Teil herauszutranchieren und luftdicht im Gefrierbeutel zu transportieren.

Der Rest der Leiche würde dann zu den anderen kommen.

In der Villa sah man den Schatten des Opfers in der Küche herumlaufen.

Ja, nimm ruhig noch eine schöne Mahlzeit zu dir. Und genieße sie. Es wird deine Henkersmahlzeit sein.

Im Nobelviertel Bichlalm hörte man ein Kichern. Aber nur ein ganz leises. Man hätte schon sehr genau hinhören müssen, um es wahrzunehmen.

Was niemand tat ...

Irina servierte den Willkommenscocktail. Wie so eine Bezahlkraft. Dabei war sie nicht das Servierfräulein, sondern die Drahtzieherin hinter dem heutigen Abend.

Aber das musste – zumindest vorerst – ihr Geheimnis bleiben. Also schluckte sie ihre Gereiztheit hinunter und setzte ein liebreizendes Lächeln auf. Stufe drei – kurz über betörend, aber noch deutlich unter unwiderstehlich.

Wo war nur Arno, dieser unzuverlässige Idiot? Wahrscheinlich tunkte er seine Fleischwurst gerade in eine hiesige Semmel. Irgendwann in naher Zukunft würde sie seinen Wurmfortsatz filetieren. Als Eunuch würde Arno anzunehmenderweise verlässlicher sein. Natürlich hatte sie versucht, ihn auf seinem Handy zu erreichen. Aber sein Akku war wieder mal so leer wie sein Hirn. Na schön, notfalls würde sie sich mit ihrer Beretta selbst zu helfen wissen.

„Ein Glas Champagner?", flötete sie über die Flöten hinweg.

Gamasche war der Erste. Zumindest der Erste, der sich hereintraute. Wie sie die anderen kannte, waren alle schon da draußen. Erst mal auf Beobachtungsposten. Schließlich könnte es eine Falle sein.

„Hast du nichts für echte Kerle, Puppe?"

Wie gern hätte Irina ihm das Serviertablett gegen die Schläfe gedonnert. Möglicherweise war es ein Fehler gewesen, sich so sexy zu kleiden. Dann nahmen einen die Männer noch weniger ernst als sonst schon. Aber sie zeigte nun mal gern, was sie hatte. Und sie hatte das ganze Programm: Lange Beine, große Möpse, praller Po – für jeden Geschmack war da etwas dabei. Gamasche starrte ihr allerdings fest in die Augen. Vermutlich war seine Libido altersbedingt schon abgestorben. Irina gehörte zu den jungen Menschen, die fanden, alles über 50 sollte zum Sterben in die Wüste getrieben werden. Da war der Lack doch ohnehin ab. Wozu dann noch weiterleben und Sauerstoff verbrauchen?

„Darf es ein Whisky sein?" Neckisch legte sie den Kopf schräg.

Gamasche nickte.

Er wollte, dass man ihn Gamasche nannte, weil er mal einen Film gesehen hatte, wo ein Chicagoer Unterweltsboss so hieß. Dessen Styling hatte er tutti completti übernommen.

Irina wusste nicht, um welchen Film es sich handelte, und es war ihr auch egal. Sie konnte mit Filmen nichts anfangen. *Du musst so leben, dass andere irgendwann dein Leben verfilmen wollen* – das war ihr Motto. Jede Sekunde vor einer Leinwand oder einem Fernsehbildschirm war für sie vergeudete Zeit. Selber leben!

„Schon besser", freute sich Gamasche gleich darauf über den gerade volljährig gewordenen Single Malt. Er nahm einen großen Schluck und stellte sich vor das Panoramafenster. „Urschöne Aussicht. Ich kenn Kitzbühel ja sonst nur im Schnee. Aber so ist's auch sehr lässig."

Ja, das fand Irina auch. Das Anmieten der Villa war mühsam, weil langwierig gewesen, aber der Stress hatte sich gelohnt. Alles vom Feinsten und ein Blick wie gemalt.

Im riesigen Kamin flackerte ein Feuer. Eine sehr heimelige Atmosphäre. Hoffentlich wirkte sich das beruhigend auf die Herren aus.

Przypolsky war der Nächste.

„Ein Glas Champagner?"

Er nahm es wortlos. Sagte nicht einmal danke. Vermutlich erkannte er sie nicht wieder.

Irina dachte nicht zum ersten Mal, dass die Verbrecherwelt ein reiner Männerverein war. Als Frau konnte man höchstens Puffmutter werden. Ansonsten war man Objekt. Frauenbewegung gab es nur horizontal, als Herrenwitz. Da hatte der Feminismus noch viel zu tun.

Wenigstens schenkte ihr der Franzose, der als Nächster klingelte, ein Lächeln. Irina ärgerte sich darüber, dass es sie schon freute, überhaupt wahrgenommen zu werden.

Madsen, der Däne, traf zusammen mit Swoboda, dem Tschechen, ein. Beide wollten nur Bier.

Neben der Tür stand ein Tisch mit Wasser. Für die Security. Jeder von ihnen durfte nur einen Bodyguard mitbringen, das war so ausgemacht. Sonst hätte Gamasche eine ganze Entourage aufgefahren, jede Wette. Er war der Typ für große Auftritte mit vielen Statisten. So aber standen schlussendlich nur fünf Bodyguards neben der Tür, breitbeinig, die Hände vor dem Schritt gefaltet. Nicht auseinanderzuhaltende Abziehbilder. Alle vom vielen Trainieren und zu hohen Steroiddosen so aufgebläht wie Pufferfische. Alle mehr oder weniger tätowiert. Alle kahlgeschoren. Ein kleiner, sehniger Kerl mit vollem Haarschopf hatte in diesem Beruf keine Chance. Allein deshalb, weil er die Optik sprengen würde.

Die Pendeluhr an der Wand tickte.

Swoboda, Przypolsky und Madsen saßen auf der riesigen, langgezogenen Ledercouch vor dem Kamin. Von vorn schon gut durch, hinten noch roh.

Der Franzose betrachtete die Bilder an der Wand. Gelegentlich beugte er sich vor und studierte die Signatur des Künstlers und murmelte: „Magnifique!"

„Geht's jetzt endlich los?", brummte Gamasche.

Er stand immer noch vor dem Panoramafenster, zwischenzeitlich mit dem dritten Whisky.

„Wir sind noch nicht ganz vollzählig." Irina sah auf die Uhr.

Es klingelte. Einer der Bodyguards öffnete, und Magister Clemens Vitabo wuselte herein.

„Ich entschuldige mich für die Verspätung. Man hat mich wegen der Leiche befragt."

Abrupt standen alle, die saßen, auf.

Wer stand, stand noch etwas gerader.

„Welche Leiche?"

„Ich dachte, einer der Herren hätte vielleicht …?" Vitabo sprach es nicht aus. Er ließ seinen Blick schweifen.

Keiner der Anwesenden wollte von dem „Grauen von Kitzbühel" gehört haben – ganz zu schweigen davon, dass einer zugegeben hätte, das Gemetzel in Auftrag gegeben zu haben.

„Ach, es wurden nur irgendwelche Leichenteile gefunden", erklärte Irina leichthin. „Das hat nichts mit uns zu tun."

Niemand glaubte ihr.

Fünf der wichtigsten kriminellen Bandenchefs Mitteleuropas waren hier versammelt, und rein zufällig sollte zeitgleich wer anderes ein Schlachtfest zelebrieren? Da war doch was faul!

Die fünf Bosse sahen zu ihren Bodyguards. Die Bodyguards zückten ihre jeweilige Lieblingswaffe: zwei SIG Sauer, eine Walther PPK, ein Nahkampfmesser und eine Schleuder.

Eine Schleuder?

Eine Schleuder!

Irina sah zweimal hin, schüttelte dann augenrollend den Kopf und räusperte sich. „Jetzt, wo wir alle beisammen sind, können wir beginnen. Herr Magister Vitabo, wären Sie so freundlich, Protokoll zu führen?"

„Selbstverständlich, gnädige Frau." Vitabo klappte seinen Laptop auf. War ja klar, dass er wieder der Schriftführer sein würde. Er war blöderweise der Einzige, der das konnte. Nicht nur, weil Kurzschrift und Konzentration gefordert waren. Bei den Ausländern hatte er immer das Gefühl, dass ihr Deutsch nicht gut genug war. Und bei Gamasche, dem Wiener, war er sich dessen sogar absolut sicher.

Schon seit langem hatte Vitabo sich vorgenommen, sich dem Schriftführersein einmal zu verweigern. Aber nicht heute, wo er die anderen hatte warten lassen. Was nicht an der Befragung durch die Polizei lag, die war schon vor Stunden zu Ende gegangen. Aber sein herrlicher Schnäuzer war ohne Bartwichse zu einem Afro luftgetrocknet, der ihm beinahe die Sicht geraubt hatte. Also war er in sein Hotel zurückgekehrt und hatte erst einmal ausgiebig Bartpflege betrieben.

Nun gut, zur Sache. „Ich konstatiere die vollzählige Anwesenheit", verkündete er mit seiner offiziellen Schriftführerstimme. „Frau Sastrova, Gamasche, Le Beau Prince, Swoboda, Madsen, Schibulski."

„Przypolsky."

„Sagte ich doch."

Przypolsky brummte.

„Erster Tagesordnungspunkt ...‘"

Gamasche stampfte mit dem Fuß auf. „Das geht mir hier auf den Sack. Wir wissen alle, warum wir hier sind. Wir wollen Jimmys Pfründe untereinander aufteilen. Und ich sage euch jetzt mal, wie ich mir das vorstelle ...‘"

„Du bisst hier nicht der Bossss!", unterbrach ihn Madsen. „Du ssagst unss nicht, wo'ss langgeht." Er hätte sehr viel bedrohlicher geklungen, wenn er herkunftsbedingt nicht so lispeln würde. Es hat einen Grund, warum die Wikinger letztendlich nicht die Weltherrschaft übernommen haben: weil sie so niedlich lispelten.

„Ich lasse mir nicht die Butter vom Brot nehmen", erklärte auch Przypolsky.

Das Imperium von Jimmy Maier war breit aufgestellt gewesen: Wettbüros und Casinos, Prostitution, Zigaretten- und Chinaböllerschmuggel, Amphetaminproduktion, Kokainimporte, Hütchenspiele. Wer da nicht rechtzeitig seine Ansprüche anmeldete, bekam nur noch die Brotkrumen – beispielsweise das unergiebige Politikererpressen.

Irina nahm derweil die Abdeckplane vom Buffettisch. Sie hatte vom Catering auffahren lassen, was Männermägen glücklich machte: Grillwürste, Kartoffelchips, Pizza. Alles in den Varianten koscher, vegan, asiatisch, österreichisch, gluten- und laktosefrei. Weil nicht nur die Liebe durch den Magen ging, sondern auch die Kompromissbereitschaft. Und es war ganz in Ordnung, dass die Jungs erst mal Dampf abließen und verbalpinkelnd ihre Reviere absteckten. Dann waren sie nachher umso aufnahme- und kompromissbereiter.

„Will jemand vorkosten?", fragte sie in Richtung der Bodyguards, die einer nach dem anderen ihre Waffen wieder wegsteckten. Sie schüttelten unisono die teiltätowierten, ganzrasierten Schädel. Sie wurden dafür bezahlt, sich einer Kugel oder einem Messer in den Weg zu werfen, nicht um einen elendiglichen Gifttod zu sterben.

„Es liegt doch auf der Hand, dass jeder von uns sein Heimatland übernimmt und dort von jetzt an alles macht. Wir sind Multifunktionisten, und daheim kennt man sich aus", meinte der Franzose mit seiner charmanten Sprachmelodie. Er war so schön und kultiviert, man traute ihm die Niederungen des Verbrechens gar nicht zu.

„Unssinn", widersprach der Däne. „Jeder von unss hat eine Kernkompetenz, und die übt er europaweit aus. Ich übernehme die Ssportwetten. Immer nur klein, klein – dass bringt unss gar nichtss."

Przypolsky und Gamasche wetterten dagegen. Nur Swoboda schwieg. Irina hegte den Verdacht, dass er nicht nur nicht gut Deutsch sprach, sondern gar nicht.

„Langsamer", meldete sich irgendwann Vitabo am Laptop zu Wort. „Wenn Sie alle durcheinanderreden, kann ich das nicht mitschreiben."

„Leck mich!", rief Przypolsky.

„Herr Schibulski verlangt, dass ich ihn lecke", tippte Vitabo und sprach es laut aus.

„Przypolsky!", brüllte Przypolsky und zog seine Waffe.

Die anderen zogen selbstverständlich auch blank, die Bosse jetzt ebenso wie die Bodyguards. Nicht alle richteten den Lauf ihrer Waffen dabei auf Vitabo. Es war mehr so ein allgemeines Ich-gehe-nicht-kampflos-Unter in sämtliche Richtungen.

Jetzt drohte der Abend eine Wendung zu nehmen, die Irina nicht recht war.

„Meine Herren!", donnerte sie mit ihrer alten Traktorbauerinnenstimme.

Alle schreckten zusammen und sahen sie verstört an. Dass so eine Stimme aus so einem zierlichen Persönchen kommen konnte, schien ihnen physikalisch-anatomisch unmöglich.

„Meine Herren", wiederholte Irina daraufhin, feminin säuselnd. Sie trat neben Przypolsky und schob die Hand, in der er die Waffe hielt, nach unten. „Ich habe Sie als ..." Sie zögerte. „... Witwe von Jimmy nicht hierhergebeten, um sein Reich unter Ihnen aufzuteilen."

Sie drückte auf einen Knopf, der automatisch die Vorhänge zuzog, dann schlenderte sie mit Wackelpopo in die Mitte des Raumes und klatschte in die Hände, woraufhin das Deckenlicht anging.

„Was soll der Quatsch ...?", fing Gamasche an.

Es stimmte Irina nicht glücklich, wenn man ihre Inszenierungen unterbrach.

„Jetzt rede ich!", giftete sie. Schluss mit lustig.

Weil die anderen ihre Waffen nicht senkten, hob auch Przypolsky seinen Schussarm wieder. Aber das kümmerte Irina nicht weiter.

„Ich habe Sie heute hergebeten, weil keiner von Ihnen Jimmys Erbe antreten wird."

„WAS?" – „Wie bitte?" – „Das ist ja wohl die Höhe!" – „Das werden wir ja sehen!" So oder so ähnlich brüllten alle durcheinander.

Irina hob die Hand. Sie wartete kurz, bis sich die erste Empörung gelegt hatte, dann donnerte sie sie wieder mit ihrer Traktorstimme nieder. „Ich sagte, keiner von Ihnen tritt Jimmys Erbe an, weil es nämlich kein Erbe anzutreten gibt. Jimmy ist nicht tot. Jimmy lebt!"

Wie auf Stichwort gingen die riesigen Schiebetüren zum Nebenraum auf und ...

... eine Mumie im Hausmantel trat ein.

Schlagartig herrschte Stille.

Nach einer kurzen Schrecksekunde richteten sich alle Mündungen – ebenso wie das Nahkampfmesser und die Schleuder – auf die Mumie.

Vitabo, der als Einziger noch gesessen war, stand auf. Er wischte sich mit dem Handrücken mehrmals über den Mund, eine reine Übersprungshandlung, dann trat er an die Mumie heran.

Die Größe stimmte, genau diesen seidenen Hausmantel mit dem Paisleymuster hatte er Jimmy vorletztes Weihnachten geschenkt, und die Mumie roch sogar wie Jimmy. *Aqua di Parma.*

„Aber ...", stotterte Vitabo, „... aber du bist doch tot!"

Irina ging zur Mumie und hakte sich unter. „Jimmy ist nicht tot. Er hat sich nur totgestellt. Ihr wisst ja, dass es in den letzten Jahren immer prekärer wurde – nicht nur die Bullen saßen ihm im Nacken, auch das Finanzamt. Aber jetzt kann er als ...", sie deutete mit ihren überlangen Fingernägeln Gänsefüßchen an, „... Leiche wieder viel zwangloser arbeiten und seine Tätigkeitsbereiche noch weiter ausbauen."

Sie schenkte der Mumie einen Blick von solch aufrichtiger Liebe, dass es Vitabo kurz warm ums Herz wurde. Tief drinnen war er Romantiker.

Die anderen waren abgebrühter.

„Jimmy, bist du es wirklich?", verlangte Gamasche zu wissen.

„Bei dem Unfall wurden seine Stimmbänder in Mitleidenschaft gezogen. Sein ganzer Kopf ..." Irina stockte, fasste sich wieder und fuhr fort: „Wir waren bei mehreren Schönheitschirurgen. Auch hier vor Ort haben wir uns einen gekrallt, der den letzten Feinschliff machen soll. Danach wird ihn kein Mensch mehr wiedererkennen. Aber ihr könnt mir glauben: Das ist mein Jimmy." Sie hauchte einen Kuss auf die Mullbinden, mit denen der Kopf umwickelt war.

Die Mumie zog einen Stift und einen edlen Pergament-Notizblock aus der Tasche des Hausmantels und kritzelte etwas.

„Seid mir gegrüßt, ihr Kanalratten!", las Vitabo vor.

Genauso hatte Jimmy sie immer begrüßt.

Przypolsky trat näher und sah auf die unschönschrifthaften Krakelbuchstaben. „Das ist Jimmys Handschrift."

Swoboda und Madsen nickten.

Nur Gamasche blieb skeptisch. Er hatte sich auch schon als Alleinerbe gesehen. „Du willst Jimmy sein?" Er reckte skeptisch das Doppelkinn.

Die Mumie schlenderte auf ihn zu. Ganz schön mutig, eigentlich. Denn schließlich hielt Gamasche immer noch seine Kanone in der Hand. Die anderen nickten – das war typisch Jimmy. Er lachte der Gefahr immer mitten ins Gesicht.

Gamasches Bodyguard baute sich neben Gamasche auf.

Die Mumie ließ sich davon nicht beirren, hob die Hand – beide Hände steckten in weißen Baumwollhandschuhen – und …

… schnipste mit den Fingern gegen Gamasches Ohrläppchen. Ein Vorgang von solcher Unerhörtheit, solch exorbitanter Tollkühnheit, solch scheinbarer Todessehnsucht, dass allen der Atem stockte.

Nur Gamasche lachte laut auf.

Genau das hatte Jimmy immer mit ihm gemacht. Nie vor anderen – never ever –, aber wenn sie zu zweit allein waren.

„Jimmy!", rief er und umarmte die Mumie.

Eine Welle der Erleichterung schwappte durch den Raum. Der Affenherde, die ihren alten Silberrücken verloren geglaubt hatte, war ein blutiger Thronfolgerkrieg erspart geblieben.

„Jimmy lebt! Das muss gefeiert werden!", jubilierte Vitabo.

Korken ploppten, der Alkohol floss in Strömen, die Stimmung stieg. Gamasche und Swoboda lieferten sich ein Whiskeywetttrinken, das beide verloren. Irgendwann nahm Madsen ein Stück Pergament vom Notizblock der Mumie, wickelte es um seinen Kamm und blies sehr gekonnt Katschaturians *Säbeltanz*. Der Franzose steppte dazu auf dem Esstisch. Przypolsky lag da schon besoffen vor dem Kamin.

Nur die Mumie und Irina blieben weitgehend nüchtern. Sie nippten an ihren Champagnerflöten und lächelten in sich hinein.

Machen ist wie wollen –
nur anstrengender und klappt eh nie

„Es gibt immer Leute, die den Atem anhalten und hoffen, du würdest versagen." Grizelda Obermoser hob die Bierflasche. „Mein Motto lautet: Sorg dafür, dass sie an ihrer Missgunst ersticken!"

Leo und sie saßen vor dem Haus von Leos Oma und schauten auf Kitzbühel hinunter. Die Sonne war schon längst untergegangen, und im Grunde war es zu kalt für *al fresco*, aber mit der karierten Decke von der Küchenbank ging's eigentlich. Und die Aussicht war unbezahlbar.

„Darf ich fragen, für welche Behörde Sie tätig sind?"

„Nein." Grizelda milderte die Ablehnung mit einem angedeuteten Lächeln. „Sie kennen doch den Spruch – ich könnte es Ihnen sagen, aber dann müsste ich Sie umbringen."

Leo schnitt eine Grimasse. Obwohl Grizelda nicht so klang, als hätte sie das im Scherz gesagt.

„Ich kann Ihnen aber so viel verraten. Mein ehemaliger Vorgesetzter denkt, ich hätte mich da in etwas verrannt. Aber ich weiß, dass ich recht habe. Und ich werde es beweisen. Mit Ihrer Hilfe. Wofür ich Ihnen echt dankbar bin." Sie prostete Leo mit ihrer Bierflasche zu.

Grizelda war am frühen Abend vor der Tür gestanden und hatte die Nacht im Gästezimmer verbracht. Ein paar Bauarbeiter hatten ihren riesigen Schrankkoffer in die Küche gewuchtet und dafür ein wirklich sehr erkleckliches Trinkgeld bekommen. Und jetzt war das hier sowas wie eine WG.

„Als Frau in einer Männerbranche muss man immer besser sein als alle anderen, sonst wird das nichts mit der Karriere", dozierte Grizelda. „Als ich angefangen habe, gab's außer mir nur Sekretärinnen in meiner Dienststelle. Aber ich habe es allen gezeigt. Natürlich hatte ich auch großartige Kollegen und Mentoren. Trotzdem gab es immer welche, die mir den Erfolg nicht gönnten. Das ist der Neid. Offen gestanden war das ein großer Motivationsfaktor für mich. Ich konnte denen die Missgunst um die Ohren schlagen, habe am Ende immer triumphiert. Mit allen Mitteln, die nötig waren."

Leo kannte sich mit alten Menschen aus. Man musste den Anfängen wehren, wenn der Erinnerungs-Tsunami anrollte. Sonst war kein Ende abzusehen und man ging elend darin unter.

„Das wird auch dieses Mal wieder der Fall sein", sagte sie rasch und lobte: „Frauen wie Sie habe ich immer als Vorbild empfunden. Als Orientierungsleuchtturm. Aber im Gegensatz zu Ihnen ist es bei mir beim Wollen geblieben, zum Tun bin ich noch nicht gekommen."

„Das wird sich jetzt ändern." Grizelda lächelte wieder, und dieses Mal war es ein herzliches Lächeln.

Leo nahm noch einen Schluck Bier. „Was haben Sie denn mit diesem Schlägertypen aus dem Hotel gemacht?"

„Mit Geld kann man alles regeln."

Leo staunte. „Sie haben den Mann bestochen?"

Grizelda lachte auf. „Nein, Kindchen. Ich habe mir meinen Schrankkoffer vom Hausmeister meiner vorigen Unterkunft an den Hinterausgang vom *Marchwardushof* liefern lassen, den Schläger in einem unbeobachteten Moment verklappt und einen Trupp Arbeiter von der Baustelle nebenan angesprochen, ob sie mir den Koffer nach der Arbeit hierherbringen. Wenn die

Scheine groß genug sind, stellt keiner unangenehme Fragen. Das müssen Sie sich merken, das ist eine wichtige Lebenslektion."

Das würde Leo auch, falls sie jemals über so große Scheine verfügen sollte.

„Das heißt ...", fing Leo an.

„Das heißt, der Kerl liegt momentan fein säuberlich gefaltet in meinem Schrankkoffer in Ihrer Küche."

Die beiden Frauen sahen über das Lichtermeer zu ihren Füßen.

Grizelda fand insgeheim, dass es sehr für Leo sprach, dass sie sich über Kleinigkeiten wie diese nicht aufregte.

Sie tranken ihr Bier.

„Kriegt er da drin genug Luft?", erkundigte sich Leo nach einer Weile.

„Tja", sagte Grizelda und trank erst mal ihre Flasche aus. Mit *tja* ließ sich in der deutschen Sprache so gut wie alles ausdrücken – es war die angemessene Reaktion auf die Apokalypse, einen Angriff durch Außerirdische oder das Berechnen des Sauerstoffgehalts eines mit einem männlichen Körper gefüllten Schrankkoffers. Schließlich sagte sie: „Das passt schon. Und nachher bringen wir ihn sowieso in den Keller. Wir überlegen uns morgen, was wir mit ihm machen." Sie schien in höchstem Maße unbekümmert.

Zu ihrem riesengroßen Erstaunen wurde Leo klar, dass auch sie völlig gelassen war. Und das lag nicht nur am Bier.

Mein Gott, er ist es!

Die BussiBussi-Kitzeria suchte man an diesem Abend im *Fünferl* vergeblich. Oder im *Take Five* – jedenfalls irgendwas mit fünf.

Aber es war halt nicht Hahnenkammzeit, wo sich die Stars und Sternchen im rustikalen Tiroler Ambiente von Kitzbühel ein Stelldichein gaben und es in den Bars, Pubs und Kneipen vor Schwarzeneggers, Beckers, Baxxters, Heinos und anderen prominenten Nasen nur so wimmelte und allüberall zügellos Weißwurstpartys und Magnumchampagnerflaschengelage gefeiert wurden.

Nein, an diesem Abend saßen drinnen im *Fünferl* nur ein paar billig verspritzte Münchnerinnen, die ihre Isarpreußengatten zu Hause gelassen hatten, und draußen fünf absolut unspektakuläre Kleinstadtpiefke.

Karl-Heinz, Manni, Beppi, Rudi und Nicht-der-Hinterseer hoben auf der beschirmten Terrasse ihre Bierflaschen.

Nachdem sie ihre Einkäufe beendet und alle Utensilien beisammenhatten, hatten sie – auf Verlangen von Karl-Heinz, dem größten Planer vor dem Herrn – in ihrer Ferienwohnung über die morgige Ausführung der Mission diskutiert. Jeder hatte seine spezielle Aufgabe zugewiesen bekommen, perfekt abgestimmt auf individuelle Kernkompetenz. Und wer keine Kernkompetenz besaß, in diesem speziellen Fall Manni, wurde zum Wacheschieben abkommandiert.

Nun saßen sie zum Mutantrinken vor dem *Fünferl*. Eigentlich war es optisch hier draußen nicht so prickelnd, man hatte ein Hinterhofgefühl und sah auf parkende Autos, noch dazu nieselregnete es, aber weil der Rudi rauchen wollte, war es nun eben so, wie es war.

„Auf morgen!", sagte Beppi, der am Kopfende saß und sich darum für die Prositsprüche zuständig fühlte.

„Auf die erfolgreiche Durchführung von ...", fing Manni an.

Karl-Heinz versetzte ihm abrupt eine Kopfnuss. „Was haben wir gesagt, was wir in der Öffentlichkeit von unserer Mission erzählen?"

„Nichts." Manni schmollte, hielt aber die Klappe.

Sie tranken mit großen Schlucken.

Alle wollten bei der Aktion des Jahrhunderts dabei sein, keiner hatte in letzter Sekunde gekniffen. Die Chance auf etwas so Großes, Lebensveränderndes würde ihnen nie wieder geboten werden, da waren sie sich sicher. Ja, sie mochten scheitern, unabsehbare Konsequenzen kamen möglicherweise auf sie zu, aber das hatten sie alles ins Kalkül gezogen, und sie waren bereit, jeden, wirklich *jeden* Preis zu zahlen. Hauptsache, ihr Name würde auf ewig mit dieser Aktion in Verbindung gebracht. Also, nicht zu Lebzeiten, versteht sich. Aber posthum sollten sich Hardcore-Hinterseer-Fans ergriffen ihre Namen zuraunen.

„Noch eine Runde", rief Nicht-der-Hinterseer der feschen jungen Kellnerin zu.

Da es erst am nächsten Abend losgehen sollte, mussten sie in ihrem Bierkonsum nicht zurückhaltend sein. Etwaige Räusche konnten in aller Seelenruhe ausgeschlafen werden.

„Auf uns Musketiere!", rief Beppi und hob seine Bierflasche.

Die Musketiere waren nur zu viert, wenn man d'Artagnan dazuzählte, sonst eigentlich nur zu dritt, jedenfalls nie zu fünft, wollte Karl-Heinz korrigieren, aber da strömte eine kleine Gruppe SoKo-Kitzbühel-

Wanderer am *Fünferl* vorbei. Müde, aber breit grinsend. Offenbar hatten sie einen schönen Tag verlebt.

Karl-Heinzens Zwangsstörung setzte ein. „Zwo, vier, sechs ...", zählte er.

„ICH WERD WAHNSINNIG!", brüllte Beppi urplötzlich.

Weil er am Kopfende des Tisches saß, hatte er den besten Blick auf die parkenden Fahrzeuge. Und bei einem der Wagen blitzten die Scheinwerfer auf ... und jemand ging auf das Auto zu ... und dieser Jemand war kein Geringerer als ...

„Der Hansi!" Beppi sprang auf.

Rudi ließ seine Fluppe fallen, Manni sein Bier.

„Wo?", rief Nicht-der-Hinterseer.

„Da! Geilomat!" Beppi lief los und fischte im Laufen sein Handy aus der Jeanstasche.

Manni, Rudi und Nicht-der-Hinterseer hechteten hinterher. Karl-Heinz, das arme Schwein mit der Zwangsstörung, stand zwar auf, musste aber erst die Wandergruppe zu Ende zählen. „... 18, 19 ..."

Man soll seinen Helden nicht begegnen. Heißt es. Weil man immer enttäuscht wird. Heißt es. Aber in Hansis Fall war das Quatsch.

Er zuckte mit keiner Wimper, als er die vier Männer auf sich zurennen sah.

„Dürfen wir ein Selfie mit Ihnen machen?", fragte Beppi ehrfürchtig.

Andere ViPs hätten diese Störung ihrer Privatsphäre indigniert von sich gewiesen oder wären wortlos in ihren Wagen gestiegen und davongefahren, nicht so Hansi Hinterseer.

„Ja klar, kommt's her."

Manni, Rudi, Beppi und Nicht-der-Hinterseer gruppierten sich um Hansi Hinterseer, den Echten.

„Karl-Heinz!", rief Beppi.

Karl-Heinz schwitzte. Es zerriss ihn innerlich beinahe. Zu Ende zählen, aus dem Torbogen strömten noch ein paar vereinzelte Wanderer, und sich das einzige Selfie mit Hansi Hinterseer entgehen lassen, das er jemals haben würde? Oder seine Zwangsstörung überwinden und ein Erinnerungsstück für die Ewigkeit bekommen?

Er gab ein animalisches Wimmern von sich. Dann lief er zu seinen Freunden und Hansi Hinterseer, der im Übrigen ganz genau so aussah, wie man ihn aus dem Fernsehen und den Zeitungen kannte: junggeblieben, gutgelaunt, von Kopf bis Fuß in Weiß gekleidet, mit Goldkette im Hemdausschnitt, nur ohne Moonboots. Eine strahlende Erscheinung, quasi eine Lichtgestalt.

Beppi drückte im Dauermodus auf den Auslöser.

„Danke!", raunte er ehrerbietig und senkte den Arm mit dem Handy.

„Für euch doch gern." Hansi Hinterseer öffnete die Wagentür. „Was wär ich ohne euch, die Fans? Habt's noch eine schöne Zeit."

Er stieg ein, setzte zurück und fuhr los.

„Der Hansi!", hauchte Nicht-der-Hinterseer.

„So ein sympathischer Typ!", wisperte Rudi.

Alle hatten Gänsehaut vor Ergriffenheit.

Was für ein gutes Omen!

Nur Karl-Heinz hatte keine Zeit für die Anbetung seines Idols. Er lief der Wandergruppe hinterher und fing nochmal von vorn an, sie durchzuzählen. Sonst würde er in dieser Nacht keinen Frieden finden …

TAG 3

WG wider Willen

Die vier furchteinflößendsten Worte der deutschen Sprache?

„Der Kühlschrank ist leer!"

Grizelda stand vor dem uralten, knatternden AEG-Gerät. Es stammte aus den vierziger Jahren, hatte vier Beine und – Tusch! – funktionierte immer noch.

Leo stellte sich neben sie. „Unsinn. Von wegen leer. Eine halbe Tafel Schokolade. Ein Topf Senf. Und der Rest Pizza von ..." Wie alt war die Pizza gleich wieder?

„Das da soll Pizza sein? Das lebt ja schon." Grizelda runzelte die Stirn. „Da ... es versucht, aus dem Kühlschrank zu kriechen." Mit spitzen Fingern entsorgte sie den Halbmond im Mülleimer.

Leo zuckte mit den Schultern. Sie war sowieso nicht so die Morgenesserin.

„Und was frühstücken wir jetzt? Eine Ecke Zartbitter mit Senf-Häubchen?" Grizelda Obermoser gehörte zur alten Schule. Das Frühstück war für sie die wichtigste Mahlzeit des Tages.

Vitzliputzli kümmerte die Panik seines Frauchens nicht. Er thronte auf einem Küchenhandtuch, das Grizelda in eine leere Schublade des Küchenbüffets gelegt hatte, welches mindestens so alt wie der Kühlschrank war, und kaute in aller Seelenruhe seine Schildkrötenpellets mit hochwertigen Nährstoffen. Fressen war seine Lieblingsbeschäftigung. Fressen und Fingerkuppenabbeißen.

„Ich kann nicht kochen. Darum habe ich auch nie was im Haus." Leo goss kochendes Wasser in die Bodum-Kanne. „Frühstücken wird eh überschätzt. Kaffee reicht völlig, um den Motor anzuwerfen. Und von dem gibt's reichlich." Sie setzte den Stempel auf die Kanne und schnupperte den verführerischen Kaffeeduft.

Grizelda hätte mit den verstorbenen Erziehungsberechtigten von Leo gern mal ein Wörtchen gewechselt. Wie konnte man einen jungen Menschen groß werden lassen, ohne ihm das Kochen beizubringen? Das war doch keine Lifestyle-Frage, sondern eine überlebenswichtige! Und womit sollte sie jetzt ihren gähnend leeren Magen füllen?

„Gibt es Kekse im Haus?"

„Bestimmt. Ich hab auch noch einen Riesenvorrat an Chips." Leo wühlte in einem der Schränke. „Hm, komisch. Keine Chips. Aber hier – Kekse. Sollen wir diesen Typen übrigens auch versorgen?"

Grizelda hatte nicht nur darauf bestanden, bei Leo einzuziehen, damit sie immer über sie wachen konnte, sondern auch darauf, den bewusstlosen Arno Gümpel im Keller unter Verschluss zu halten. Weil er, hätten sie ihn laufen lassen, der Witwe brühwarm erzählt hätte, dass Grizelda ihr heiß in den Nacken atmete und kurz davorstand, den Plot mit dem vermeintlich toten Jimmy Maier aufzudecken. Darum lag Gümpel jetzt, fest verschnürt, im Keller. Es war im Grunde ausgleichende Gerechtigkeit, weil er mit dem armen Schönheitschirurgen genau dasselbe gemacht hatte. Aber das wussten die beiden Frauen natürlich nicht.

„Später", sagte Grizelda. „Der hat genug Speckröllchen und Puffer, von denen er zehren kann."

Wenn Gümpel das hätte hören können, er hätte sich schwarzgeärgert. An ihm war kein Gramm Fett. Alles Muskelmasse.

Grizelda nahm Leo die angebrochene Packung *Walker*-Kekse aus der Hand. Deren Mindesthaltbarkeit war schon vor geraumer Zeit abgelaufen, aber Grizeldas Hungerast war schlimmer als die Sorge, die Kekse könnten von Milben oder sonstigem Getier befallen sein. Schimmelig waren sie jedenfalls nicht. Grizelda brach einen auseinander und schob sich beide Teile in den Mund. Schon besser.

„Dass Sie jetzt schon essen können? Ich brauch erst mal Kaffee." Leo war kein Morgenmensch. Sie funktionierte nicht, solange sie nicht mindestens eine Kanne Kaffee intus hatte. Wie durch Osmose hatte sie die ersten beiden Tassen schon eingesaugt, da mümmelte Grizelda noch am ersten Keks.

„Wann sollen Sie Ihren Dienst bei Irina antreten?", fragte Grizelda, als ihr Mund wieder leer war.

„Um neun." Leo schenkte sich die dritte Tasse Kaffee ein. „Ich soll sechs Croissants mitbringen. Sieht man ihr gar nicht an, dass sie so viel isst."

Weil damit ihrer Meinung nach alles gesagt war, schaltete Leo den altertümlichen Weltempfänger ein, den ihre Oma – wie alles andere im Haus – vermutlich zu Weltkriegszeiten gekauft und seither nicht ausgetauscht hatte. Er versah aber noch treu seinen Dienst. Gleich darauf ertönte die Stimme des Radiosprechers. „Hier ist Ö3 am Morgen. Sie hören jetzt die Nachrichten mit Wetter und Verkehr. Es ist acht Uhr. Kitzbühel findet keine Ruhe. Gestern wurde das dritte Leichenteil in Folge gefunden. Wie aus informierten Kreisen zu erfahren war, stammen die Leichenteile von drei verschiedenen Personen. Die Ermittlungen der Mordkommission laufen auf Hochtouren. Der Landeshauptmann erklärte sich angesichts der Serienmorde besorgt über die ..."

Leo sah auf. „Scheiße! Drei Tote? Glauben Sie, das war die Witwe?"

Grizelda schürzte die Lippen. „Nicht persönlich, nein. Aber womöglich ein gedungener Killer?"

„Der Typ im Keller?" Leo bekam große Augen.

Grizelda zuckte mit den Schultern. Sie schaute nachdenklich aus dem Küchenfenster über die Dächer von Kitzbühel, die drunten im Tal pittoresk und unschuldig im Sonnenlicht lagen. „Möglich, dass es sich bei den Leichen um Verbrecherbosse handelt, die sich Jimmy Maier nicht länger unterordnen wollten ... wo sie doch die letzten Monate den Duft der Freiheit schnuppern konnten. Maier ist ein Untier."

„Bei Ihnen klingt es, als sei dieser Maier der Teufel gewesen."

„Schlimmer." Grizelda drehte sich zu ihr um. „Jimmy Maier ist die Art von Unmensch, vor dem sogar der Teufel Angst hat: keine Skrupel, keine Moral, kein Spiegelbild. Er ist eine Geißel der Menschheit."

Leo grinste. „Falls Jimmy Maier überhaupt noch lebt." Sie spielte gern den Advocatus Diaboli.

„Davon gehe ich aus!" Grizelda drückte den Rücken durch. „Und ich werde das beweisen. Das heißt, Sie werden es heute für mich herausfinden."

Leo nickte. Ein Lächeln breitete sich auf ihrem Gesicht aus. Sie hatte auch in dieser Nacht erstaunlich gut geschlafen. Es war für ihr Unterbewusstsein offenbar kein bisschen schlimm, dass sie einen toten Arm gefunden hatte. Und dass sie von einer Geheimagentin für einen Undercovereinsatz angeworben worden war. Das schien alles surreal. Die Aussicht, mittendrin in einem Abenteuer zu sein, hatte sie vorhin regelrecht aus dem Bett katapultiert. Noch unkoffeiniert, man stelle sich vor! Womöglich hatte genau dieses Prickeln der Gefahr all die Jahre in ihrem Leben gefehlt.

Sie wollte sich gerade Kaffee nachschenken, ihre nunmehr vierte – oder fünfte? – Tasse, als plötzlich eine Socke um die Ecke der Tür lugte: blau gestreift, mit zwei Knöpfen als Augen und ein paar Wollfäden als Haare. „Nicht erschrecken!", bat die Socke mit Baritonstimme.

Grizelda und vor allem Leo erschraken natürlich trotzdem.

Gümpel hatte sich irgendwie befreien können!

Leo ließ die Bodum-Kanne fallen, die scheppernd auf den Küchenboden knallte. Das Glas hielt.

Grizelda sprang auf und nahm die Verteidigungs-Pose der Shaolin-Kampfmönche ein: Beine gespreizt, Oberkörper leicht vorgebeugt, einen Arm nach hinten (eigentlich mit einem Schwert in der Hand, aber in ihrem Fall die nächstbeste zur Verfügung stehende Langwaffe – also der Küchenbesen) und einen Arm nach vorn, die Finger der Hand gestreckt, um damit notfalls dem Gegner ein Auge auszustechen. „Haijaaa!", rief sie und schlug mit dem Besen auf die Socke ein.

„AUA!", röhrte es schmerzerfüllt.

Die Socke rutschte von der Hand, die in ihr steckte, und flog in hohem Bogen in die Kaffeelache am Küchenboden.

„Aua!", brüllte Fröschl erneut, torkelte um die Ecke herum und hielt sich die schmerzende Hand. „Was soll denn das?"

„Du?" Leo war völlig konsterniert.

Es war also nicht der fiese Mördermöpp aus dem Keller, sondern ihr alter Ferienfreund.

„Kennen Sie den?", fragte Grizelda, immer noch in Shaolin-Haudrauf-Stellung.

Statt einer Antwort ging Leo zu Fröschl und tastete seine Hand ab. Er jaulte auf. „Die ist bestimmt gebrochen."

„Quatsch. Setz dich. Ich hol was zum Kühlen."

Fröschl tat jammernd, wie geheißen. Grizelda stellte den Besen weg.

„Wo warst du denn?" Leo, die feststellen musste, dass sie keine Eiswürfel im Tiefkühlfach hatte, stach mit einem Messer die zugefrorenen Eisflächen auf und sammelte die Eisbrocken im Küchenhandtuch. „Ich hab vorgestern doch gesagt, nimm den Schlüssel aus der Blumenampel und versteck dich bei mir!"

Fröschl ignorierte das. Er sah auf seine Hand, die rot angelaufen war und vor seinen Augen anschwoll. „Die fällt sicher gleich ab." Vorwurfsvoll sah er zu Grizelda. Da entdeckte er die Schnappschildkröte in der offenen Schublade. „He, wer ist das denn?"

„Vitzliputzli. Halten Sie Abstand. Er ist eine Schnappschildkröte. Und wie der Name schon sagt – er schnappt zu."

Aber da kraulte Fröschli ihn bereits mit der unbeschadeten Hand am Kopf. Einen kurzen Moment lang lag es in der Hand des Schicksals, Fröschl zum beidseitig Hand-gehandicapten Jungmann zu machen. Aber Vitzliputzli ließ ihn gewähren. Friedfertigkeit hat auch viel mit Sattsein zu tun.

Leo bekam Muskelschmerzen vom Eisstechen. Es musste reichen. Sie zog Fröschl von der Schildkröte fort und packte das Küchenhandtuch auf seine malträtierte Hand. „Ich hab dich was gefragt! Wo bist du gewesen?"

Fröschl atmete aus. „Ich wollte weg von hier. Weit weg. Irgendwohin, wo's warm ist. Aber mein Konto ist überzogen, und die Bank hat nichts herausgerückt. Da bin ich als Bittsteller nach Innsbruck, aber mein Herr Vater ..." Er verzog ironisch das Gesicht zu einer Grimasse. „... wollte mir kein Geld geben. Darum bin ich jetzt zu dir zurück."

„Also von mir kriegst du gesichert nichts", erklärte Leo.

„Sind Sie nicht alt genug, um selbst Geld zu verdienen?" Grizelda konnte nicht anders. Das war so ein Generationendings.

Fröschl schmollte.

„Er ist Künstler. Die Kunst ist oft brotlos", eilte Leo ihm zu Hilfe. Und zu Fröschl sagte sie: „Wann hast du dich hier hereingeschlichen?" Jetzt erklärte sich auch, wo ihre Chips abgeblieben waren.

„In der Nacht. Ich hab mich mit dem Blumenampelschlüssel eingelassen und mich im Nähzimmer von deiner Oma aufs Sofa gelegt."

Grizelda schaute Leo vorwurfsvoll an. „Sie haben den Schlüssel nicht aus der Ampel genommen?" Dabei ärgerte sie sich mehr über sich selbst. Sie hatte diesen Fröschl nicht kommen hören. Versagten ihre Sinne allmählich den Dienst?

Leo hob die Socke auf und versuchte, sie mit dem Küchenhandtuch zu trocknen. „Die hat meiner Oma gehört. Immer, wenn sie mir was Schlimmes beibringen musste, hat sie Socki übergestreift und für sich reden lassen. Auch als sie mir das mit den Blumen und den Bienen erklärt hat ..."

Leo musste lachen. Aber mit einer Träne im Auge.

Fröschls sensible Künstlerseele ließ einen Frosch in seinem Hals aufsteigen. „Ich ... ich hab dir nie gesagt, wie leid mir das mit deiner Oma tut. Dass sie gestorben ist, mein ich." Auch er guckte jetzt bedröppelt.

„Na ja, sie war halt alt."

Die beiden sahen zu Grizelda.

„Alt zu sein ist keine hinreichende Begründung für den Tod, merken Sie sich das." Grizelda sah auf ihre Armbanduhr. „Es wird Zeit für Sie, Leo."

Fröschl hielt mit der rechten Hand den linken Unterarm, an dem die Hand wie leblos baumelte. Männerschmerz konnte er. „Wofür wird's Zeit?"

Leo sah zu Grizelda.

Die hob die Augenbrauen. „Kann man ihm vertrauen?"

„Klar kann man mir vertrauen." Fröschl guckte beleidigt.

„Hör zu", sagte Leo. „Hier geht's um was Großes. Du musst echt die Klappe halten, klar?" Kurz umriss sie, warum sie ab sofort bei einer Verbrecherwitwe in Diensten stand. Und ganz nebenbei erwähnte sie, dass im Keller ein verschnürter Gewalttäter lag. „Wenigstens bist du jetzt aus dem Schneider, was die Morde angeht. Du könntest den Kopf im Museum versteckt haben und den Arm im Stadion, aber mit dem Bein im Schwarzsee kannst du nichts zu tun gehabt haben. Da warst du ja in Innsbruck, um deinen Vater anzupumpen."

Fröschl sah zu Boden.

„Du warst doch bei deinem Vater in Innsbruck?"

„Ja, schon." Er inspizierte seine Nasenspitze. Wenn jetzt die Glocken anschlugen, würde er auf ewig schielen müssen. „Aber davor war ich am See. In der Nacht. Lag ja auf dem Weg. Und ich wollte immer schon mal was am Bootshaus machen."

„Bitte sag mir, dass du da nicht *Schlagt den Kapitalisten die Beine ab* gesprüht hast?!" Leo schüttelte den Kopf.

„Dem Kapitalismus!", korrigierte Fröschl, der Genderpolizist aus eigenen Gnaden. „Aber nein, das wär doch blöd. Ich habe *Legt den Polizeistaat lahm* geschrieben."

Leos erleichtertes Aufatmen blieb ihr im Hals stecken. Lahmlegen und Bein ab, das lag nahe beieinander. „Fröschl, du bist ein Idiot."

„Wir müssen jetzt los!", verlangte Grizelda. Sie sah zu Fröschl. „Sie passen auf den Verbrecher im Keller auf, junger Mann. Aber seien Sie vorsichtig. Sie gehen nicht hinunter. Sie reden nicht mit ihm. Sie halten die Tür geschlossen. Verstanden?"

Fröschl nickte. „Ja, klar. Aber braucht der kein Wasser?"

„Der menschliche Körper kann problemlos einen Tag ohne Wasser bleiben. Und je weniger er trinkt, desto weniger muss er pieseln."

Grizelda nahm ihre Gobelintasche zur Hand und setzte Vitzliputzli hinein.

„He, wollen Sie den Kleinen nicht auch bei mir lassen? Was Sie da vorhaben, ist doch viel zu gefährlich für ihn." Fröschl lugte voller Zuneigung in die Tasche.

Grizelda zögerte.

„Nur zu." Leo zog sich ihre Regenbogenstrickmütze über die dunklen Locken. „Fröschl ist nicht der Klügste, aber mit Tieren kann er echt gut."

„He!", protestierte Fröschl. „Aber danke."

Angstfrei lupfte er die Schildkröte auf seinen Schoß. Und meinte dabei, ein Lächeln im Gesicht des kleinen Panzerträgers auszumachen.

Das mit ihm und Vitzliputzli – das war wahre Männerliebe auf den ersten Blick.

Dr. Juhász auf der Flucht

Er achtete nicht auf das schrille Piepsen der Multifunktionsuhr, die ihm mitteilte, dass sein Herz über 125 Mal pro Minute schlug. Die Stadt war in Sicht; und die letzten hundert Meter verdienten diese Anstrengung.

Ein Blick über die Schulter zeigte ihm, dass er nicht verfolgt wurde.

Weiter. Immer weiter. Den Hang hinab, in Richtung Kitzbühel.

Er hatte gerade seine Golfschläger in seinen neuen schnittigen SUV gewuchtet, als ihm von hinten jemand ein Tuch auf Mund und Nase presste.

Chloroform. Aber nicht genug. Im Kofferraum des fahrenden Wagens war er aufgewacht. Ohne zu wissen, wie lange er ohne Bewusstsein gewesen war. Gefesselt an Händen und Füßen. Draußen brauste der Verkehr vorbei. Er hatte mit den verschnürten Füßen gegen den Kofferraumdeckel geklopft. Schreien konnte er nicht, wegen des Paketklebebandes über seinem Mund. Klopfen ging.

Aber offenbar hörte ihn keiner, und als der Wagen dann endlich zum Stehen kam, waren sie weit weg von der Zivilisation. Eine kleine Hütte. Er kannte sie. Er wusste sogar, wie der Bauer hieß, der dort ein paar Ballen Stroh für seine Kühe lagerte.

Als der Gewaltmensch, der ihn entführt hatte, ihn aus dem Kofferraum hievte, rutschte Dr. Juhász – Zweitbester seines Jahrgangs, Gastsemester in Harvard, dreimal in Folge Mister Schnipp-Schnapp beim alljährlichen Schönheitschirurgenstammtisch mit Kollegen aus Wien, Zürich und vom Bodensee – das Herz in die Hose: Der Mann war nicht maskiert! Juhász hätte ihn jederzeit identifizieren können. Asymmetrisches Gesicht, mindestens zweifach gebrochene Nase, Muttermal unterhalb des linken Ohres.

Juhász schluckte.

Unmaskiert!

Das konnte nur eines bedeuten: Er würde diese Entführung nicht überleben!

Der Unmaskierte warf ihn unsanft auf den Hüttenboden und riss ihm das Klebeband – zusammen mit Bartstoppeln und Hautzellen – vom Mund. „Schön brav sein, Doktorchen. Ich komme bald wieder."

Dann fuhr er weg, und Juhász war allein. Mit sich und seinen Gedanken. Die anfänglich nicht frei von Todesangst waren.

Ob es um Geld ging? Er hatte nicht viel angespart. Ja, er verdiente gut. Aber er musste noch die Praxis abzahlen. Und sein Status-Apartment in St. Johann. Und den SUV. Wie lief das bei Entführungen: Gaben Banken Lösegeldkredite?

Merkwürdig, dass der Entführer gar nicht gefragt hatte, wen er bezüglich seiner Geldforderungen kontaktieren sollte.

Juhász hatte keine Familie. Würde seine Sprechstundenhilfe alles rechtzeitig zu Geld machen und dem Entführer ausbezahlen können? Die war doch schon im Umgang mit der Telefonanlage überfordert. Er hätte bei ihrer Einstellung weniger auf Aussehen und mehr auf Verstand setzen sollen. Dafür war sie – nach zwölf Eingriffen – der beste Beweis seines Könnens. Für seinen Nachruf wünschte er sich kein Foto von sich, sondern eines von ihr – und zwar mit der Bildunterschrift: *Seht, das hat Marek Juhász der Welt hinterlassen. Die Welt ist dank ihm zu einem schöneren Ort geworden.* Bei dieser

Vorstellung kullerte Juhász eine Träne über die Wange. Auf der dunkle Bartstoppeln in Rekordtempo sprossen. Das war seiner ungarischen Herkunft geschuldet.

Apropos Schönheit. Er hatte sich, wie immer in der Zwischensaisonpraxispause, von einem Kollegen Botox spritzen lassen. Mehrmals. Auch an diesem Morgen. War er mit den frischen Einspritzstellen während der Kofferraumodyssee unsachgemäß aufgekommen? Das konnte blaue Flecken geben! Nichts, wirklich nichts war für einen Schönheitschirurgen schlimmer als Entstellungen im Gesicht.

Doch aus der anfänglichen Angst wurde im Laufe der Zeit so etwas wie Empörung.

Der Entführer hatte ihn angelogen. Von wegen, bald wieder da.

Juhász lag und lag und bekam Druckstellen und drehte sich auf die andere Seite. Die Plastikfesseln an den Hand- und Fußgelenken ließen keine entspannte Liegehaltung zu.

Bitte, wer war er denn? Hatte er keine bessere Behandlung verdient? Auf einem Hüttenboden, im Stroh und ... war das ein getrockneter Kuhfladen? Marek Juhász blies dreimal rasch in Folge Luft aus den Nasenlöchern. Das tat er immer, wenn er sich aufregte. Er hatte in Harvard studiert! Zu seinen Patientinnen zählten Hollywoodsternchen, die Ehefrauen von Scheichs und sogar eine Königin. Gut, nur eine Schönheitskönigin. Aber gekröntes Haupt war gekröntes Haupt. Da durfte er doch wohl erwarten, an einem besserklassigen Entführungsort zwischengelagert zu werden!

Auf Angst und Empörung folgte die Nacht. Juhász fiel mehrmals in kurze, alptraumgeplagte Schlafphasen. Am nächsten Morgen erwachte er mit schmerzenden Gliedmaßen und mit der Erkenntnis, dass es womöglich gar nicht um Geld ging. Vielleicht waren seine Fachkenntnisse gefragt. Sollte er diesen Verbrecher operieren? Nötig hätte er es. Da war in Sachen Symmetrie noch viel zu korrigieren. Aber warum war er nicht einfach in die Praxis gekommen? Da hätte man doch diskret einen Termin vereinbaren können. Sollte er sich etwa hier in der Hütte mit einem Schweizermesser und dem Rest vom Chloroform an die Arbeit machen?

Seine Augen brannten. Es gelang ihm, die farbigen Kontaktlinsen herauszunehmen. Jetzt konnte er zwar nichts mehr lesen, aber die Möglichkeit zur Lektüre war in der Hütte ohnehin nicht vorgesehen. Mit Ausnahme eines vergilbten Plakats des Tiroler Bauernbunds, das mit Reißzwecken an der Holzwand befestigt war und auf dem ein Jungbauer mit Festspielquetsche neben seinem Furchenferrari für den Ostertanz warb.

Juhász stöhnte. Bei jeder Bewegung scheuerten die Plastikfesseln schmerzhaft über seine Haut. Außerdem war es arschkalt.

Er hatte Hunger. Es gab zwar zwei Wasserflaschen, die er auch trotz Fesselung aufschrauben und an die Lippen setzen konnte. Aber eben nichts zu essen. Und weil er trinken, aber nicht austreten konnte und weil seine Blasenkontrolle nach zwölfeinhalb Stunden erschöpfte, war seine Hose uringetränkt.

Gegen Mittag hörte er draußen Schritte.

„Hilfe! Hilfe! Um Gottes willen, zu Hilfe!", rief Juhász.

Aber die Schritte wurden nicht langsamer.

„HILFE!", brüllte Juhász erneut und hatte das Gefühl, dass man ihn bis Innsbruck hören konnte. Nur der Wanderer hörte ihn offenbar nicht.

War der taub? Juhász lauschte. Er konnte Musik hören. Bestimmt ein Wanderer mit Kopfhörern. Das gehörte verboten.

Er rief noch ein paar Mal, aber er hatte keinen Erfolg. Seine Chance auf Rettung war vertan.

Am Ende des Tages war Juhász auch mit den Nerven am Ende. Alles tat ihm weh. Er weinte sich in den Schlaf.

Am nächsten Morgen wachte er heulend auf. Ja, die Tränen, die über sein Gesicht liefen, weckten ihn. Er hatte doch noch so viel vorgehabt. Er wollte die Nummer eins auf seinem Fachgebiet werden. Und aus seiner Praxis eine ganze Klinik machen. Er zitterte unkontrolliert.

Und sah plötzlich, zwischen den Strohballen, im Licht der aufgehenden Sonne etwas aufblitzen. Metall!

Juhász brauchte eklatant lange, bis er sich trotz Fußfesseln auf die Beine aufgerichtet hatte. Er gab der Schwäche die Schuld, schließlich hatte er seit zwei Tagen nichts gegessen. Und davor auch schon nicht viel, weil er in der Zwischensaison immer intervallfastete. Aber endlich stand er auf zwei Beinen. Er hüpfte zu den Strohballen.

Tatsächlich.

Eine Sichel!

Es dauerte lange, bis er die Plastikschnüre durchtrennt hatte. Und dabei rieb das Plastik erbarmungslos an der ohnehin schon wundgescheuerten Haut. Juhász schrie den Schmerz heraus. Es hörte ihn ja keiner.

Und dann war er frei.

Er hebelte sich die Plastikfesseln um die Beine auf.

Vorsichtig öffnete er die Tür der Hütte. Wartete sein Entführer draußen? Nein, weit und breit war nichts zu sehen als Berg und Natur.

Juhász lief los. Hangabwärts.

Und lief.

Und lief.

Und stolperte. Und fiel volle Kanne ins Gras. Leider nicht nur ins Gras. Er prallte mit dem Kopf seitlich gegen einen Kuhzaunpfosten. Die sensible Haut an seinem Ohr platzte. Er spürte, dass er blutete.

Der Sturz brachte ihn zur Besinnung. Juhász rappelte sich wieder hoch. *Moment mal, Juhász,* sagte er zu sich, weil er sich immer mit Nachnamen anredete. *So darf man dich nicht sehen. Du hast einen Ruf zu verlieren!*

Er sah an sich herab. Seine weiße Golfhose war fleckig und roch nach Pipi. Er zog sie aus. Gott sei Dank trug er darunter schwarze Herren-Pants. Da sah man die Flecken nicht. Und sie passten farblich zu den Golfschuhen. Er überlegte kurz. Das weiße Polohemd war natürlich mittlerweile auch fleckig und angstschweißdurchtränkt. Etwas lief ihm über den Hals. Er wollte es wegschnippen, aber es war keine Schmeißfliege, sondern ein Blutstropfen. Juhász schlüpfte aus dem Polohemd, tupfte sich das Blut vom Hals und formte dann mit dem Hemd eine Art Turban, den er sich überstülpte. Damit war die Blutung gestillt. Gott sei Dank hatte er sich vor zwei Tagen ganzkörperepiliert. Ja, so konnte er sich Helfern zeigen.

Er rannte weiter.

Das schrille Piepen seiner Multifunktionsuhr kündigte ihn schon von ferne an.

Die Kinder der Touristenfamilie, die sich von den Außenbezirken Kitzbühels auf eine kleine Fußwanderung machen wollte, sahen ihn zuerst. Der kleine Junge schrie angsterfüllt auf und rannte zu seinem Papa, um seinen Kopf in dessen Wanderjacke zu vergraben. Das kleine Mädchen kreischte in einer Frequenz, die Gläser zum Platzen gebracht hätte. Aber die Familie hatte glücklicherweise nur zwei Edelstahlthermoskannen dabei.

Die Mutter riss ihr kleines Mädchen beschützend in die Arme. Der Vater hielt mit der Linken die Leine des Familienhundes fest und mit der Rechten seinen Sohn. Beiden Erwachsenen und dem Hund standen die Haare zu Berge. Was war dieses Etwas, das da auf sie zukam? Ein Berggeist? Oder etwa dieser Serienmörder, von dem im Ort die Rede war?

Der Mann, der sich ihnen immer schneller näherte, war halbnackt, mit einer Art Turban. Doch unter dem Turban war kein Gesicht, sondern eine ... Fratze. Alles war unfömig angeschwollen, und was nicht blau angelaufen war, war blutverschmiert. Der Mund zum Schrei geöffnet, aber es kam kein Ton heraus. Man hörte nur ein Piepen. In den weit aufgerissenen Augen stand der Wahnsinn.

Als die Gestalt auch noch anfing, mit den Armen zu wedeln, wurde es Onkel Poldi zu viel.

Onkel Poldi war ein anatolischer Hirtenhund, cremefarben und mit ausgesprochen liebenswürdigem Charakter. Er mochte Menschen, vor allem Kinder. Er war verspielt und verschmust. Aber seine Art war seit Jahrhunderten dazu gezüchtet worden, die Herde zu schützen. Koste es, was es wolle. Das lag ihm in den Genen und im Blut. Und die Herde von Onkel Poldi waren die Blinzingers: Mama, Papa, Evi und Paul. Was immer das war, das da auf sie zu gerannt kam, bremste nicht ab, machte infernalische Geräusche und jagte seiner Herde spürbar Angst ein. Das konnte er nicht zulassen!

Er fletschte die Zähne, legte die Ohren an und sprintete los. Während er wachte, würde seiner Herde kein Härchen gekrümmt!

„Aus!", rief sein Herrchen noch, aber da bohrten sich seine Hundefangzähne schon in die Männerwade ...

In der Höhle der Löwin

„Hä?"

Irina trug eine verrutschte Schlafmaske, die nur ein Auge frei ließ. Ihr pastellfarbenes Babydoll-Nachtgewand war zerknittert, ihre Haare standen nach allen Seiten ab. So sah jemand aus, der gerade durch langanhaltendes Haustürklingeln aus einer Tiefschlafphase gerissen worden war.

„Ich melde mich zum Dienst." Leo strahlte und hielt die Tüte hoch. „Und ich habe Croissants dabei. Sechs, wie gewünscht."

Trotz ihres Dienstantritts bei der Witwe des Schurken war Leo die Coolness in Person, weil sie wusste, dass Grizelda mit Feldstecher und Richtmikrofon in der Hecke des Nachbargrundstücks lauerte. Sie fühlte sich absolut sicher. Auch wenn Grizelda zum Abschied am Gartentor ungewohnt emotional eine Hand auf ihre Schulter gelegt und gesagt hatte: „Seien Sie vorsichtig! Sobald Ihnen etwas nicht ganz koscher vorkommt, verlassen Sie sofort das Haus. Keine Risiken, verstanden?"

Den Eindruck, sie würden sich mitten in einem Bondfilm befinden, hatte nur die Busfahrt gemindert. Da weder Leo noch Grizelda über ein Auto verfügten, waren sie an der Talstation der Hahnenkammbahn in den Bus gestiegen. Leo konnte sich nicht erinnern, dass James Bond jemals mit einem öffentlichen Verkehrsmittel zu einem der Bösewichte gefahren war.

Weil Irina so gar nicht reagierte, sagte Leo: „Ich bin's, Ihr Zimmermädchen aus dem *Marchwardushof*. Sie wissen doch noch, dass Sie mich eingestellt haben, oder?"

Wenn Irina jetzt „Was soll ich getan haben? Nie im Leben, nein!" sagte, wäre das enorm unangenehm. Leo hatte sich Direktor Neuveille quasi vom Schienbein schaben müssen, als sie ihn mit der Nachricht konfrontiert hatte, dass sie wegen eines Todesfalls in der Familie ein paar Tage freinehmen musste. „Wo soll ich jetzt auf die Schnelle Ersatz herbekommen?", hatte er gerufen. So entsetzt, als hätte er sich schon selbst beim Badezimmerschrubben gesehen.

„Ich habe mit meiner Vorgängerin Gitte Biberist telefoniert. Die könnte mich vertreten." Die Biberist war berüchtigt – wenn sie ein Zimmer reinigte, war es hinterher gefühlt schmutziger als vorher. Sie war leider die Einzige, die so kurzfristig einspringen konnte. Leo war sich extrem kaltschnäuzig vorgekommen, aber wenn das Abenteuer rief, musste man Prioritäten setzen. Und Neuveille war definitiv keine.

Irina schob sich die Schlafmaske auf die Stirn und sah aus sandverkrusteten Äuglein auf die putzmuntere Leo. „Natürlich. Verzeihung. Ich bin noch nicht ganz wach. Ich hatte gestern eine kleine Feier. Es wurde etwas später. Gut, dass Sie da sind, dann können Sie gleich aufräumen. Der Caterer holt das Geschirr heute Nachmittag ab. Sie müssen nicht spülen, nur die Essensreste entfernen." Irina winkte Leo herein. „Ich lege mich nochmal hin." Sie schlurfte in ihren winzigen Pantöffelchen zur Wendeltreppe, die nach oben führte. „Ich will nicht gestört werden."

„Soll ich Sie später wecken?"

Irina, schon halb die Treppe nach oben entschwunden, blieb abrupt stehen. „NEIN!" Und etwas umgänglicher: „Ich stelle den Handywecker. Sie bleiben bitte im Erdgeschoss, da gibt es für Sie genug zu tun. Unter gar keinen Umständen gehen Sie ins Ober- oder Untergeschoss."

„Und wenn das Haus brennt?" Sehr vorwitzig. Als ob Leo ein Teufelchen ritt.

„Unter. Gar. Keinen. Umständen", wiederholte Irina, durchbohrte Leo dabei mit einem strengen Laserblick und pantöffelte davon.

Leo schlüpfte aus ihrem Webpelzmantel und sah sich um.

„Sehr schick", flüsterte sie, weil sie davon ausging, dass Grizelda am Richtmikrofon alles mithörte. Einatmung. Ausatmung. Selbstgespräche. Alles.

Der Eingangsbereich führte direkt zum Wohnbereich mit Kamin. Und darin sah es aus wie Sau. Nein, das war eine Beleidigung für alle Borstenviecher mit Schweinespeck. Leo nahm es zurück. Hier sah es aus, als ob die Vandalen gehaust hätten. Überall leere Flaschen und Teller mit angetrockneten Essensresten und Zigarettenstummel. Nicht nur auf allen Flächen, nein, auch unter dem Mobiliar. Soßenflecke und Brandstellen in den Vorhängen und den Teppichen. Es musste heiß hergegangen sein.

Leo krempelte die Ärmel hoch. Nur bildlich gesprochen. Die Ärmel ihres selbstgestrickten Pullis blieben vorerst unten. Sie wollte sich erst einen Eindruck verschaffen.

Die Ölgemälde an den Wänden waren nicht von schlechten Eltern. Kopien von Miró und Chagall. Wirkten nachgerade echt. Und bei den Möbeln handelte es sich definitiv um echte Antiquitäten. Leo hatte einen Sommer lang bei einem Entrümpeler gejobbt und sich das eine oder andere Insiderwissen angeeignet.

Ein erster Rundgang durch das Erdgeschoss brachte ihr interessante Erkenntnisse.

Schon bei ihrer Ankunft war ihr aufgefallen, dass auf dem Klingelschild an der Haustür *W. Wolpert, Immobilienmakler* stand. Im Flur stieß sie nun auf gerahmte Zeitungsausschnitte an den Wänden: ein Artikel der

TT mit der Überschrift „Der Münchner Wolfgang Wolpert mischt den hiesigen Immobilienmarkt auf" sowie diverse Fotos von einem nicht mehr ganz jungen Mann, sichtlich Toupettträger, mit lauter Menschen, die Leo nicht kannte, die aber wichtig zu sein schienen. Oder sich zumindest ihrer eigenen Wichtigkeit deutlich bewusst waren. In einer Ecke der Küche lagen auch noch Postsendungen für Wolfgang Wolpert. Die Villa war also kein reines Spekulationsobjekt – der Makler hatte hier selbst gewohnt, bevor er das Haus Irina verkaufte. Faszinierend!

Neben der Küche führte eine Treppe nach unten ins Souterrain. Das verbotene Land.

Leo zögerte. Und lauschte. Von oben hörte man Schnarchgeräusche.

Also tat Leo das, was sie immer tat, nämlich das, war ihr strengstens verboten war. Sie stieg die Stufen hinunter. „Ich begebe mich jetzt nach unten", flüsterte sie, um Grizelda auditiv in Echtzeit an ihrem Abenteuer teilhaben zu lassen.

Unten angekommen, schaltete Leo das Licht ein.

Und rief gleich darauf: „Scheiße! Das glauben Sie nicht, Frau Obermoser! Lauter Leichen!"

Rosen sind rot
Veilchen sind blau
Karate-Omas sind grün

„Raus aus meiner Hecke!"

Grizelda infarktete beinahe. Das Richtmikro fiel ihr aus der Hand.

Ihre Nackenhaare stellten sich auf. Etwas atmete ihr nämlich heiß von hinten in die Halsbeuge. Da sie in der Hocke im Gebüsch kauerte, konnte es eigentlich kein Mensch sein. Außer natürlich, er wäre auf allen Vieren an sie herangekrochen. Oder es wäre jemand Kleinwüchsiges wie Tyrion Lannister. Ein kurzer Blick über ihre Schulter zeigte: Es war ein Dobermann.

Grizelda warf noch rasch einen Blick zur Villa der Witwe. Oben im ersten Stock sah man einen Schatten am Fenster vorbeihuschen. Kam Leo allein zurecht? Sie würden es gleich herausfinden.

„Gutes Hundi", gurrte Grizelda und schob die Kopfhörer vom Richtmikrofon nach hinten. Mit Hunden konnte sie nicht. Warmblüter waren ihr allesamt suspekt. Allein bei den Wechselwarmen wusste man, woran man war.

Doch der Dobermann war gar nicht an ihr interessiert, nur an dem Inhalt ihrer Manteltasche. Er schnupperte erst vorsichtig, dann presste er seine Schnauze fordernd an ihre Hüfte. Die Schildkrötenpellets dufteten wohl nicht nur für Vitzliputzli verführerisch.

„Ich sagte, raus aus meiner Hecke!"

Das sagte natürlich nicht der Dobermann. Hinter dem Hund stand ein Mann. Knorrig, muffig, erdverkrustet. In Gummistiefeln, Barbour-Jacke und mit einer Heckenschere in der Hand. Augenscheinlich der Gärtner. Er funkelte Grizelda wütend an.

„Und wer sind Sie, wenn ich fragen darf?" Angriff war immer die beste Verteidigung.

„Ich bin der Gärtner. Und Sie sind hier unerwünscht!"

„Kein Grund, so unwirsch zu einer Dame zu sein", flötete sie und schälte sich aus dem Gebüsch und – aus taktischen Gründen – auch hälftig aus ihrem Mantel. Von vorn sah man das tiefe, sehr tiefe Dekolletee ihres tarnfarbengrünen, hautengen Overalls.

„Packen Sie Ihre weiblichen Reize ruhig wieder ein", brummte der Gärtner. „Erstens werden Sie sich verkühlen und zweitens bin ich immun."

„Einen Versuch war es wert." Grizelda schenkte ihm ein verschmitztes Lächeln. „Würden Sie mir glauben, wenn ich Ihnen sagte, dass ich mir nur einen Ableger Ihrer wunderbaren Hecke für meinen Garten stibitzen wollte?" Sie hatte keinen grünen Daumen und kannte sich mit der Flora nicht aus. Es war einfach das Erste, das ihr einfiel. Hatten Hecken überhaupt Ableger?

Der Gärtner schnaubte. „Hören Sie, Sie sind nicht die Erste und werden auch nicht die Letzte sein. Dass Ihnen das in Ihrem Alter nicht peinlich ist, versteh ich nicht. Sie sind doch kein Teenager mehr. Sie müssten es besser wissen!"

„Ich bin aber auch noch nicht tot! Und für Dummheiten ist man nie zu alt!" Grizelda hatte keine Ahnung, wovon der Mann sprach. Das war einfach ihre automatische Reaktion auf die Unterstellung, sie sei zu alt für irgendwas.

Er schüttelte den Kopf. „Sie sollten sich dennoch besser im Griff haben."

Was warf er ihr vor? Es schien mehr zu sein als nur Betreten fremden Garteneigentums. „Äh ... es tut mir leid. Ich konnte nicht anders."

„Ja, das sagen alle. Es sei eine Kraft, gegen die man nicht ankäme. Wie ein Tsunami! Humbug!"

Der Dobermann kratzte mit einer Pfote an Grizeldas Manteltasche.

„Aus, Gerlinde!", bellte der Gärtner. „Bei Fuß!"

Gerlinde?

Der Hund trottete, sichtlich enttäuscht, an die Seite seines Herrchens.

„Haben Sie wirklich gedacht, Sie könnten sich hier unbemerkt einschleichen? Es muss Ihnen doch klar gewesen sein, dass das Grundstück kameraüberwacht ist."

Ja, an eine Kameraüberwachung des kompletten Geländes hatte Grizelda durchaus gedacht. Aber nur bei der Villa, die sie observierte. Deswegen hatte sie sich ja auch in die Hecke des Nachbargrundstücks gekauert, wo sie annehmen durfte, dass nur die Gartenpforte und der Bereich direkt um das Haus überwacht wurden, wie allgemein üblich. Doch nun realisierte sie, dass sie sich hier im Prominentenviertel von Kitzbühel befand. Ein Vorort wie ein einziger, riesiger Sicherheitstrakt. Mist!

Jetzt scherzte sie: „Na, solange es keine Selbstschussanlage gibt ..."

Er ging nicht darauf ein.

„Machen Sie sich vom Acker, liebe Dame, Und suchen Sie sich ein anderes Hobby, als Prominente zu stalken. Versuchen Sie es mit Handarbeiten. Ich gebe Ihnen noch genau drei Sekunden, dann hagelt es eine Anzeige wegen Hausfriedensbruch."

„Ich gehe ja schon." Grizelda klopfte sich das trockene Erdreich von den Overallknien und marschierte mit demonstrativ aufrechtem Haupt davon.

„Nicht da entlang, Gnädigste", rief der Gärtner. „Da kommen Sie nur zum Nachbarn. Gehen Sie gefälligst zur Straße runter."

Mist, Mist, Mist. Damit ging kostbare Zeit verloren. Grizelda konnte nur hoffen, dass Leo wirklich nur auf Leichen gestoßen war, die ihr nichts mehr tun konnten, und dass nicht irgendwo noch derjenige lauerte, der die Leichen produziert hatte.

„Ist ja gut", rief sie und stapfte hangabwärts.

Gerlinde winselte und sah ihr sehnsüchtig nach.

„Domm domm ... domm domm domm ... domm domm domm domm ... domm domm domm domm domm domm domm ..." Fröschl plätscherte in der Badewanne und sang dabei lauthals die Titelmelodie von *Der weiße Hai.*

Weil er sein Handy entsorgt hatte, konnte er nicht googeln, wie der natürliche Lebensraum von Schnappschildkröten aussah, aber er meinte sich zu erinnern, dass sie sich gern in Wassernähe aufhielten.

Und tatsächlich, als er sich – in T-Shirt und Boxershorts – in das nur leicht lauwarme Wasser gleiten ließ, sprang ihm Vitzliputzli quasi mit einem Kopfsprung aus den Händen. Im Takt zu Fröschls Gesang spazierte sein neuer Freund nun über den Wannenboden. Nur hin und wieder richtete er sich auf, um Luft zu holen. Oder, wie Fröschl meinte, ihm glücklich zuzublinzeln.

Natürlich hatte Fröschl die Wanne nicht bis zum Rand gefüllt. Nur ein paar Zentimeter. Falls Vitzliputzli Nichtschwimmer war.

Fröschl besaß die Gabe, Kummer ausblenden zu können. Das war derzeit, wo man ihn möglicherweise für einen Serienmörder oder zumindest für einen Hauswandschänder hielt, von Vorteil. Für ihn gab es nur das Hier und Jetzt mit seinem neuen besten Kumpel.

Frau Obermoser hatte ihm noch den Kettenhandschuh überreicht und gesagt, er solle Vitzliputzli nicht ohne anfassen. Der sei nicht ausgewachsen und der Kettenhandschuh würde noch Schutz bieten. Aber das war lächerlich. Der Kleine liebte ihn.

„Du kleiner Schlingel, du magst mich, stimmt's?"

Vitzliputzli stützte sich am behaarten Bein von Fröschl ab und lugte aus dem Wasser heraus. Fröschl ließ noch etwas Wasser nachlaufen. Und ja, Vitzliputzli konnte schwimmen.

„Hach, macht das Spaß!", rief Fröschl.

„Na, da freut sich aber einer!"

Fröschl erstarrte.

In der Tür zum Badezimmer stand ein ihm fremder Mann. Hatte Leo einen Lover? Nein, der Typ sah eher wie ein Einbrecher aus. Ein übles Subjekt.

„Wolltet ihr mich da unten verrecken lassen?" Arno Gümpel trat näher. Er roch nicht gut – kellermodrig und nach Urinal –, aber Fröschl kommentierte das lieber nicht.

Gümpel beugte sich vor. „Wo gibt's hier was zu essen?" Sein Magen knurrte.

„Die Straße runter ist ein Berggasthof. Der müsste mittags geöffnet haben", stotterte Fröschl. Und fragte dann, weil es ihn wirklich interessierte: „Wer sind Sie? Und was machen Sie hier?"

„Willst du mich verarschen?" Wenn Gümpel wollte, konnte er mit seiner Stimme die Wände zum Wackeln bringen.

Fröschl angelte Vitzliputzli aus dem Wasser. Der hatte angesichts des Lärms den Kopf eingezogen.

„Ich glaube, du und deine Kung-Fu-Mädels habt keine Ahnung, mit wem ihr es zu tun habt!", röhrte Arno. Er war richtig mies drauf, aber er hatte gute Gründe dafür. „Ich bin nicht Irgendwer. Mit mir legt man sich nicht an!" Als ob sein Magen das unterstreichen wollte, knurrte er erneut.

Fröschl wurde klar, dass der Kerl ihn für den Anführer einer Mädelsbande hielt. Ein ganz typisches Vorurteil im Patriarchat. Wenn sich in einem Haufen Frauen ein Mann befand, dann musste der das Sagen haben.

„Ich bin nur …", fing Fröschl an.

„Du bist nur was?" Gümpel beugte sich vor. Er spuckte beim Sprechen. Auch etwas, das Fröschl instinktiv nicht in Worte fasste.

„Am besten steig ich erst mal aus der Wanne." Fröschl behielt Vitzliputzli in der linken Hand und wollte sich mit der rechten am Wannenrand abstützen, aber da drückte ihn Gümpel zurück in das nur wadenhohe Wasser.

„Ich glaube, du bleibst besser in der Wanne." Gümpel drehte mit der freien Hand den Wasserhahn auf. „Unfälle im Haushalt. Passieren ständig. Man glaubt gar nicht, wie viele Leute in der Badewanne ertrinken." Er lachte fies.

Fröschl überkam das ungute Gefühl, dass es hier gleich um Leben und Tod gehen würde.

„Das ist, glaube ich, ein Missverständnis. Ich bin hier auch nur Hausgast."

Arno platzte der Kragen. „Auch nur? AUCH NUR? Willst du Wicht damit andeuten, ich sei Hausgast gewesen? Gefesselt im Keller? Mit einer Spinne, die sich in meinen Haaren ein Nest bauen wollte?"

Arno griff in seine Jackentasche und zog eine plattgequetschte Spinne heraus, die er ins Wasser fallen ließ, wo Vitzliputzli sie sofort verputzte.

Fröschl ekelte sich vor Spinnen. Aber das war im Moment nicht sein größtes Problem.

„Leck mich, du Wicht!", donnerte Arno, legte beide Hände um Fröschls Hals und drückte zu. Jetzt würde es nicht mehr nach einem Unfall aussehen, aber das war ihm egal.

Fröschl ließ Vitzliputzli los und versuchte, Gümpels Dinosaurierhände von seinem Hals zu ziehen. Was natürlich ein Ding der Unmöglichkeit war. Er strampelte mit den Beinen. Wasser spritzte.

„Ja, jetzt guckst du!", höhnte Gümpel und drückte noch fester zu.

Fröschl lief schon blau an. Seine Augen schienen aus ihren Höhlen springen zu wollen.

Was dann aber sprang, war nur Vitzliputzli. Glaubt man gar nicht, wie schnell so eine Schnappschildkröte sein kann.

Während sich Arno vorbeugte, um Fröschl den Rest zu geben, kam plötzlich etwas aus dem Wasser geschossen und verbiss sich – vermutlich nicht gezielt, sondern einfach nur, weil es bissgünstig an Gümpel baumelte – in Arnos Ohrläppchen.

Arno schrie auf.

Er ließ Fröschls Hals los, um sich das, was sich in ihn verbissen hatte, vom Leib zu schaffen. Aber da – es muss leider gesagt werden – hatte das Ohrläppchen unter dem kombinierten Ansturm von Schnappschildkrötenzähnen und Schnappschildkrötengewicht bereits nachgegeben. Kurzum: Es war abgebissen. Mehr noch, abgerissen. Nicht nur das Läppchen, auch Teile der Ohrmuschel entfernten sich zusammen mit dem Schnappschildkrötenmaul von Gümpels Kopf.

So eine Ohrwunde kann ordentlich bluten. In Sekundenschnelle färbte sich das Wasser in der Wanne rot.

Da war Fröschl aber schon röchelnd herausgesprungen. Er packte Vitzliputzli und ergriff mit ihm die Flucht.

Hinter ihm schrie sich Arno Gümpel die Seele aus dem geschändeten Leib …

Die Stehlampe verbreitete gerade so viel Licht, wie Leo brauchte, um sich ihren Weg zwischen der voluminösen Sitzgarnitur zur Souterrain-Terrassentür zu bahnen, wo sie den Vorhang zur Seite schob.

Um sie herum ein Meer aus Männerleibern.

Die aber, das sah sie jetzt im Licht des Tages, nicht wirklich tot waren. Nur wie tot, will heißen, nach einer Nacht des Kampftrinkens im Komakater.

Brustkörbe hoben und senkten sich. Atemgeräusche rasselten.

Das Souterrain war eine Art Loft, ein riesiger Raum mit Schlaf- und Wohnbereich. Auf dem Kingsizebett schlief ein Mann im dunklen Anzug mit Einstecktuch und weißen Gamaschen über den italienischen Schnürschuhen. Auf der riesigen ausziehbaren Ledercouch lagen vier ähnlich elegante Männer – einer davon nachgerade atemberaubend schön – in Löffelchenstellung eng an eng. Ein Mann mit riesigem Nietzsche-Schnauzer hatte sich in einem der Ledersessel eingerollt.

Das mussten die Verbrecherbosse sein, von denen Frau Obermoser gesprochen hatte.

Leo wurde schlagartig klar, dass sie hier nicht gesehen werden durfte. Auf Zehenspitzen schlich sie zurück zur Treppe ...

... und hatte auch schon die Hälfte der Strecke hinter sich gebracht, als es an der Haustür klingelte. Leo rutschte das Herz in die Hose.

„Schon wieder!", brüllte der auf dem Bett. „Kann man hier nicht in Ruhe ausschlafen!"

Die Löffelchenmänner und der Eingerollte im Sessel schlummerten selig weiter.

In Windeseile tapste Leo zum Fuß der Treppe und wollte gerade erleichtert aufatmen, als sie zwischen den Stufen etwas aufblitzen sah.

Sie schluckte schwer, hielt sich am Treppengeländer fest und beugte den Oberkörper zur Seite, um an der Treppe vorbei in den hinteren Teil des Lofts zu schauen.

Dort standen – als ob sie kein Wässerchen trüben könnte – fünf tätowierte, schädelrasierte Kerle. Sie trugen alle Stoffhosen und weiße Hemden, die Sakkos hatten sie ausgezogen. Deswegen sah man auch, dass alle fünf Halfter trugen. In dreien steckten Schusswaffen, in einem weiteren ein Messer mit gezackter Klinge und in dem letzten sowas wie eine Schleuder.

Eine Schleuder?

Die dazugehörigen Männer starrten Leo blinzellos an, verzogen keine Miene.

„Hallo." Leos Lächeln misslang ihr. „Ich bin die neue Haushaltshilfe."

Die Männer sagten nichts.

Dafür klingelte es erneut an der Haustür.

„Ruheeee!!!", brüllte Gamasche vom Bett.

Und von oben hörte Leo eine ihr bekannte Frauenstimme rufen: „Juhu, ich komme von den Elektrowerken und möchte den Strom ablesen."

Frau Obermoser!

In Windeseile hastete Leo nach oben. Nur weg von hier.

Reich mir die Hand, mein Leben
(Don Giovanni)

„Frisch manikürt", konstatierte Münzner, nicht ganz vorurteilsfrei. Seiner Meinung nach ließen sich Männer nicht maniküren. Anfangs hatte er gedacht, es handele sich um die Hand einer kräftig gebauten Frau. Aber der Rechtsmediziner befand aufgrund von Handknochengröße und -struktur das Geschlecht der Hand als männlich.

Kopfschüttelnd betrachtete Köttel die Hand auf dem Sitz der roten Hahnenkammbahngondel.

Man konnte von Glück reden, dass kein Kleinkind die Hand gefunden hatte. Köttel fand nichts schlimmer, als wenn die nachwachsende Generation traumatisiert wurde.

Bedauerlicherweise war es eine Instagram-Influencerin gewesen, die gegen Mittag unter einem aufgeschlagenen Exemplar von *Kitzbühel – Die Stadt und ihre Umgebung* die Hand entdeckt hatte. Wie nicht anders zu erwarten, hatte sie ein Selfie von sich und dem Leichenteil geschossen und sofort gepostet. Hashtags: #Mord #WieeiskaltistdiesHändchen #Dasglaubtihrnicht #wahreVerbrechen #derSerienmördervonKitzbühel.

Selbstverständlich hatte Köttel sie gezwungen, das Foto sofort aus ihrer Timeline zu entfernen. Und selbstverständlich beklagte sie sich jetzt bitter über die Polizeistaatmethoden. Nicht nur mündlich, auch auf ihren Social-Media-Plattformen.

Der Rechtsmediziner beugte sich über die Hand und schnupperte. „Aloe Vera. Mit einem Hauch Arganöl."

„Sie kennen sich aber gut aus!" Münzner hatte es lästerlich gemeint. Der Rechtsmediziner nahm es als Kompliment. „Danke. Ich gehe selbst einmal die Woche zur Maniküre. Wer jeden Tag Tote anfasst, sollte seinen Händen regelmäßig etwas Gutes tun."

„Darf ich davon ausgehen, dass die Hand zu keinem unserer bisherigen Toten gehört?", fragte Köttel.

Der Rechtsmediziner schürzte die Lippen. „Sie wissen, dass ich Ihnen das erst nach der offiziellen DNA-Analyse sagen kann."

Die Haut der Hand war ausgeprägt olivfarben. Köttel tippte auf einen Südländer – Italien, Griechenland, irgendein Mittelmeeranrainerstaat. Aber vielleicht war der Tote zu Lebzeiten ja auch einfach nur sehr oft und sehr lange ins Sonnenstudio gepilgert.

Es stimmte ihn außerdem gleichzeitig sowohl froh als auch misstrauisch, dass in Kitzbühel immer noch niemand als vermisst gemeldet worden war. Bis auf den Schönheitschirurgen. Würde Juhász auch noch zerteilt werden? Oder war das eine ganz andere Baustelle?

Der Rechtsmediziner riss ihn aus seinen Überlegungen.

„Ich kann Ihnen aber sagen, dass ich am Handknochen keinerlei Abwehrspuren sehe. Natürlich muss auch das erst noch verifiziert werden, aber falls es sich als korrekt herausstellen sollte, dann ...."

„Dann handelt es sich eventuell nicht um ein Tötungsdelikt, weil sich das Opfer nicht gewehrt hat." Münzner nickte. Wenn er etwas deutlich machen wollte, streckte er immer den erhobenen Zeigefinger aus. Weil er das aber mit der Hand tat, deren kleiner Finger dick umwickelt war, sah es aus, als würde er das Teufelszeichen machen.

Der Rechtsmediziner legte die Stirn in Falten. „Unsinn. Das Opfer wurde möglicherweise sediert. Das wird die toxikologische Untersuchung zeigen." Er sah auf die Bandage an Münzners Hand. „Sie reden wirr. Sind das die Schmerzmittel?"

Köttel grinste.

Münzner nicht.

Aber bevor er etwas erwidern konnte, wurden alle drei von einem gleißenden Blitzlichtgewitter geblendet. Die Medien waren eingetroffen. Fragen prasselten auf Köttel herab wie ein besonders unangenehm kalter Platzregen.

„Herr Inspektor, Herr Inspektor, ist das wieder eine Tat des Serienmörders?"

„Sind wir in Kitzbühel noch sicher?"

„Haben Sie schon Anhaltspunkte oder tappen Sie noch völlig im Dunkeln?"

Köttel wollte „Kein Kommentar!" brummen, aber dann hatte er eine bessere Idee. Er schob Münzner ins Licht der medialen Aufmerksamkeit. „Machen Sie das", sagte er.

Münzner folgte dem Motto *Brust raus, Bauch rein* und kehrte den Kameras seine Schokoladenseite zu. „Meine Damen und Herren, nicht alle durcheinander. Was wollen Sie wissen?" Er setzte sein leicht schiefes Lächeln auf, von dem schon diverse Damen gesagt hatten, es sei sexy.

Doch bevor auch nur eine weitere Frage gestellt werden konnte, schob sich die junge, viel Haut zeigende Influencerin ins Bild, die die Hand gefunden hatte. „Ich möchte wissen, warum die Meinungsfreiheit mit Füßen getreten wird! Mein Account hätte helfen können, Zeugen zu finden und den Täter zu überführen." Sie legte eine Hand an den Hals, stemmte die andere auf ihrer Hüfte ab, drehte den Oberkörper zu den Kameras und zog eine Duckface-Schnute.

Sollte die Weltpresse jemals an dem interessiert gewesen sein, was Münzner in Sachen Hand zu sagen hatte, so war dieses Interesse jetzt verpufft. Das Klick-Klick-Klick der Kameras galt nur dem hübschen Ding neben ihm.

Münzner schmollte. Weil er dachte, er sei nun gar nicht mehr im Bild. Was aber nicht stimmte.

Und leider Gottes ging das Bild von Schmollmund-Münzner und Duckface-Influencerin viral. #RoteLippensollmanküssen.

Völlig ohne Köttels Zutun – aber auch ohne seine Gegenwehr – fand sich bald darauf in Münzners Akte der Eintrag: *Für den Umgang mit den Medien ungeeignet.*

Alles Gute kommt von oben. Heißt es. Ist aber gelogen. Und das betrifft nicht nur Vogelkot …

Alles hat ein Ende, nur die Wurst hat zwei. Herzhaft biss Leo zu. Erst vorn, dann hinten. Lecker! Die Enden waren ihr am liebsten. Und das Leben war kurz: Man sollte das Beste immer zuerst abvespern.

„Großartig, das ist der Beweis!" Grizelda neben ihr sah aus wie eine Katze am Milchteller. Nicht wegen der Wurst – die sie nicht aß, in ihrem Alter ging alles sofort auf die Hüfte –, sondern wegen Leos Berichterstattung. „Sie haben eine sehr feine Beobachtungsgabe. Kein Zweifel möglich, Sie haben Gamasche und Le Beau Prince gesehen. Die anderen drei waren mit absoluter Sicherheit Madsen, Swoboda und Przypolsky. Die fünf sind ein Gesamtpaket, die kriegt man nicht einzeln. Und der mit dem Nietzsche-Schnauzer ist ihr Anwalt. Ich wusste es. Ich wusste, Maier lebt und will seine Organisation wiederbeleben."

„Glauben Sie, einer von den fünf Bewaffneten im Souterrain war Maier?"

Nachdem sich Grizelda als falsche Stromableserin davon überzeugt hatte, dass Leo noch lebte und nicht wirklich durch ein Meer aus Leichen gewatet war, hatte sie laut „Huch, falsches Haus, Verzeihung" gerufen und war wieder gegangen. Gleich darauf kam Irina angezogen, aber sehr vergrätzt aus dem Schlafzimmer.

„Sie waren im Keller." Ein Statement, keine Frage.

Leo leugnete nicht und bekam von Irina zu hören, es handele sich bei den Herren im Untergeschoss um ihre Sicherheitsleute. Man könne heutzutage als reicher Mensch nicht vorsichtig genug sein – überall Neider.

Anschließend wischte, feudelte und saugte Leo wie eine Weltmeisterin. Unter dem wachsamen Blick von Irina, die sie nicht mehr aus den Augen ließ. Als dann von unten Geräusche zu hören waren, die darauf schließen ließen, dass die Männer im Keller zu neuem Leben erwachten, schickte Irina Leo in die Stadt, um die wahnsinnig dringliche Besorgung von Duftkerzen auszuführen. Außerdem hätte Leo ohnehin Mittagspause, meinte Irina, sie solle sich ruhig Zeit lassen und etwas essen. Und als Leo fragte, welche Düfte Irina bevorzugte, meinte die nur „Völlig egal" und drückte ihr einen großen Schein in die Hand.

Und deshalb standen Leo und Grizelda jetzt an dem weißen Stehtisch vor *Carmelas Imbisswagen*. Zu Leos Füßen standen die Einkaufstüten mit Kerzen in drei verschiedenen Duftrichtungen – *Autumn Kiss*, *Grey Feu de Bois* und *Cozy Vanilla Cashmere*. Wonach auch immer das alles riechen mochte. Der grüne Geldschein, den Irina ihr gegeben hatte, war aufgebraucht. Duftkerzen hatten ihren Preis.

„Wie war gleich nochmal die Frage?" Grizelda kaute völlig verzückt die leckere Wurst. Essen war echt der Sex des Alters.

„Glauben Sie, einer von den fünf Bewaffneten vor der Küchenzeile war Jimmy Maier?" Weil Leo mit vollem Mund sprach, spuckte sie Wurstbröckchen.

„Nein." Grizelda schüttelte den Kopf. „Ihrer Beschreibung nach waren die anderen fünf tatsächlich Bodyguards. Keiner der Bosse würde ohne Schutz das Haus verlassen. Maier ist zudem ein schlanker, hochgewachsener Mann, der immer sehr auf sein Äußeres achtet."

„Na schön, dann waren das echte Bodyguards. Das passt, die waren nämlich nüchtern. Im Gegensatz zu …"

Leo beendete den Satz nicht. Sie hatte die Ganovenna-men schon wieder vergessen.

Grizelda wischte sich einen Krümel vom grünen Overall. Sie guckte streng. Dann nachdenklich. „Wenn die Bosse gefeiert haben und in der Villa versumpft sind, dann ist Maier nicht weit. Ich könnte meine Hand ins Feuer legen, dass er sich im Haus versteckt. Ich wer-de heute Nacht dort einsteigen."

„Wieso denn?" Dieses Mal hatte Leo erst den Bis-sen heruntergeschluckt, bevor sie sprach. „Das kann ich doch tun. Wenn ich gleich in die Villa zurückgehe, schleiche ich mich ins Obergeschoss. Das ist der einzige Ort, wo ich noch nicht nachgesehen habe. Falls Maier dort ist, finde ich ihn."

Grizelda schüttelte den Kopf. „Ich habe Sie schon viel zu sehr in Gefahr gebracht. Das kann ich unmöglich von Ihnen verlangen. Vorhin ist mir beinahe das Herz stehengeblieben, als Sie plötzlich was von Leichen ge-sagt haben."

Leo zuckte mit den Schultern. „Ich bin da völlig re-laxt. Wenn's dumm läuft, werden Sie mich schon aus der Bredouille retten. Ich kann ja auch erwähnen, dass ich meinen Freunden erzählt hätte, wo ich jetzt arbei-te, dann können mich Irina und ihre Häscher nicht ein-fach verschwinden lassen. Das Schlimmste, was pas-sieren kann, ist eine fristlose Kündigung." Leo sagte es nicht, aber blöd wäre das schon. Sie brauchte das Geld – und ob der *Marchwardushof* sie zurücknehmen würde, wenn man dort von ihrer Fremdtätigkeit erfuhr, stand in den Sternen.

„Ich weiß nicht recht." Grizelda zögerte immer noch. „Falls Sie tatsächlich herumschnüffeln wollen, dann nur voll verkabelt. Ich habe alle Utensilien in mei-nem Koffer."

Leo warf den Pappteller in den Mülleimer und sah auf ihre Handyuhr. „Das geht sich zeitlich gerade so aus. In einer halben Stunde fährt der Bus. Na dann los."

Der Nieselregen vom Abend zuvor hatte sich verzogen. Der Himmel strahlte altweibersommerlich blau, war aber ungewöhnlich dicht bevölkert. Mehrheitlich von Vögeln. Dazu drei Hubschrauber – einer von der Polizei, zwei von Nachrichtensendern gecharterte. Und oben auf dem Hahnenkamm startete gerade ein Paraglider.

Leo und Grizelda schritten zügig vom Ortskern zum Haus von Leos Oma und somit zum Schrankkoffer. Was sie zwangsläufig an der Talstation der Hahnenkammbahn vorbeiführte.

„Holla, die Waldfee. Was ist das denn für ein Viehauftrieb?" Leo staunte, als sie sich der Station näherten. Dort wimmelte es vor Polizei und Schaulustigen.

„Verdammt, ich hätte den Polizeifunk abhören sollen." Grizelda reckte den Hals. Lösungsorientiert fragte sie einfach einen Beistehenden: „Was ist denn hier los?"

„Ach, die haben wieder ein Leichenteil gefunden. Eine Hand oder so. Der Gondelverkehr ist bis auf Weiteres eingestellt. Wie soll ich jetzt auf den Berg kommen? Und morgen reise ich doch schon wieder ab! Das ist echt ätzend! Was ist ein Bergkurzurlaub ohne Berg?!" Der Mann hatte sichtlich das Gefühl, vom Schicksal persönlich schikaniert zu werden.

„Auf der anderen Seite der Ache gibt es noch eine weitere Bergbahn", schlug Leo vor und zeigte grob in Richtung der Hornbahn. Der Mann klang norddeutsch. Für den war doch ein Berg wie der andere. Hauptsache, hoch. Er strahlte auf. „Ehrlich? Es gibt noch eine Bahn nach oben? Dann nehm ich einfach die. Danke!"

Glaubte der jetzt, dass es von drüben eine zweite Bergbahn zum Hahnenkamm gab? Egal.

Leo und Grizelda fädelten sich durch die Menschenmenge. Gleich hinter der Station nahm die Kopfzahl deutlich ab, und schon gut hundert Meter weiter oben waren sie allein.

„Apropos Leichenfunde ... Meinten Sie nicht, dieser Maier würde Meuterer aus seinen Reihen killen?", überlegte Leo laut. „Wenn seine Bosse alle in der Villa waren, dann können sie es nicht sein. Und denen fehlen auch keine Körperteile."

Grizelda war so darauf fixiert, endlich beweisen zu können, dass Maier lebte, dass sie die Serienmorde gar nicht mehr auf dem Radar hatte. Irrtümer räumte sie allerdings nicht gern ein. „Möglicherweise handelt es sich nicht um seine eigenen Leute, sondern um Mitglieder einer konkurrierenden Bande. Wenn er jetzt wieder die Macht ergreifen will, dann muss er erst mal sein Territorium abstecken. Als ehemalige Profilerin kann ich jedenfalls eindeutig sagen, dass da jemand ein Zeichen setzen will. Das Streuen einzelner Leichenteile an markanten Sightseeingpunkten des Ortes? Definitiv eine Botschaft."

Etwas schob sich lautlos vor die Sonne und war gleich darauf vorbeigezogen. Ein Bussard? Ein Segelflugzeug? Superman?

Leo sah zum Himmel. Der Gleitschirmflieger vom Hahnenkamm schwebte über ihnen, sein Schirm so bunt wie Leos Outfit.

„Haben Sie das mal ausprobiert, Frau Obermoser?", fragte sie.

„Was?"

„Paragliding. Das muss sich doch anfühlen wie echtes Fliegen." Leo, die beide Hände voller Tüten hatte, zeigte mit dem Kinn nach oben.

Grizelda sah zu dem Paraglider, murmelte geistesabwesend: „Ja, hab ich, ist tierisch laut und arschkalt", und senkte den Kopf. Nur um gleich darauf abrupt wieder nach oben zu schauen.

„Achtung!", rief sie und schubste Leo brutal zur Seite.

Zwei Schüsse knallten durch die Stille des Einsiedeleiwegs.

Schüsse, die außer ihnen niemand hörte, weil um sie herum keiner war und weil die tosende Menschenmenge aus Gaffern, Medienvertretern und Exekutivkräften unten an der Bahnstation eine eigene Lärmglocke bildete.

Leo, die vom Fußgängerweg den kleinen Abhang zur Straße hinuntergekullert und dort zum Liegen gekommen war, sah jetzt erst das Gewehr, mit dem der Paraglider – pardon: Scharfschütze – auf sie geschossen hatte.

In einer rasanten Seitwärtsbewegung schwebte er hügelabwärts davon.

Leo sah zu Frau Obermoser.

Die lag im Grün neben dem Fußweg.

Ohnmächtig.

Und blutend.

Auf allen Vieren krabbelte Leo zu ihr. „Frau Obermoser?", rief sie, und ja, es lag Panik in ihrer Stimme. „FRAU OBERMOSER!"

Grizelda blinzelte. „Aua."

Gott sei Dank, sie lebte. Leo riss sich den Schal vom Hals und wickelte ihn um die blutende Wunde.

„Fester, sonst nützt das nichts", befahl Grizelda.

„Wie konnten die Sie nur finden? Waren Sie nicht vorsichtig genug?", plapperte Leo. Das lag am Stress. „Haben die Ihr Handy geortet? Oder Ihnen heimlich einen Chip implantiert? Und wer war das überhaupt? Jimmy Maier?" Angst lässt manche Menschen verstummen, bei anderen löst er Sprechdurchfall aus.

Grizelda legte Leo einen zittrigen Finger auf die Lippen. „Hören Sie zu, ich habe gesehen, auf wen der Schütze gezielt hat. Das war nicht ich. Das waren Sie!"

Es heißt ja immer, man solle jeden Tag so leben, als wäre er der letzte. Was Quatsch ist. Wenn man das tatsächlich täte, würde man hysterisch durch die Gegend laufen und *Oh mein Gott, ich will nicht sterben* brüllen.

Was in etwa das war, was Fröschl getan hatte, nachdem er dem nunmehr einohrigen Arno Gümpel entkommen war.

Allerdings brüllte er nicht – er hatte genug mit Atmen zu tun. Es rächte sich immer, wenn man nicht regelmäßig Sport trieb. Außerdem tat ihm noch der Hals weh. Ein Hals, den deutliche Würgemale zierten.

Hin und wieder schaffte er es, „Ich rette dich, Vitzliputzli!" zu keuchen. Damit sich die Schnappschildkröte keine Sorgen machte. Die schien die wilde Flucht jedoch zu genießen. Ihr Kopf wippte verwegen im Laufwind.

Fröschl war hier aufgewachsen. Er musste sich nicht an die Fußwege halten. Er kannte die nicht umzäunten Vorgärten, die inoffiziellen Durchgänge, die Schlupflöcher, die Untertunnelung der Bahngleise.

Mehrmals sah er sich um, aber der Mann, der ihn hatte erwürgen wollen, war nicht zu sehen.

Fröschl hätte sich in den Hintern beißen können: Warum nur hatte er sein Handy entsorgt? Jetzt konnte er keinen Notruf absetzen, keine Fluchtmöglichkeiten googeln, nichts. Er fühlte sich hilflos.

Und warum hatte er nie was angespart? Gut, seine Eltern gaben ihm schon lange kein Geld mehr, aber dafür seine Tante. Die war vernarrt in ihn. Er hätte nicht alles ausgeben sollen. Dabei lebte er bescheiden. Nur die Farben für seine Kunst waren teuer. Und, na ja, die kleinen Entspannungshilfen fürs Chillen zwischendurch. Er nahm keine Drogen. Nie! Er kiffte nur ab und an. Und hey, Chillen hatte absolut gar nichts mit Faulheit zu tun, sondern war vielmehr ein friedlicher Protest gegen die übertriebene Leistungsgesellschaft. Es war gewissermaßen die Fortsetzung seiner Graffiti-kunst mit anderen Mitteln!

Fröschl rannte immer weiter.

Ihm fiel nur ein einziger Ort ein, an dem er vor die-ser durchgeknallten Bestie sicher sein würde. Darum lief er einmal quer durch den Ort bis zum Polizeirevier.

„Ich …", keuchte er am Empfang, „… stelle mich!"

„Sagten Sie nicht – und ich zitiere: *Ich stelle mich*?!" Münzner war nicht gut auf Fröschl zu sprechen. Und schon gar nicht auf diese vermaledeite Schnappschild-kröte.

Letztere saß auf dem Schreibtisch und mümmelte an einem Salatblatt, das Kollegin Pichler aus ihrer Mit-tagspausentupperdose gezogen und spendiert hatte.

Es hatte gefühlt nur einen Wimpernschlag gedau-ert, bis Köttel und Münzner vom Tatort an der Hahnen-kammbahn zum Revier im Gries gekommen waren. Sie hatten den Rechtsmediziner mitgebracht, der Fröschls Hals untersuchte und „konfluierende Blutunterlaufun-gen vom Druck der Fingerbeeren" konstatierte. Also klassische Würgemale.

„Ja, sagte ich, aber nicht, weil ich die Morde geste-hen wollte. Sondern weil Sie mich als Verdächtigen ge-sucht haben. Aber ich habe den Mörder gesehen. Er wollte mich erwürgen." Fröschl klang heiser. Und ge-nervt. Das Schlucken tat ihm höllisch weh, jede Kopf-bewegung auch. Er war folglich nicht sein übliches chil-laxtes Selbst. Außerdem fror er. Weil er nass und nur in Unterwäsche auf dem Revier aufgetaucht war, hatte man ihm eine Wärmedecke übergelegt. Die half aber nur bedingt. Ebenso wie der dampfende Kaffeebecher, den er mit beiden Händen umklammert hielt. Weil er nämlich eiskalte Füße hatte. Man friert immer vom Fuß her. Socken hatte ihm auf dem Revier aber keiner angedeihen lassen.

Auf seiner Flucht war ihm klar geworden, dass es sich bei dem Unhold nur um den irren Kitzbühelkiller handeln konnte. Um Haaresbreite hätte es ihn, Fröschl, erwischt. Es wäre womöglich nichts weiter von ihm übriggeblieben als die Hand, mit der er seine Kunst gesprayt hatte.

„Sie haben also den Mörder gesehen, der gerade in Kitzbühel wütet?" Köttel saß neben Fröschl, ebenfalls mit einem Kaffee in der Hand.

„Ja." Fröschl wollte nicken, aber der Kehlkopfschmerz verunmöglichte ihm das. „So ein kantiger Typ. Roch nicht gut. Kartoffelnase. Riesige Hände. Zu enge Hose."

Köttel seufzte. Zeugenaussagen waren immer ein bisschen wischiwaschi.

„Und wo soll das gewesen sein?", röhrte Münzner.

Sie spielten nicht guter Bulle, böser Bulle. Köttel war einfach ein Guter und Münzner ein Idiot.

Fröschl rang mit sich. Er wollte Leo nicht mit hineinziehen. „Im Haus meines Vaters. Einsiedeleiweg", flunkerte er. Geographisch lagen sein Elternhaus und das Haus von Leos Oma ja auch nur wenige Meter voneinander entfernt.

„Einsiedeleiweg?"

Köttel und Münzner warfen sich einen Blick zu.

„Sollten Sie jetzt nicht einen Polizeizeichner rufen, damit ich den Mörder beschreiben kann? Dann finden Sie ihn doch schneller." Fröschl war ehrlich überzeugt, dass es der Serienmörder war, den Leo und die

Schildkrötenmama im Keller dingfest gemacht hatten. Sie hatten ihm doch gesagt, dass sich ein untoter Verbrecherboss in Kitzbühel versteckte und der Kellertyp sein Mann fürs Grobe war. Eins und eins macht Serienmörder. Der Gedanke, dem Chefinspektor zu sagen, dass der Angreifer nur noch ein Ohr hatte, kam Fröschl nicht. Als Identifizierungsmerkmal hätte das mehr geholfen als das Kartoffelgesicht aus Fröschls Erinnerung.

„Hören Sie mal, Sie Unschuldslamm!" Münzner setzte sich auf die Schreibtischkante und beugte sich zu Fröschl vor. Er hatte diese lässige Haltung in einer amerikanischen Krimiserie gesehen und fand sie cool. „Wir haben einen Kopf, einen Arm, ein Bein und jetzt eine Hand gefunden. Und wie sich herausstellt, haben Sie sich jedesmal in unmittelbarer Nähe der Tatorte aufgehalten und dort entgegenkommenderweise Graffiti-Botschaften hinterlassen."

„Fundorte", korrigierte Köttel, weil das einen Unterschied machte.

„Jetzt geben Sie doch endlich zu, dass Sie es waren!", röhrte Münzner.

„Nein." Fröschl zeigte auf seinen Hals, der mittlerweile mehrheitlich blau angelaufen war. „Der Mörder wollte mich umbringen. Ich trag den Beweis dafür doch am Leib."

„Billiges Ablenkungsmanöver! Ich glaube, es war Ihr nächstes Opfer, das sich gewehrt hat!" Münzner schlug mit der flachen Hand auf die Schreibtischplatte. Vitzliputzli, der das Salatblatt beinahe vollständig verzehrt hatte, erschrak.

„Nein!", rief Fröschl.

Auch Köttel fand es unlogisch, dass Fröschl – wenn er denn der Täter war – aufs Polizeirevier gekommen sein sollte, um Anzeige wegen Körperverletzung durch sein Opfer zu erstatten.

„Vergeuden Sie nicht unsere Zeit. Sagen Sie endlich, wie es wirklich war!", schrie Münzner.

Fröschl hätte am liebsten geheult. „Ich möchte bitte einen Anwalt", sagte er leise.

Frau Pichler kam herein und reichte Köttel einen Zettel. *Kopf anhand Zahnschema identifiziert. Bein anhand der Metallschraube im Fußgelenk. Hand trotz Aufquellung anhand der Fingerabdrücke. Alle drei waren Wiener!*

Köttel stand auf.

Wiener! Das war eine Erleichterung. Es gab so viel mehr Wiener als Kitzbüheler. Wobei, schlimm war's natürlich trotzdem. „Münzner, eine neue Spur", sagte er und wollte noch hinzufügen: „Der Fröschl kann gehen."

Aber da brüllte Münzner, der sein Pulver noch nicht ganz verschossen hatte: „Sie jämmerliche Figur. Denken Sie doch an die Angehörigen. Zeigen Sie zur Abwechslung, dass Sie auch Mensch sind, nicht nur Schwein. Wenn Sie's nicht selbst getan haben, waren Sie zumindest dabei. Haben sich womöglich an den Morden aufgegeilt, was? Jetzt gestehen Sie halt endlich!" Er schlug erneut mit der flachen Hand auf die Schreibtischplatte.

Das war ein Fehler.

Nur so viel sei gesagt: Er hätte mit der Faust zuschlagen sollen. Dann hätte der genervte Vitzliputzli keine schildkrötenmaulgeeignete Angriffsfläche für seine Bissattacke gehabt. So aber ...

Adrenalinkicks – sollten mit einer Liste der Risiken und Nebenwirkungen kommen

Mit 15 denkt man, dass einen keiner versteht. Mit 20 merkt man, dass man sich nicht mal selbst versteht. Und mit 30 wird einem langsam klar, dass es da gar nicht so wahnsinnig viel zu verstehen gibt.

Leo spürte immer mehr, was ihr all die Jahre gefehlt hatte. Der Adrenalinkick. Nicht der Kick durch Pipikram wie Bungeespringen oder Achterbahnfahren. Nein, auf du und du mit echter Gefahr zu sein. Nie hatte sie sich lebendiger gefühlt.

Sie musste das hier einfach tun. Für Grizelda.

Trotz deren letzter Worte.

Die hatten gelautet: „Nichts weiter als ein Streifschuss! Es war nicht nur absolut unnötig, die Rettung zu rufen, sondern auch dumm! Ärzte müssen Schussverletzungen zur Meldung bringen!" Aber sie blutete wirklich sehr heftig aus der Wunde am Arm, und Leo wollte kein Risiko eingehen.

Bevor der Rettungswagen eintraf, zog Grizelda, die auf dem Boden saß, ein Schweizermesser aus ihrer Manteltasche und – Leo wurde bleich – säbelte am Wundrand herum.

„So, jetzt sieht es harmlos aus. Sagen Sie, ich sei gestürzt und an einem hervorstehenden Nagel des Holzzauns da drüben hängengeblieben. Oder etwas in der Art. Alte Menschen stürzen dauernd. Man wird Ihnen glauben. Haben Sie verstanden?"

Leo nickte.

Grizelda legte sich hin. Sie war jetzt so bleich wie Leo, aber bei ihr war es der Blutverlust. „Aber eigentlich ist Hilfe unnötig. Ich habe schon Schlimmeres selbst geregelt. Ich brauche nur Nadel und Faden. Und etwas Orangensaft. Dann krieg ich das allein wieder hin."

Ihre Stimme wurde immer leiser. Dann verlor sie erneut das Bewusstsein und erlangte es bis zum Eintreffen des Rettungswagens auch nicht wieder.

Zu den Sanitätern sagte Leo genau das, was Grizelda ihr eingetrichtert hatte: ein dummer Sturz, ein blöder, hervorstehender Nagel. Sie hätten noch zu Fuß zum Hausarzt gewollt, da hätte ihre Großtante Grizelda das Bewusstsein verloren. Leider könne sie nicht mit zur Notaufnahme fahren – sie müsse erst ihren Vierjährigen aus der Kita abholen und zum Vater bringen. Das Lügen fiel ihr erstaunlich leicht. Und sie machte es gut. Die Sanitäter zumindest glaubten ihr bedingungslos.

Der Bus zum Bichlalmviertel fuhr los, kaum dass Leo eingestiegen war. Sie wehrte sich ein wenig gegen die Erkenntnis, aber die Schüsse setzten ihr zu. Nicht mal unbedingt die Schüsse – die waren eh zu surreal für das richtige Leben –, sondern das, was Grizelda gesagt hatte. Dass die Schüsse ihr gegolten hatten, nicht der alten Agentin.

Übernahm sie sich ein bisschen, wenn sie jetzt allein und ohne Rückendeckung in die Höhle der Löwin zurückkehrte? Andererseits war Leo zutiefst pflichtbewusst, und sie hatte nun mal einen Job angetreten, den musste sie jetzt auch erfüllen. Und ehrlich gesagt glaubte sie auch nicht, dass es jemand auf sie abgesehen hatte. Wer sollte das denn sein? Nein, das waren sicher die gedungenen Killer von Jimmy Maier, der nicht wollte, dass Grizelda seine untote Existenz mit der Welt teilte.

Einen Hausschlüssel für die Villa hatte Irina ihr mitgegeben.

„Ich bin wieder da-a!", rief Leo und stellte die Einkaufstüte mit den Duftkerzen in den Flur.

Ein rundlicher Mann mit riesigem Schnauzbart sah um die Ecke. Er wirkte erstaunt. Nachgerade überrascht. „Oh, hallo?"

Sie erkannte ihn wieder. Er war der Eingerollte vom Fauteuil. Jetzt hielt er ein großes Glas Wasser in der Hand.

„Ich bin die neue Haushaltshilfe." Leo schenkte ihm ihr bezauberndstes Lächeln.

„Ach ja, natürlich. Fräulein Luisa ..."

„Leo!", unterbrach Leo.

„Aha. Verstehe." Was Leo an Zauber verströmte, verströmte Vitabo jetzt an Jovialität. „Ich habe Sie erwartet, Fräulein Leo." Er setzte das Glas an die Lippen und legte den Kopf in den Nacken. Das musste beim Trinken wohl so sein, damit sein Schnauzer nicht nass wurde. „Aaah", sagte er, als das Glas leer war. „Wie schön, dann können wir jetzt das Vertragliche regeln."

Leo folgte ihm in den Wohnbereich, der dank ihrer Putzorgie wieder proper und edel wirkte. Aus den Augenwinkeln sah sie, dass offenbar die Caterer da gewesen sein mussten: Die Styroporkisten mit dem schmutzigen Geschirr waren weg.

„Es gibt Vertragliches zu regeln?"

Er drehte sich zu ihr um. „Das gibt es immer, und davon lebe ich. Darf ich mich vorstellen? Clemens Vitabo. Ich bin der Anwalt von Frau Sastrova." Er klappte den Laptop auf dem Schreibtisch vor dem Panoramafenster auf und schaltete ihn ein. Neben dem Laptop stand eine Karaffe mit Wasser, aus der er sich einschenkte, während der Laptop hochfuhr. Wieder legte er beim Trinken den Kopf weit in den Nacken. Es hatte etwas Vogelhaftes. Er trank auf ex und rülpste. „Natürlich brauchen Sie einen Anstellungsvertrag, nicht wahr?"

Leo nickte. „Wo sind denn alle?"

Vitabo stutzte. „Wer alle?"

„Frau Sastrova? Und ihr Securityteam von unten?"

Man konnte förmlich zusehen, wie seine kleinen grauen Zellen ratterten. Dabei war er sonst bestimmt immer topfit im Kopf, aber auch ihm waren die Spuren der Nacht anzusehen: dunkle Ringe unter den Augen, mehr Knitterfalten als Anzug und angesichts der Tatsache, wie viel Wasser er in sich schüttete, auch „Brand".

„Frau Sastrova ist beim Friseur. Und die Herren sind gegangen."

Was vermutlich der Wahrheit entsprach, im Haus war es nämlich totenstill.

Vitabo klappte den Laptop auf und tippte.

„Ein zeitlich befristeter Vertrag, wenn ich nicht irre?"

Leo nickte.

„Und die Summe ...?"

Leo nannte das exorbitante Gehalt, das Irina Sastrova ihr angeboten hatte. Und wo sie schon dabei war, rundete sie die Summe großzügig nach oben auf.

Vitabo zuckte nicht mit der Wimper. „So, bitte. Wenn Sie den Vertrag freundlichst kurz durchlesen wollen? Es ist ein Standardvertrag, das sollte eigentlich passen. Und dann bitte digital unterschreiben."

Leo überflog den Vertrag. Sie las das Kleingedruckte nicht. Es war ihr egal, ob sie sich gerade zum Kauf einer Waschmaschine verpflichtete oder ihre Seele dem Teufel überschrieb. Das hier war alles nicht echt, es war ein Spiel. „So bitte."

„Sehr schön, sehr schön. Dann lasse ich Sie jetzt weiterarbeiten. Beachten Sie mich gar nicht." Er setzte sich. „Ach, wenn Sie mir noch etwas Hahnenwasser bringen könnten, das wäre äußerst entgegenkommend." Er schob ihr die Karaffe hin.

Zum gleichmäßigen Tippen seiner Finger auf der Laptoptastatur staubwischte sich Leo durch das Erdgeschoss. Und, sehr vorsichtig, die Treppe hinunter ins Untergeschoss. Sie fand es leer vor. Wie Vitabo gesagt hatte, die Herren waren gegangen. Zur Sicherheit schaute Leo auch in allen Schränken nach.

Sie kam gerade wieder hoch – von Vitabo unbemerkt, da war sie sicher –, da rief er: „Könnte ich noch mehr Wasser bekommen?"

„Gerne."

Schade, dass sie die Schlaftropfen ihrer Oma nicht dabeihatte. Die hätte sie ihm ins Wasser geben können.

Aber wer so viel trinkt, muss auch viel wegbringen. Gleich darauf sah sie Vitabo in die Gästetoilette im Flur entschwinden. Er war kein junger Mann mehr – bis es endlich floss, besser gesagt: tröpfelte, dauerte es. Es folgte das Abschütteln und dann tröpfelte es doch glatt nochmal, und dann musste er nochmal abschütteln und sich auch noch die Hände waschen.

Reichlich Zeit für Leo, in Windeseile die Wendeltreppe ins Obergeschoss zu nehmen. Falls sie dort jemand vorfinden sollte, würde sie einfach naiv vorgeben, dass laut Vitabo das Haus ja leer sei und sie einfach flächendeckend saubermachen wollte, wo sie gerade niemand stören konnte.

Aber als sie dann, gleich im Schlafzimmer rechts von der Treppe, tatsächlich auf jemanden stieß, blieb ihr vor Schreck jedwede Begründung im Hals stecken.

Es war kein Mensch.

Es war eine Mumie.

Eine Mumie in einem Hausmantel, die jetzt die weißumwickelte Hand ausstreckte und mit dem Finger auf Leo zeigte.

Es war surreal.

Bevor sie reagieren konnte – egal wie: aufschreien, weglaufen, lachen, der Mumie die Bandagen abreißen –, stülpte ihr jemand, der viel größer war als der kleine, rundliche Vitabo, von hinten einen Sack über den Kopf, und gleich darauf roch es süßlich, und Leo verlor das Bewusstsein ...

Die Nacht nach Tag 3

Gottes Mühlen mahlen langsam

Davon las man nie etwas, dass man beim Morden oftmals lange nach der eigenen Bettreife und noch deutlich vor Sonnenaufgang unterwegs sein musste. Quasi mitten in der Nacht. Auf Dauer ging das echt an die Substanz. Aber es nützte ja nichts.

Sie machten Kitzbühel kaputt.

Sein Kitzbühel.

Kapitalistenschweine.

Ja, ja, endlos wiederholten sie, dass der Markt die Preise regele und die Nachfrage im Hotspot Kitzbühel und seinem Speckgürtel eben dafür sorge, dass man sich als Einheimischer kein Bauland mehr leisten konnte. Von Häusern ganz zu schweigen. Der Ort sei eben eine beliebte Destination und ein ebenso beliebtes Immobilienspekulationsgelände. Von Verwaltungsseite hieß es, man würde Maßnahmen ergreifen, um den Einheimischen auch in der nächsten Generation das Bauen zu ermöglichen.

Wer das glaubte, glaubte auch an den Weihnachtsmann, die Zahnfee und daran, dass es nicht auf die Größe ankam.

Wie sollte man denn morgen noch hier wohnen können, wenn man kein Grundstück mehr unter einer Million bekam? Sollte Kitzbühel wirklich eine Enklave für Millionäre werden?

Von wegen Nachfrage! Die Immobilienspekulanten schraubten die Preise gezielt immer höher.

Nein, man musste ein Zeichen setzen. Die da oben mussten den Druck spüren, wirklich etwas zu unternehmen! Da musste man mit radikalen Mitteln gegensteuern! Wo sollten denn sonst die jungen Leute von morgen wohnen? In Wohnwägen? Oder aus den Kaiserwinkl-Orten herüberpendeln?

Auch wenn man keine Kinder hatte, durfte einem sowas nicht egal sein. Wir tragen alle eine Mitverantwortung für die kommenden Generationen. Wo kämen wir denn hin, wenn sich alle immer nur mit dem beschäftigten, was sie selbst betraf? Es gab doch auch sowas wie das Gemeinwohl. Da war jede und jeder gefragt!

Und weil's sonst offenbar keiner tun wollte, hatte er sich berufen gefühlt.

Es starben ja keine Kitzbühler. Das waren alles Zugereiste. Mehrheitlich Wiener. Und Bayern. Um die war es nicht schade. Und wie gesagt, es waren keine Unschuldigen. Jeder Einzelne von denen war nachweislich ein gewissenloser Preistreiber.

Gottes Mühlen mahlten zu langsam. Er war jetzt der Müller, der am Mühlrad drehte. Und mit dem Sägen klappte es auch zunehmend besser.

Ritsch, ratsch, fertig.

Und jetzt war der Nächste dran. Wieder so ein Immobilienfuzzi von außerhalb. Auch er würde seinem Schicksal nicht entgehen.

Ja, er war im Auftrag des Herrn unterwegs. Wie die Blues Brothers. Nur dass er beim Sägen nicht sang ...

„Die Strumpfhose klemmt!" Manni gelang es nicht, sich das Feinstrumpfhosenbein über die abstehenden Ohren zu ziehen.

„Warum hast du auch so eine kleine Größe gekauft!" Beppi zeigte kein Mitleid.

„Das Problem ist ja wohl eher, dass er vergessen hat, von zu Hause eine Skimaske mitzubringen!"

Sie saßen im hellblauen Kleinbus, den sie ordnungswidrig vor dem Grundstück neben der Villa von Hansi Hinterseer geparkt hatten.

Fünf Männer, die wild entschlossen und zu allem bereit waren.

Karl-Heinz war der Fluchtwagenfahrer und würde im Bus bleiben.

Nicht-der-Hinterseer, der von Beruf Schlosser war und bei der Schlüsselhilfe arbeitete, ging nochmal sein Werkzeug durch. „Ich brech' den Ehrenkodex der Schlosser nur für euch!", sagte er. Dank ihm würden sie durch die Hintertür ins Haus kommen. Das hatte er beim Ausbaldowern der Villa schon mitbekommen. Selbstverständlich hatte die Tür ein Sicherheitsschloss. Aber er war der Profi, der wusste, wie man so ein Schloss knackte. Von den Herstellern der Sicherheitsschlösser extra ausgebildet. Weil es immer wieder vorkam, dass Hausbesitzer sich selbst ausschlossen.

„Blödsinn, keiner von uns macht es für sich selbst. Wir machen es für uns alle!", erklärte Karl-Heinz. Ursprünglich war es die Idee von Beppi gewesen, aber er hatte sie sich vollinhaltlich zu eigen gemacht.

Was sie nicht wussten: Wenn nicht jemand anderes aus ganz eigennützigen Gründen sämtliche Überwachungskameras in diesem Teil der Straße lahmgelegt hätte, wäre ihre Aktion in bewegten Bildern für die Nachwelt festgehalten worden. Auch wie sie im Kleinbus in ihre Masken schlüpften. Aber Fortuna ist ja gerade den Unbedarften oftmals hold. So auch in diesem Fall.

„Unter der Skimaske ist es irre heiß", stöhnte Rudi jetzt.

„Sollen wir tauschen?", schlug Manni vor. Das linke Bein der Strumpfhose hatte bereits eine fette Laufmasche. Er kriegte das einfach nicht hin.

Karl-Heinz grummelte. Die machten ihn wahnsinnig. Nur ein einziges Mal mit Profis arbeiten, das wäre schön. „Habt ihr's jetzt bald?"

Sie liebten Hansi Hinterseer. Sie würden niemals nicht etwas tun, was ihm schadete. Oder ihm sogar wehtat. Aber das, worauf sie aus waren, ließ sich ersetzen. Für Hansi war das kein großes Ding, aber für sie fünf würde es eine Reliquie sein!

Hansi selbst war weit weg und würde in seiner Nachtruhe nicht gestört werden. Er hatte – das wussten sie aus dem Newsletter, den Hansi regelmäßig an seine Fan-Familie schickte – zwei Auftritte in Dresden und Cottbus.

„Fertig", verkündete Nicht-der-Hinterseer.

„Fertig", sagte auch Beppi. Er hatte Baldrian und Würstchen dabei. Nicht als Wegzehrung, sondern zur Ruhigstellung etwaiger Haushunde und -katzen.

Rudi und Manni tauschten noch ihre Kopfbedeckungen.

„Fertig."

„Fertig."

Karl-Heinz holte tief Luft. „Also gut. Jetzt gilt's. Jeder weiß, was er zu tun hat?" Eine rhetorische Frage. Alle nickten. „Perfekt. Na dann … Bringt mir die Moonboots von Hansi Hinterseer!"

Sie hörte Schritte von weit her. Sehen konnte sie nichts. Der Sack, den sie ihr über den Kopf gezogen und am Hals festgeschnürt hatten, ließ das nicht zu.

Außerdem roch der Sack modrig.

Sie hörte nicht nur Schritte, sondern auch ein heftiges Donnergrollen. Heftig und finster, wie man es nur in den Bergen hörte. Als ob der Weltuntergang bevorstünde!

Die Welt würde vermutlich weiter existieren, aber galt das auch für sie?

Leo hatte Kopfschmerzen. Und Schwindelgefühle. Nachwirkungen des Chloroforms. Weil der Stuhl, auf dem sie saß, tierisch unbequem war, tat ihr auch der Hintern weh. Und die Arme, die man ihr auf dem Rücken gefesselt hatte.

„Nimm ihr den Sack ab!", befahl eine Frauenstimme.

Auf einen Schlag war es gleißend hell. Leo kniff die Augen zusammen.

„Raus mit der Sprache, für wen arbeiten Sie?"

Als Leo wieder sehen konnte, merkte sie, dass sie vor einem veritablen Volksauflauf saß.

Direkt vor ihr thronte die Mumie in einem Ohrensessel, auf dessen Lehne Irina saß.

Dahinter standen die Männer, deren Namen Grizelda ihr gesagt, die sie aber natürlich sofort wieder vergessen hatte. Irgendwas Französisches, Polnisches, Dänisches, Österreichisches und eine Art Schuh, oder?

Alle sahen sie finster an.

„Spuck's aus, Mäuschen!" Der Mann neben Leo schlug ihr gegen den Hinterkopf. Sie sah zu ihm. Weil sie saß und er stand, hatte sie auf Augenhöhe erst mal nur seine Fleischwurst im Blick, natürlich stoffumhüllt. Sie erkannte ihn wieder. Es war der Typ, der eigentlich verschnürt im Keller ihrer Oma liegen sollte. „Was haben Sie mit Fröschl gemacht?"

Als sie nach oben schaute, musste sie feststellen, dass er ein blutgetränktes Handtuch um den Kopf gewickelt hatte. Er sah nicht gut aus, fand Leo. Und damit meinte sie nicht, dass ihn die Natur bei der Vergabe von gängigen Schönheitsattributen schändlich übergangen hatte, nein. Seine Hautfarbe schimmerte ungesund grünlich. Wie sich später, viel später herausstellen würde, lag Leo mit ihrer Vermutung, es könne ihm nicht gut gehen, genau richtig. Er hatte sich nie gegen Tetanus impfen lassen, und das Maul einer Schnappschildkröte war bedauerlicherweise Brutstätte für Keime und Mikroben aller Art …

„Habt ihr Miezen wirklich geglaubt, ihr könntet mich in eurem Keller versauern lassen? Ha, da lache ich doch nur!"

„Was ist mit …?"

Er schlug sie erneut. „Antworte! Für wen arbeitest du!", wiederholte er die Frage seiner Chefin.

Leo schob die brennende Frage, was der Schläger mit Fröschl gemacht hatte, vorerst beiseite. Sie konnte angesichts des blutgetränkten Handtuchturbans nur hoffen, dass er sich zu wehren gewusst hatte.

Leo sah zur Witwe.

„Ich arbeite für Sie, Frau Sastrova." Sie sah Irina fest in die Augen. Es war ihr selbst schleierhaft, woher sie diesen Mut nahm, aber da war er.

Irina und Leo waren die einzigen Frauen im Raum. Hinten an der Wand standen die Bodyguards.

„Aber ich muss leider sagen, dass es wohl ein Fehler war, mich abwerben zu lassen. Ich kündige hiermit."

Irina verzog höhnisch das Gesicht. „Eine Kündigung Ihrerseits ist nicht vorgesehen."

„Laut Arbeitsvertrag ...", fing Magister Vitabo an, wurde aber durch einen einzigen Blick der Witwe zum Schweigen gebracht.

„Das wäre hier alles nicht nötig, wenn mein dämlicher Bodyguard beim Gleitschirmfliegen genauer zielen könnte, nachdem sie uns gesehen hat", sagte Gamasche und sah ungnädig zu der Leibwächtertruppe. Einer von denen brummte etwas von *total schwierig* und *Windböe*.

Die Mumie legte ihre bandagierte Hand auf Irinas Knie. Das war wohl weniger eine romantische Geste, mehr eine Arbeitsanweisung.

„Wie auch immer", sagte Irina und erhob sich. „Sie haben uns jetzt alle hier gesehen. Wären Sie mal nur nicht so neugierig gewesen. Ich habe Sie gewarnt. Sie hätten nur putzen sollen. Apropos ... Mach hier sauber, Arno", sagte sie zu Gümpel. „Aber ich will keine Flecken auf dem Teppich!"

„Ist gebongt." Er grinste schmierig.

Die Mumie stand jetzt ebenfalls auf. Die anwesenden Herren wandten sich zum Gehen.

Arnos Hände legten sich um Leos Hals. Das konnte es doch unmöglich gewesen sein!

„Halt!", rief Leo. „Sie können mich nicht umbringen!"

„Und warum nicht?", fragte Irina. Neugier, dein Name ist Weib.

„Weil ... weil ..." Das war jetzt blöd. Leo fiel absolut nichts ein.

Glücklicherweise war das auch gar nicht nötig, denn Arno wurde durch ein hämmerndes Klopfen an der Haustür vom Zudrücken abgelenkt.

Es war weniger ein Klopfen, mehr ein Hämmern. Und gleich darauf zerbarst die Holztür unter den Schlägen eines Vorschlaghammers und ein knorriger Mann in Gummistiefeln und Barbour-Jacke kam hereingestürmt. Mit dem Hammer in der Hand.

„Stirb!", schrie er.

Und blieb abrupt stehen, als er merkte, dass sich hier, im Wohnbereich der Villa, mehr als nur eine Person befand und folglich nicht ganz klar auf der Hand lag, wen er damit meinte.

Verwirrt sah er sich um. Er hatte bei seiner Vorbereitung doch nur den Schatten *eines* Menschen in der Küche herumgeistern sehen. Den Schatten von Wolfgang Wolpert, dem Immobilienhai aus München. Und vor dem Haus stand auch nur ein einziger Wagen – ein hellblauer Kleinbus mit deutschem Kennzeichen. Wer waren die anderen? Und wie kamen die hierher?

Die kurze Denkpause aller Beteiligten nützte Leo aus. Weil nur die Hände, nicht die Füße gefesselt waren, sprang sie auf die Beine und lief los.

Arno Gümpel griff nach ihr, war aber zu langsam.

Nicht so die Mumie. Blitzschnell packte sie zu und legte ihren bandagierten Arm um Leos Hals.

Gümpel, weil er nun mal schon in Bewegung war, riss dem Neuankömmling den Vorschlaghammer aus der Hand. Durch das Wegreißen entwickelte der schwere Hammer eine Eigendynamik und rotierte. Gümpel drehte sich einmal um die eigene Achse. Er ließ den Hammer los, der durch den Raum segelte, Gamasche und Madsen nur knapp verfehlte, aber dafür einen eingetopften, mannshohen Gummibaum fällte und dann unter großem Bohei durch das Panoramafenster krachte.

„Gerlinde! Fass!", brüllte der Gummistiefelmann.

Von draußen kam ein Dobermann hereingeschossen, der sich – so schnell konnte man gar nicht schauen – in Arno Gümpels Unterarm verbiss. Arno schrie auf.

Jetzt wurden auch die Bodyguards aktiv. Normalerweise mischten sie sich ja nur ein, wenn ihr jeweiliger Chef in akuter Gefahr war. Aber weil die Situation zu eskalieren drohte, griffen sie – in einer gemeinschaftlich fließenden Bewegung, wie Synchronschwimmer – in ihre Sakkos und zogen ihre Waffen.

„Kiai!", gellte es da, wieder aus dem Flur.

Noch ein uneingeladener Neuankömmling. Weil die Haustür dank der Vorschlaghammeraktion des Gummistiefelmannes praktischerweise offenstand.

Der Kampfschrei gehörte zu Grizelda. Sie trug noch ihren tarnfarbengrünen Overall, aber jemand hatte den linken Ärmel abgerissen, damit die Wunde am Oberarm genäht und verbunden werden konnte.

Grizelda schnellte mit einem angewinkelten und einem nach vorn gestreckten Bein in Richtung der Bodyguards. Sie flog durch die Luft wie Bruce Lee.

Der Nachteil der eher klobigen Bodyguardmodelle war eindeutig ihre mangelnde körperliche Flexibilität. Grizelda lag klar vorne. Zweien kickte sie die Waffen aus den Händen. Mit gezielten Handkantenschlägen entwaffnete sie die nächsten beiden. Nur der mit der Schleuder duckte sich rechtzeitig. Ihn knockte sie mit einer vollen Weinflasche aus.

„Loslassen!", brüllte Leo die Mumie an.

„Scheißvieh!", brüllte Arno Gümpel.

Der Dobermann knurrte.

Irina zog von irgendwoher – vermutlich aus ihrem Strumpfband – eine handliche Beretta. „Wer sich als Erster bewegt, ist tot!"

Alle erstarrten.

Wie in einem Stillleben.

Bis auf den Dobermann, dessen Hinterteil vor Freude wackelte. Sich in Gümpels Arm zu verbeißen, machte aber auch einen Spaß!

In dieses Standbild hinein tat Leo endlich das einzig Richtige: Sie ließ sich fallen. Auf einen Schlag entspannte sie ihre komplette Körpermuskulatur. War sie eben noch ein strampelndes Etwas in der pythonhaften Umärmelung der Mumie gewesen, hing sie nun tonnenschwer in den bandagierten Armen. So schwer, dass die Arme ihren Griff lockerten. Leo fiel zu Boden. Weil sie sich aber während ihrer Gegenwehr ein loses Mullbindenende gekrallt hatte, wickelte sie beim Zubodenfallen die Mumie aus. Nicht die ganze Mumie. Nur den Kopf.

Eine unheimliche Stille machte sich im Raum breit.

Irina ließ ihre Waffe sinken.

Der schlanke, hochgewachsene Mann neben ihr stand vom Hals aufwärts im Freien. Der Kopf passte zu ihm: schmal, nobel, von beinahe adonishafter Symmetrie. Mit grauen Schläfen. Und einem professionell gestutzten Menjou-Bärtchen.

Es war ein wirklich schöner Kopf, der für die meisten Anwesenden nur einen einzigen Makel hatte.

„Sie sind nicht Jimmy Maier!" Grizelda sprach es als Erste aus. Sie klang bitter enttäuscht.

„Du bist nicht Jimmy!", rief auch Gamasche.

„Wer ist Jimmy Maier?", fragte der Gummistiefelmann. „Und wo ist Wolfgang Wolpert?"

Große Möpse sind toll – bis man mit ihnen auf der Flucht vor einem Typ namens Gamasche davonrennen muss. Die High Heels hatte sich Irina von den Füßen gekickt, sie war blond, nicht doof. Aber die wippenden Brüste wurde sie nicht los.

Gamasche und die anderen holten stetig auf ...

„Es war ihre Idee!", hatte Simeon Gerber mit bebendem Menjou-Bärtchen gebrüllt und auf Irina gezeigt. „Wir hatten schon ewig eine Affäre. Und als Jimmy sturzbesoffen gegen den Baum knallte und bei dem Unfall starb, hat sie gesagt, ich solle in seine Rolle schlüpfen. Gemeinsam könnten wir Jimmys Imperium übernehmen."

Leo lag unbeachtet auf dem Boden.

Grizelda stand angefressen zwischen den Bodyguards, die sich aber kein bisschen für sie interessierten.

Mit vollem Elan bei der Sache war nur Gerlinde, die Arno Gümpels Unterarm nicht freigab. Er versuchte, die Dobermännin abzuschütteln, aber je mehr er schüttelte, desto schwummriger wurde ihm vor Augen. Seine grüne Gesichtsfarbe intensivierte sich. Wobei er aber nicht aussah wie der aggressionsgetriebene Hulk – mehr wie Shrek mit einer Lebensmittelvergiftung. Das waren die Schildkrötenkeime.

„Schätzchen, hast du wirklich geglaubt, du kommst damit durch?" Gamasche trat auf Irina zu. Die hob wieder den Arm mit der Beretta.

„Du kannst uns nicht alle erschießen", höhnte er.

„Es würde mir schon reichen, wenn ich dich erschieße!", fauchte sie.

Gamasches Bodyguard hob seine Knarre auf. Auch die anderen Muskelmänner klaubten ihre Waffen vom Boden.

Gamasche klappte langsam sein Jackett auf und zog mit spitzen Fingern einen alten Revolver aus der Innentasche. Madsen und Swoboda zogen ebenfalls blank. Der Franzose griff in sein Sakko, holte aber nur eine Nagelfeile heraus und fing an, sich lässig die Nägel zu feilen. Die haben die Ruhe weg, diese Franzosen.

Grizelda ließ sie alle gewähren. Das war jetzt nicht mehr ihre Party. Und es waren auch zu viele auf einmal.

Irinas Hand zitterte heftig. Sie mochte taff sein, aber sie hatte noch nie jemand erschossen. Vermutlich würde der Rückstoß der Beretta sie sogar bretthart gegen die Wand katapultieren, wo sie doch so ein zierliches Persönchen war. Hätte sie mal besser nicht all die Jahre streng diätet, um eine Size Zero zu sein ...

Der Gummistiefelmann sah nochmal in die Runde. Nein, keiner der anwesenden Herren war Wolfgang Wolpert. Bedauerlich. Er sah das als Anlass, sich möglichst unauffällig millimeterweise rücklings aus dem Raum zu bewegen.

Arno Gümpel murmelte: „Mir ist nicht gut!", dann ging er in die Knie und knallte gleich darauf wie ein gefällter Riesenbaum auf den Boden. Gerlinde löste ihre Kiefer aus seinem Unterarm. Es machte keinen Spaß, wenn er nicht mitspielte. Sie sah zu ihrem Herrchen, das sich schon bis zum Flur vorgearbeitet hatte.

Leo robbte, immer noch mit gefesselten Händen, auf dem Hintern in Richtung Grizelda, die sich bückte und mit einem Küchenmesser die Fesseln durchtrennte.

Gamasche säuselte mit bedrohlichem Timbre: „Irina, das war nicht klug von dir. Eigentlich war das sogar sehr, sehr dumm."

„Ach ja? Dumm? Hast du je von einem so genialen Plan gehört, Gamasche? Geschweige denn selbst so einen erdacht?" Irinas Hand zitterte nicht mehr. Das war die Wut. Sie hasste es, für ein kleines Dummchen gehalten zu werden. „Meinen Lover für Jimmy auszugeben, ihm Jimmys Handschrift beizubringen, ihm das geheime Erkennungszeichen zu verraten, sogar einen plastischen Chirurgen abzugreifen und ihn offiziell als vermisst zu melden, damit ihr alle glaubt, Jimmy würde sich optisch verändern, und alles nur, um die Zügel der Macht zu ergreifen? Das war nicht dumm! Das war alles andere als *dumm*!"

Gamasche schürzte die wulstigen Lippen. „Ich will mich mit dir doch nicht über Begrifflichkeiten streiten, Kleines. Dann war es eben nicht dumm von dir, nur dämlich."

„Genau, sie ist schuld!", rief Simeon Gerber. Seine Schönheit beschränkte sich rein auf das Äußere, sein Charakter war davon nicht betroffen. Hehre Werte wie Loyalität und Integrität waren ihm wesensfremd. „Es war allein ihre Idee!", wiederholte er und zeigte mit dem Finger auf Irina, weil sich ja insgesamt drei Frauen und eine Hündin im Raum befanden, und da mochte es zu Missverständnissen kommen.

Gamasche drehte sich zu ihm um. „He, wir verpfeifen niemanden. Das ist eine Frage der Ehre!", erklärte er und schoss Gerber ins Knie.

Der Aufschrei Gerbers ging in der Apokalypse unter, die exakt in dieser Sekunde über Kitzbühel, genauer gesagt über dem Bichlalmviertel, ausbrach.

Plötzlich zerriss nämlich ein Donnerschlag die Nacht. Und wie auf Kommando öffnete der Himmel die Schleusen. Keine Sekunde später leuchteten Blitze vor dem Panoramafenster auf. Es donnerte erneut. Das Gewitter, das sich schon vor geraumer Zeit angekündigt hatte, brach jetzt mit voller Kraft los. Der Regen prasselte so laut wie ein Trommelsolo auf die Villendächer. Und weil sich zwischen draußen und drinnen keine Panoramascheibe mehr befand, regnete und windete es auch herein in die gute Stube.

Weil es so verdammt unverhofft wetterwütete und alle einen Moment lang von der Urgewalt der Natur gefangen waren, sah Irina ihre Chance, kickte sich die Pumps von den Füßen und rannte los!

Gerlinde, die sich vor Gewitter fürchtete, bellte um ihr Leben.

Gamasche rief: „Keine Zeugen!"

Er und seine Bodyguards feuerten wie wild um sich, aber weil Grizelda den Augenblick nützte, um den Lichtschalter zu betätigen, lag der Raum abrupt im Dunkeln und die Kugeln verfehlten ihr Ziel.

Wer jetzt geglaubt hatte, diese ohrenbetäubende Kakophonie aus Schüssen, Hundegebell, Schmerzensschreien und Donnerschlägen könne nicht noch lauter und trommelfellzerberstender werden, der hatte nicht mit der Alarmanlage gerechnet, die nun sirenenartig aufjaulte.

Leo presste sich die frisch befreiten Hände auf die Ohren.

Draußen gingen Scheinwerfer an. Es wurde gleißend hell. So hell, dass die neuerlichen Blitze sich dagegen wie Teelichter ausnahmen.

„Weg hier!", befahl Gamasche. Eigentlich nur seinem Bodyguard. Aber Madsen, Le Beau Prince, Swoboda und Przypolsky und deren Leibwächter nahmen das als Aufforderung. Sie liefen ebenfalls los.

Wobei weder die Alarmanlage noch die Scheinwerfer zum Haus gehörten – Licht und Lärm kamen von der Villa nebenan.

„Kommen Sie, wir sollten gehen", sagte Grizelda, packte Leo am Ellbogen und zog sie hoch. Die Worte verstand Leo wegen des infernalischen Getöses nicht, wohl aber die Geste. Sie gingen an dem immer noch bewusstlosen Gümpel und an dem immer noch schreienden, sich das Knie haltenden Gerber vorbei zur Haustür.

Immer schon war die Polizei von Kitzbühel rasch vor Ort, wenn sich etwas Gesetzeswidriges ereignete, nicht nur hier im Prominentenvorort, auch ganz generell. Aber seit ein menschenverachtender Serienmörder hier sein Unwesen trieb, ging alles noch viel schneller. Als Grizelda und Leo aus dem Haus traten, kam bereits ein Hubschrauber angeflogen. Dessen Rotorblätter taten das Ihre, um den Lärmpegel noch weiter zu erhöhen.

Die beiden Frauen traten in den Regen hinaus. Die Luft bitzelte, und es roch nach Schwefel. Das Gewitter befand sich direkt über ihnen.

„Da lang", sagte Grizelda und zeigte ins Dunkel.

„Nein, sehen Sie doch!" Leo rührte sich nicht von der Stelle und sah neugierig auf das Geschehen zwischen den beiden Villen.

Auf der anderen Seite der Hecke liefen die fünf Verbrecherbosse ihren Bodyguards hinterher, die bereits in die abseits abgestellten Luxuskarossen stiegen und die Motoren anließen.

Aber in exakt diesem Augenblick traten aus dem Haus, in dem der Alarm losgegangen war, vier Männer in Skimasken und Feinstrumpfhosen. Zwei von ihnen hielten etwas Weißes im Arm. Weiß und ... haarig. Waren das Tierbabys?

Jedenfalls trafen die vier auf die fünf. Und erstarrten.

„Die sind bewaffnet!", rief einer der Skimaskenträger. Oder vielleicht rief er auch „Milch macht müde Männer munter" – über den Höllenlärm hinweg war das unmöglich zu verstehen.

Grizelda und Leo sahen nur, dass die Maskenträger wie Espenlaub zitterten. Offenbar war die Aufregung zu viel für sie. Vor lauter Schreck warfen sie den Verbrecherbossen die weißen Bündel zu, bevor sie zu dem Kleinbus rannten, der vor Irinas Haus parkte, und hineinsprangen. Die ersten Streifenwagen bremsten quietschend. Polizisten sprangen heraus. Die Ganoven hoben prophylaktisch die Hände.

Aus der anderen Richtung fuhr ein SUV vor die Villa der Witwe und kam zum Stehen. Ein Toupetträger stieg aus und schien „Was ist denn hier los?" zu rufen.

„Wolpert, du Schwein! Stirb!", brüllte der Gummistiefelmann. Was akustisch natürlich keiner mitbekam. Er hatte seinen Vorschlaghammer auf dem Rasen gefunden. Jetzt hob er ihn hoch, weit über seinen Kopf.

Das Holz des Griffs war nass, der Kopf des Hammers war aus Eisen.

Schon Grundschulkinder wussten, dass es keine gute Idee war, nasses Holz oder Eisen bei einem akut tobenden Gewitter in die Höhe zu heben.

Der Gummistiefelmann lernte jetzt am eigenen Leib, warum das so war.

Es blitzte gleißend hell.

Und schon roch es nach Grillfleisch ...

Volltreffer!

TAG 4 UND
ALLE TAGE DANACH

Bildzeitung, Kronenzeitung, Tiroler Tagblatt, The Guardian – Köttel ließ das Blitzlichtgewitter über sich herniederprasseln.

„Frau Sastrova flüchtete zu Fuß. Sie wurde in der Nähe der Grünanlage des Golfclubs aufgegriffen. Herrn Gerber fand man angeschossen. Er wurde ins Krankenhaus verbracht. Beide werden zeitnah der deutschen Polizei überstellt. Herr Gümpel bleibt für die Dauer seiner Behandlung hier in Österreich. Das kann sich hinziehen. Momentan befinden sich die Zeuginnen und Zeugen der letzten Nacht zur Einvernahme und Niederschrift hier in Innsbruck. Wir können aber schon jetzt bestätigen, dass Frau Sastrova plante, den vor sechs Monaten verunfallten Jimmy Maier in Gestalt von Herrn Gerber ‚wiederauferstehen' zu lassen, um mit ihm als Strohmann die Geschäfte des ehemaligen Imperiums von Herrn Maier an sich zu reißen. Zur Irreführung wurde in diesem Zusammenhang Dr. Marek Juhász, ein bekannter Schönheitschirurg, entführt, der sich allerdings selbst befreien konnte. Der Fall Sastrova/Maier ist für uns damit abgeschlossen."

Ein Hipster mit Man-Bun in der hintersten Reihe sprang auf. „Vilshofer. Münchner Kurier. Können Sie bestätigen, dass Frau Sastrova und ihre Helfershelfer nicht für die Morde in Kitzbühel verantwortlich sind?"

Chefinspektor Köttel guckte finster. Nicht ganz so finster wie Münzner, der mit zwei bandagierten Händen neben ihm saß, weil Vitzliputzli ihm bei der Befragung von Fröschl auch noch eine zweite Fingerkuppe abgebissen hatte. „Im Moment gehen wir davon aus, dass es sich um zwei voneinander unabhängige Tathergänge handelt. Sollten wir neue Erkenntnisse gewinnen, geben wir das zeitnah bekannt."

Der Hipster rief: „Haben Sie denn überhaupt Erkenntnisse, was die Morde angeht?"

Köttel brummte finster.

„Jeder nur eine Frage", tönte Münzner rasch und hob abwehrend seine bandagierte Rechte.

Köttel brummte erneut. Ihm gingen Pressekonferenzen auf den Sack.

Wieder Blitzlichtgewitter. Weil sich das zerknautschte Gesicht von Köttel aber auch gar so gut als Bildvorlage eignete.

Ein hübsches junges Ding in der ersten Reihe, das sich nicht die Mühe machte, extra aufzustehen oder sich vorzustellen, meinte: „Sie haben also noch keine Erkenntnisse zu den entsetzlichen Taten. Haben wir es mit perfekten Morden zu tun?"

Weil sie gar so schmuck und jung war, ließ sich Köttel zu einer halbwegs zivilisierten Antwort herab. „Wir kennen in der Zwischenzeit die Identität der Opfer. Es handelt sich um Immobilienmakler aus Wien und München. Jetzt müssen wir nur noch herausfinden, in welchem Zusammenhang die vier Männer standen. Und das werden wir! Voraussetzung für den perfekten Mord wäre ein Mörder im Ganzkörperschutzanzug, der ohne jedwede Technik, völlig motivlos und ganz und gar ohne Bezug zum Opfer ein Tötungsdelikt setzt. Noch dazu darf es keinerlei Zeugen geben. Das mag vielleicht in einem von hunderttausend Fällen vorkommen, aber viermal in Folge ganz sicher nicht."

„Aber was ist beispielsweise mit dem Zodiac-Killer? Es gibt doch unaufgeklärte Serienmorde!", meldete sich der Hipster von ganz hinten wieder zu Wort.

„In Österreich nicht!", donnerte Köttel.

Nicht nur Münzner schreckte zusammen.

„Letzte Frage", verkündete Köttel. Da er wieder nichts als nur Magermilchjoghurt gegessen hatte, war er deutlich unterzuckert und damit enorm schlecht gelaunt.

Alle Journalistenhände schossen in die Höhe. Köttel nickte dem jungen Ding in der ersten Reihe zu.

„Vor der Villa, die Frau Sastrova hier in Kitzbühel angemietet hat, wurde ein Mann durch einen Blitzschlag getötet. Inwiefern hat er etwas mit Frau Sastrova beziehungsweise mit den Morden zu tun?"

Köttel musste nicht lange überlegen. „Nach derzeitigem Kenntnisstand gar nichts. Der Mann ist Gärtner und war für die Pflege diverser Gärten rund um die Villa zuständig. Es handelt sich um einen 72-jährigen Kitzbüheler ohne Vorstrafen. Wir gehen davon aus, dass er unglückseligerweise zur falschen Zeit am falschen Ort war."

Münzner räusperte sich. „Ich will nicht zu weit vorgreifen", sagte er mit gewichtiger Miene, obwohl er die strikte Anweisung erhalten hatte, nichts zu sagen und nur als optisches Füllselmaterial zu dienen, „aber man darf wohl davon ausgehen, dass die Morde an den Immobilienmaklern einem der fünf Verbrecherbosse – oder allen zusammen! – zugeschrieben werden können."

Köttel sah zur Decke. Münzner griff definitiv zu weit vor. Viel zu weit. Sein Ehrgeiz würde nochmal sein Untergang sein. „Wie auch immer, wir sind weiterhin an der Aufklärung der Morde dran. In Zusammenarbeit mit Kollegen aus Wien und München. Schleierhaft ist uns im Moment nur, warum fünf hochkarätige Unterweltbosse wie Gamasche, Madsen, Swoboda, Leclerc alias Le Beau Prince und Przypolsky die Moonboots von Hansi Hinterseer gestohlen haben. Da die Verdächtigen die Aussage dazu hartnäckig verweigern, können wir diesbezüglich nur spekulieren. Vielleicht sind sie Fans und wollten ein Andenken. Unterweltbosse sind ja auch nur Menschen."

Köttel grinste. Sein Gesicht legte sich wieder in Falten. Nie hatte ein Homo sapiens mehr einem Shar-Pei geähnelt als Köttel in diesem Augenblick.

Das Blitzlichtgewitter blitzte, leuchtete und gewitterte.

Direktionsbüro *Marchwardushof*

Hercule Neuveille unterschrieb mit seinem *Mont-Blanc*-Füllfederhalter nachgerade schmissig sein Kündigungsschreiben. Der Tropfen, der das Fass zum Überlaufen brachte, war das Schreiben des schwäbischen Ehepaares, in dem die Frau aus der Infrarotkabine wegen „zugefügter seelischer Traumata" nicht nur die Rückzahlung der Zimmerkosten, sondern auch Schmerzensgeld verlangte. Neuveille hatte sich den Wind der großen weiten Welt genug um die Adlernase wehen lassen. Ihm reichte es jetzt. Hotelgäste waren eine Plage. Von Tag zu Tag stellte er sich bildlicher vor, es gäbe eine Fliegenklatsche für Hominiden, mit der er die Touristen einfach plattklopfen konnte und gut. Das war jedoch nicht die richtige Einstellung für einen Hoteldirektor. Er war jetzt seit einem Vierteljahrhundert in der Hotellerie tätig – hatte in Zürich, Rom, Berlin, London und jetzt Kitzbühel gearbeitet. Und ganz ehrlich: Besser konnte es doch gar nicht mehr werden. Man soll aufhören, wenn es am schönsten ist. Seine Eltern waren mittlerweile zu alt für den Hof. Wenn er zurück in den Kanton Waadt wollte, dann jetzt oder nie. Hercule Neuveille hatte sich für jetzt entschieden. Er schraubte seinen Füllfederhalter zu und lächelte. Schlagartig hatte er das Gefühl, als sei ihm eine tonnenschwere Last von den Schultern genommen. *Bon*, dachte er und freute sich. *Très bon.*

Schnipp, schnapp, weg

Das Leben ist zu kurz für ungelebte Träume. Dr. Marek Juhász wurde dringend empfohlen, sich wegen seiner posttraumatischen Störung infolge der Entführung in Therapie zu begeben. Stattdessen verkaufte er seine Praxis in Kitzbühel und zog nach Los Angeles. Gerüchten zufolge hat er auch schon die erste prominente Kundin. Allerdings arbeitet er nicht als Intimchirurg, da seine Zulassung durch die Educational Commission for Foreign Medical Graduates noch aussteht. Stattdessen hat er einen Hundefrisörsalon eröffnet. Mit durchschlagendem Erfolg. Jeden Samstag shampooniert, coiffürt und föhnt er angeblich den Terrier von Paris Hilton.

Zwei Schränke, die eigentlich Scouts sind

Frasier und Smith waren zufrieden. Sie hatten sich unerkannt beim *Curling Club Kitzbühel* umgesehen und den besten Mann abgeworben. Nicht ihren Landsmann Jebediah „Jeb" Smith, für den sie eigentlich nach Kitzbühel gekommen waren, sondern einen kernigen Tiroler, der ein Ausbund an Fitness, Nervenstärke und vor allem Strategie war. Ein echter Gewinn für ihr Team. Nun waren sie froh, endlich wieder zurück nach Kanada zu dürfen. Dieses Kitzbühel war ihnen als Pflaster viel zu gefährlich. Sie hatten gedacht, die Tiroler würden den ganzen Tag singend über Bergalmen laufen wie Julie Andrews in *The Sound of Music*. Aber nein. Das galt wohl nur fürs Salzburger Land, wo der Film seinerzeit gedreht worden war. Wieso sagte einem das keiner?

Ein Mann ohne Bart ist wie ein Brot ohne Kruste

„Herr Magister, Sie haben einen Anruf frei."

Clemens Vitabo nahm das schnurlose Telefon entgegen. Er wählte eine Nummer, die er auswendig kannte.

„Mama, ich muss in den Knast."

„Schon wieder, Bub? Ach weh."

„Ja, blödes Pech. Ich versteh das gar nicht. Wo ich doch ein Karfreitagsbaby bin."

„Wie kommst du denn auf die Idee, mein Schatz?"

„Das hat der Papa immer gesagt."

„Der Papa, der Papa. Der war doch die meiste Zeit besoffen. Auch bei deiner Geburt. Den haben erst eine Woche später seine Kumpel nach Hause getragen. Der ist immer Gründonnerstag zum traditionellen Osterbesäufnis abgezogen. Ich hab dem Papa bis zuletzt sagen müssen, wann dein Geburtstag ist. Von allein hat er das nicht erinnert. Nur wann's ans Trinken geht, das hat er immer gewusst." Die Mama schnaubte im fernen Wien immer noch verärgert in den Hörer. Obwohl ihr Gatte schon 20 Jahre unter der Erde lag. „Du bist kein Karfreitagsbaby. Du bist am Ostersonntag geboren. Wie unser Herrgott."

„Die Geburt Jesu war an Weihnachten."

„Ja, aber am Ostersonntag ist er wiederauferstanden von den Toten. Das zählt als zweite Geburt."

„Ach, Mama."

„Pass auf dich auf, Bub. Iss immer genug. Und erhol dich schön, ja?"

Es war nicht seine erste Untersuchungshaft und würde auch nicht seine letzte sein. Das war gewissermaßen job-immanent. Aber jedes Mal tat seine Mutter so, als würde er in die Sommerfrische fahren.

„Mach ich, Mama." Vitabo war enttäuscht. Vom Leben. Von seinem Vater. Und überhaupt, vom Universum. Er war also gar kein Karfreitagsbaby. Der Schatz vom Schwarzsee würde sich ihm nie offenbaren. Wie viel schlimmer konnte es noch kommen?

Es war ihm zu diesem Zeitpunkt noch nicht klar, weil er erst zu seinem Vierzigsten die Freuden der Gesichtsbehaarung für sich entdeckt hatte, aber da im Knast nur Elektrorasierer erlaubt waren und Bartwichse zu den nicht notwendigen Hygieneartikeln zählte, waren die Tage seines prallen Nietzsche-Schnauzers, auf den er so unendlich stolz war, gezählt ...

Was in Kitzbühel passiert, bleibt in Kitzbühel

Sie sprachen kein Wort. Keine Silbe. Keinen Ton. Auch der CD-Spieler blieb stumm.

Erst als der Kleinbus über die Grenze fuhr und die Reifen deutschen Asphalt berührten, legte Beppi unwillkürlich schützend die Rechte über seinen immer noch restwunden Schritt und sagte: „Gabi darf das nie erfahren! Nichts davon!"

„Es war ja auch nichts", sagte Karl-Heinz. „Wir waren in Kitzbühel, haben Bier getrunken, den Hansi gesehen, ein Selfie gemacht und sind wieder heimgefahren."

„Genau." Nicht-der-Hinterseer nickte. „Es ist absolut nichts passiert."

„Null, nada, niente, gar nichts", bestätigte Rudi.

Der Bus knatterte über die Autobahn.

Dann sagte Manni stolz: „Aber ich habe sie einen Moment lang im Arm gehalten. Die Moonboots von Hansi Hinterseer. Und das kann mir keiner mehr nehmen!"

Der Spion, der mich liebte

Fröschl und Leo saßen auf dem Dachboden von Leos Oma und gingen alte Papiere durch. Es musste sein: Der Nachlassverwalter brauchte diverse Unterlagen. Leo war froh, dass sie sich dem nicht allein stellen musste.

„Mich hat wer angefragt", sagte Fröschl jetzt.

„Wie? Angefragt?"

„So ein Galerist. Ich soll ihm was sprühen. Für die Art Basel. Live vor Ort. Mit Fernsehen."

Leo sah auf. „Das ist toll!"

Fröschl zuckte mit den Schultern. Er fuhr nicht gern aus Kitzbühel weg. Am liebsten hätte er einfach hier was gesprüht. Konnte man das nicht live filmen und gut?

„Schau her, das sind Omas Tagebücher." Leo wog die ledergebundenen Bände in den Händen. Sie hatte es immer vermisst, einen Vater zu haben. Und einen Opa. Ein reiner Frauenhaushalt war toll, aber irgendwie fehlten Teile des Puzzles. Ob sie hier in den Tagebüchern Antworten auf ihre Fragen finden würde?

„Ich kann das nicht", sagte sie und legte die Tagebücher beiseite.

Fröschl griff beherzt zu. „Nur Blabla." Er hatte sich Schlüpfriges erhofft. Dennoch las er weiter.

„Hier, das sind die Dokumente, die der Anwalt braucht." Leo fischte einen Ordner aus einem alten Koffer.

„Wusstest du, dass deine Uroma als Zimmermädchen gejobbt hat?", fragte Fröschl.

„Nein. Aber es freut mich, dass ich die hehre Tradition des Nicht-recht-was-Gelernthabens fortsetze." Leo hatte null Lust, wieder im *Marchwardushof* zu arbeiten.

Oder in einem anderen Hotel. Nach ihrem Abenteuer schien ihr der Alltag gähnend langweilig. Sie raffte die Papiere zusammen und stand auf. „Ich hab alles, was ich brauch. Komm, ich mach uns einen Tee."

„Warte." Fröschl blätterte um. „Deine Oma hat ihre Mutter zur Rede gestellt. Sie wollte wissen, wer ihr Vater sei."

„Ach ja?" Erstaunlich. Von ihrer eigenen Mutter hatte ihre Oma diese Auskunft eingefordert, aber als Leo sich nach ihrem Opa erkundigte, erntete sie nur ein Kopfschütteln.

Fröschl las weiter. „Wusstest du, dass deine Uroma 1927 geschwängert worden ist? Von einem jungen Ausländer. Und sie hat das nie jemand sagen können, weil er eigentlich mit ihrer Freundin Lisl liiert war." Er strahlte über alle vier Backen.

„Ja, ja, komm jetzt. Ich habe auch Kartoffelchips für dich."

„Leo, begreifst du nicht? Lisl Popper war die Freundin deiner Urgroßmutter!"

Leo zuckte mit den Schultern.

Fröschl rollte mit den Augen. „Und wer war bekanntermaßen mit Lisl Popper liiert? Wer hat sie sogar in seinem Testament bedacht, damit sie sich mal was Schönes leisten kann?"

„Keine Ahnung. Ich hab's nicht so mit Heimatkunde."

Fröschl reichte Leo das Tagebuch. „Leo, du Süße, deine Uroma hat eine Nacht wilder Leidenschaft mit einem Engländer verlebt, dessen Schüsse gleich beim ersten Mal voll ins Ziel getroffen haben. Du, Herzchen, bist die Urenkelin von Ian Fleming!"

Wer Tiere mag, kann durchaus ein schlechter Mensch sein. Wen Tiere mögen, der kann kein ganz schlechter Mensch sein.

„Vorsicht, da sind empfindliche Geräte drin!"

Grizelda Obermoser dirigierte die Männer der Speditionsfirma, die ihren Schrankkoffer abholen wollten. Es waren zwei schlaksige Kerle, die den Koffer kaum auf die Ladefläche des Pick-up heben wollten. Diese jungen Männer von heute brachten wirklich gar nichts mehr zustande. Sahen dafür aber schnuffig aus. Grizelda betrachtete das Spiel der Muskeln.

Das war jetzt natürlich mühsamer als ihre Ankunft im Wald bei Kitzbühel. Damals – als der GPS-Chip, den sie unbemerkt in Irinas heißgeliebten Hermelinmantel hatte einnähen können, ihr anzeigte, dass Irina nach Kitzbühel zurückgekehrt war, und Grizelda wusste, dass damit der letzte Akt um das Verschwinden von Jimmy Maier eingeläutet wurde –, also damals hatte sie eine Gefälligkeit eingefordert und war aus einer Transall-C-160-Transportmaschine abgesprungen, die von ihrem Aufenthaltsort in Afrika zurück nach Europa geflogen war.

Auch ihr Schrankkoffer war an einem Fallschirm abgeworfen worden. Deswegen hatte er so eine unschöne Delle in der Ecke. Die Fallschirme von ihr und dem Koffer hatte sie zusammengerollt im Wald versteckt. Halb eingegraben und mit Grünzeug zugedeckt. Irgendwann würde sie sie abholen. Oder auch nicht.

Grizelda Obermoser sah zur Bichlalm hinüber. In der einen Hand hielt sie die ausgebeulte Gobelintasche mit dem Terrarium und Vitzliputzli. In der anderen Hand die Leine für Gerlinde, die Doberfrau, die gerade männlich beinhebend den Pick-up markierte. Im Tohuwabohu des vorvorigen Abends hatten sich Grizelda und Leo unerkannt absetzen können. Zwischenzeitlich hatte Grizelda Kontakt zu ihrer ehemaligen Dienststelle aufgenommen. Einer Behörde, die international arbeitete – und die es offiziell gar nicht gab. Luisa – pardon: Leo – würde absolut unbeschadet aus dieser Sache hervorgehen. Ihr Name würde in keiner Akte über Jimmy Maier und seine Organisation landen.

Grizelda seufzte. Wie sehr hatte sie sich dagegen gesträubt, in den Ruhestand geschickt zu werden. Den roten Stempel P. E. G. in ihre Akte zu bekommen – *pensioniert, extremgefährlich.* Warum wollte die Behörde den Schatz ihrer Altersweisheit nicht nützen? Das hatte sie gefuchst.

Aber jetzt geriet sie doch ins Grübeln. Dass sie sich so dermaßen in der Angelegenheit Jimmy Maier geirrt hatte, das setzte ihr zu. Sie war überzeugt gewesen, dass er noch lebte. Aber es war die ganze Zeit nur Simeon Gerber, Irinas Lover. Vielleicht wurde sie nicht nur alt, sondern auch senil?

Grizelda sah hinunter auf die Dächer von Kitzbühel. Schön war es hier. Eigentlich könnte sie doch eine Weile hierbleiben. In ihr überlegte es. Sie hatte einen guten Riecher für Menschen. Lui ... Leo war nicht für ein Durchschnittsleben geboren. In ihren Adern floss wildes Blut. Sie war klug, gewitzt, angstfrei – beste Voraussetzungen, um Geheimagentin zu werden. Und Geheimagent war ja kein Ausbildungsberuf. Quereinsteigerinnen hatten beste Chancen.

Sie sah zum Pick-up. Die Jungs hatten den Koffer jetzt festgezurrt.

„Entschuldigung, ich habe es mir anders überlegt. Ich bleibe hier. Laden Sie den Koffer bitte wieder ab und bringen Sie ihn ins Haus."

Die Männer warfen sich einen vielsagenden Blick zu. Aber sie sagten nichts, denn Grizelda besaß jetzt ... was war das Gegenteil von Welpenschutz? Respekt vor grauen Haaren?

Grizelda lächelte. Mal sehen, ob sie aus Leo nicht ihre Nachfolgerin machen konnte. Die Anlagen dafür waren vorhanden.

Plötzlich freute sie sich darauf, noch ein paar schöne Jahre als weiblicher Yoda zu verbringen und aus Leo eine veritable Jedi-Ritterin zu machen. Vitzliputzli würde einen Teich im Garten bekommen und durfte dann frei herumstreifen. Und mit Gerlinde würde sie lange Gassigänge zwischen Almen und Wäldern machen.

Es gab noch ein paar Namen auf ihrer Liste. Verbrecher, denen man juristisch nichts nachweisen konnte. Die würde sie zusammen mit Leo zur Strecke bringen!

Ja, mit ihr war auch künftig zu rechnen.

Den Bösewichten dieser Welt sei gesagt:
Diese Oma stirbt nicht.
Diese Oma überlebt euch alle!

ABER – MOMENT MAL – WAS IST MIT DEN LEICHEN?

Leichen, die auf Kühe starren …

Barbarella käute wieder.

Die Kräuterwiese mit dem Blick übers Tal und den Wilden Kaiser war ihr die liebste. Nicht zu steil, nicht zu abgeweidet, mit ein paar Bäumen, in deren Schatten sie an sonnigen Tagen etwas Abkühlung fand – und an nicht so sonnigen Tagen etwas Privatsphäre, wenn ihr Zenzi, Zita, Sissi, Afra und Resi mal wieder sowas von auf den Euter gingen.

Die Luft roch nach Herbst. Bald würde es ins Winterquartier gehen. Barbarella nahm sich vor, diese letzten schönen Tage zu genießen. Sie war ja eh eine Gemütskuh und sah erst mal alles von der positiven Seite.

Darum störte es sie auch nicht, dass nun schon seit fast einer Woche unter ihrem Lieblingsbaum – versteckt hinter Gestrüpp – vier Menschen lagen. Nun ja, Teile von Menschen. Barbarellas Erfahrung nach hatten Menschen einen Kopf, einen Leib und vier Gliedmaßen. Wie Kühe auch. Aber die vier hier hatten nicht alle einen Kopf, einem fehlte eine Hand, und zwei hatten nur Teil-Torsi mit jeweils drei Extremitäten, die auch nicht fest angebracht waren, wie sonst immer, sondern lose danebenlagen.

Es war nicht nur so, dass es Barbarella nicht störte. Nein, sie freute sich sogar darüber. Denn die Fliegen, die sie sonst schon mal richtig nerven konnten, wenn sie sie in wahren Hundertschaften umschwärmten und sich mit Vorliebe in ihre Augenwinkel setzten, also diese Fliegen zeigten seit Tagen keinerlei Interesse an ihr und ihren Schwestern, sondern beschäftigten sich nur mit den Menschenteilen. Um sich an deren Fleisch zu laben oder darin ihre Eier abzulegen. Barbarella wusste es nicht genau, und es war ihr auch egal.

In aller Seelenruhe gab sie sich dem genussvollen Wiederkäuen hin. Wiewohl ...

... es minderte das Gesamtwohlgefühl schon ein wenig, dass die Augen in den drei vorhandenen Köpfen sie so blinzellos anstarrten. Wie der Bauer, wenn er sich vor die Schwestern stellte, sie der Reihe nach musterte und dann eine von ihnen mitnahm, die sie niemals wiedersahen.

Demonstrativ drehte Barbarella den Köpfen den Rücken zu.

Keine einzige Wolke zeigte sich am azurblauen Himmel, nicht einmal der Kondensstreifen eines Flugzeuges. Als wäre die menschliche Spezies von gestern auf heute von der Erde verschwunden.

Dabei fehlten nur vier Immobilienmakler ...

Danksagungen

Ich danke den üblichen Verdächtigen beim Haymon Verlag, vor allem meiner wunderbaren Lektorin Linda Müller.

Weiterhin meiner Kollegin Angela Eßer für das Einpeitschen während des NaNoWriMo.

Und vor allem der großartigen Katrin Achhorner vom Stadtamt Kitzbühel, Kulturabteilung für die wirklich sensationelle Betreuung bei meinen Vor-Ort-Recherche-Besuchen. (Achtung: Für alle Fehler im Buch bin ich ganz allein verantwortlich, weil ich bei ihrer Betreuung nicht richtig mitgeschrieben habe beziehungsweise weil ich das, was ich handschriftlich notiert habe, hinterher nicht mehr entziffern konnte!)

Und überhaupt danke ich der Stadt Kitzbühel, dass ich nicht sofort geteert und gefedert und aus dem Ort gejagt wurde, als man erfuhr, ich als Piefke wolle einen Krimi über sie schreiben.

Wenn Sie weitere Krimis über Kitzbühel lesen wollen, dann greifen Sie doch zu:
- *Schäfers Qualen*, Georg Haderer
- *By Royal Command*, Charlie Higson
- *Kabine 14*, Mortimer M. Maier
- *Tod in Kitzbühel*, Edwin Haberfellner
- *Alpengrollen*, Michael Gerwien

Aus jedem dieser Bücher habe ich einen signifikanten Satz zitiert. Wer als Erster einen dieser Sätze findet, bekommt eine Autogrammkarte mit persönlicher Lobes-Widmung ...

PS: Liebe Kinder, Schnappschildkröten niemals anfassen – allenfalls mit Kettenhandschuhen an den Hinterbeinen hochheben und den Kopf sofort mit einem Netz bändigen. Schnappschildkröten sind keine Streicheltiere!

„At the end of the day your feet should be dirty, your hair messy and your eyes sparkling."
Grizelda Obermoser

Inhaltsverzeichnis

Wer war gleich nochmal …?

Luisa, kurz Leo: Heldin
Grizelda Obermoser: Agentin 0011
Fröschl: Freund und Sprayer

Manni, Beppi, Rudi, Karl-Heinz und Nicht-der-Hinterseer: Hansi-Hinterseer-Hardcore-Fans

Chefinspektor Köttel: LKA Ermittlungsbereich 1, Innsbruck
Münzner: Köttels Adlatus

Hercule Neuveille: Hoteldirektor
Herr Abibi, Frau Abibi, Frau Abibi, Frau Abibi & die
Kinder: arabische Großfamilie
Frazier und Smith: die Schränke
Dr. Marek Juhász: Schönheitschirurg für Intimes

Irina Sastrova: Witwe
Arno Gümpel: Handlanger
Jimmy Maier: Verbrecherboss
Simeon Gerber: besorgter Bürger
Magister Clemens Vitabo: Anwalt und Hobby-Schwim-
mer

Barbarella: Tiroler Grauvieh
Vitzliputzli: Schnappschildkröte
Gerlinde: Doberfrau

In der Ferne laufen durchs Bild: Hansi Hinterseer,
Andrea L'Arronge, Ferry Öllinger, Heinz Marecek, das
Grab von Toni Sailer